Los puentes de Londres

de Londres

James Patterson

EDICIONES B
GRUPO ZETA

Barcelona • Bogotá • Buenos Aires • Caracas • Madrid • México D.F. • Montevideo • Quito • Santiago de Chile

Título original: *London Bridges*

Traducción: Jaume Subira Ciurana

1.ª edición: julio 2006

© 2004 by James Patterson
© Ediciones B, S. A., 2006
   Bailén, 84 - 08009 Barcelona (España)
   www.edicionesb.com

Printed in Spain
ISBN: 84-666-2937-8
Depósito legal: B. 21.455-2006

Impreso por LITOGRAFÍA S.I.A.G.S.A.

LOS PUENTES DE LONDRES

DE LONDRES

James Patterson

Traducción de Jaume Subira Ciurana

Para Larry Kirshbaum.
Por el décimo Alex Cross.
Nada de esto hubiese sido posible
sin tu entrega, tus sabios consejos
y tu amistad.

PRÓLOGO

VUELVE LA COMADREJA Y QUÉ BONITA SORPRESA

1

Al coronel Geoffrey Shafer le encantaba su nueva vida en Salvador, la tercera ciudad brasileña en tamaño y, según algunos, la más fascinante. Sin ninguna duda, la más divertida.

Había alquilado un lujoso chalet de seis dormitorios justo enfrente de la playa de Guarajuba, donde se pasaba el día bebiendo caipiriñas y cerveza Brahma, cuando no se iba a jugar al tenis al club. Por la noche, el coronel Shafer —el psicópata asesino más conocido como la Comadreja— había vuelto a las andadas, cazando en las oscuras y sinuosas callejuelas del casco antiguo. Había perdido la cuenta de sus asesinatos en Brasil, y en Salvador nadie parecía preocuparse por ellos, ni siquiera advertirlos.

Los periódicos no habían publicado ni una nota sobre la desaparición de jóvenes prostitutas. Ni una sola nota. Quizá fuera cierto lo que decían de los lugareños: que cuando no estaban celebrando una fiesta, se preparaban para la siguiente.

Pasados unos minutos de las dos de la madrugada, Shafer regresó al chalet con una preciosa puta adolescente que se hacía llamar Maria.

Qué hermosa cara tenía, y qué voluptuoso cuerpo

moreno, sobre todo para ser tan joven. Maria decía tener trece años.

La Comadreja cogió un plátano de uno de los numerosos plataneros que había en el jardín. En esa época del año podía elegir entre coco, guayaba, mango y *pinha*, que es la chirimoya. Mientras arrancaba la fruta pensó que en Salvador siempre había algo maduro, a punto para quien le apeteciera. Era el Paraíso. «O quizá sea el infierno, y yo, el demonio», pensó Shafer, riendo para sus adentros.

—Para ti, Maria —dijo, tendiéndole el plátano—. Le sacaremos provecho.

La joven esbozó una sonrisa cómplice y la Comadreja se fijó en sus ojos, unos ojos castaños perfectos. «Y ahora es todo mío: ojos, labios, pechos.»

Justo entonces advirtió que un mico, el pequeño mono brasileño, trataba de abrir el mosquitero de una ventana para colarse en la casa.

—¡Fuera de ahí, ladrón de mierda! —gritó—. ¡G'wan! ¡Pégale!

Hubo un movimiento rápido entre los arbustos y de inmediato tres hombres se abalanzaron sobre él. «La policía —estaba seguro—, probablemente estadounidenses. ¿Alex Cross?»

Los polis estaban encima de él, con sus fuertes brazos y piernas por todas partes. Lo golpearon con un bate, o con un tubo de plomo, le echaron la cabeza atrás cogiéndola del pelo, y lo desmayaron a golpes.

—Lo tenemos. Hemos cogido a la Comadreja a la primera. No ha sido tan difícil —dijo uno de ellos—. Llevadlo dentro.

Luego miró a la preciosa joven, que estaba claramente asustada, y con razón.

—Buen trabajo, Maria. Nos lo has entregado. —Se volvió hacia uno de sus hombres—. Mátala.

Un solo disparo rompió el silencio en el jardín delantero.

En Salvador, nadie pareció notarlo, o a nadie le preocupó.

2

La Comadreja sólo quería morir de inmediato. Estaba colgado patas arriba del techo del dormitorio principal de su propia casa. La habitación tenía espejos por todas partes, así que podía verse reflejado desde varios ángulos.

Su aspecto era horrendo. Estaba desnudo, magullado y sangrando por todas partes. Tenía las manos esposadas en la espalda y unas ligaduras en los tobillos que le cortaban la circulación. La sangre se le agolpaba a la cabeza.

Colgada a su lado estaba la muchacha, Maria, aunque llevaba muerta unas cuantas horas, o quizá días, a juzgar por el hedor. Sus ojos castaños estaban fijos en él, atravesándolo ciegamente.

El jefe de los secuestradores, un hombre con barba que apretaba una pelota negra con una mano, se acuclilló para colocarse a un palmo de la cara de Shafer. Habló con suavidad, en un murmullo:

—Lo que hacíamos con algunos prisioneros cuando yo estaba en activo... Los sentábamos con cortesía, pacíficamente, y después les clavábamos la puta lengua a la mesa. Es la pura verdad, mi taimado amigo. Y ¿sabes qué más? Simplemente que te arranquen unos pelos de la nariz... el pecho... la barriga... los genitales... es bastante molesto, ¿no? Ay —dijo mientras arrancaba unos cuantos pelos del cuerpo desnudo de Shafer.

»Pero te diré cuál es la peor tortura, al menos en mi opinión. Peor aún de lo que tú le habrías hecho a la pobre Maria. Se agarra al prisionero de los hombros y se le sacude con fuerza, hasta que empieza a tener convulsiones. Literalmente, se le agita el cerebro, ese órgano tan sensible. Él siente como si su cabeza fuera a salir volando. Y como si tuviera el cuerpo envuelto en llamas. No exagero.

»Veamos. Te haré una demostración.

Siempre boca abajo, Geoffrey Shafer recibió unas sacudidas terribles, inimaginablemente violentas, durante casi una hora.

Finalmente lo soltaron.

—¿Quiénes sois? ¿Qué queréis de mí? —gritó.

El jefe de los captores se encogió de hombros.

—Eres fuerte, cabrón. Pero recuerda que te encontré. Y te encontraré otra vez si es necesario, ¿entendido?

Geoffrey Shafer apenas podía ver algo, pero alzó la mirada en dirección a la voz.

—¿Qué... queréis? —murmuró—. Por favor.

El de la barba se inclinó sobre él. Casi pareció sonreír.

—Tengo un trabajo, un trabajo increíble, para ti. Creéme; has nacido para esto.

—¿Quién eres? —murmuró otra vez la Comadreja a través de los labios agrietados y sanguinolentos. Era una pregunta que había repetido un centenar de veces mientras lo torturaban.

—Soy el Lobo —dijo el hombre de la barba—. A lo mejor has oído hablar de mí.

PRIMERA PARTE

LO INCONCEBIBLE

3

Aquel mediodía de sol y cielo azul, poco antes de que uno de los dos muriese de manera inesperada y gratuita, Frances y Dougie Puslowski estaban tendiendo a secar sábanas, fundas de almohada y la ropa de diario de las niñas.

De repente comenzaron a llegar soldados al campamento de caravanas llamado Azure Views, en Sunrise Valley, Nevada. Un montón de soldados. Un convoy entero de todoterrenos y camionetas del ejército estadounidense subió sacudiéndose por la calle de tierra donde vivían y se detuvo en seco. Los hombres bajaron con rapidez. Estaban fuertemente armados. Era evidente que la cosa iba en serio.

—¿Qué diablos pasa? —preguntó Dougie, que había trabajado en la mina Cortey, en las afueras de Wells, pero entonces cobraba una pensión de invalidez y aún estaba tratando de acostumbrarse a la vida doméstica. Aunque era consciente de que estaba fracasando estrepitosamente. Casi siempre estaba deprimido, de mal humor e irritable con la pobre Frances y las crías. Dougie notó que las mujeres y los hombres que se apeaban de las camionetas llevaban uniforme de guerra: botas de cuero, pantalones de camuflaje, camisetas verde oliva y toda la pesca; como si aquello fuera Irak, y no la parte de Nevada más olvidada de la mano de Dios. Armados con fusiles M-16, corrieron hacia las caravanas más cercanas apuntando hacia arriba. Algunos parecían asustados.

El viento del desierto soplaba con fuerza, y las voces llegaron al tendedero de los Puslowski. Frances y Dougie oyeron con claridad:

—Vamos a evacuar el pueblo. ¡Es una emergencia! Todo el mundo debe abandonar su casa de inmediato. ¡Ahora mismo!

Frances Puslowski tuvo suficiente presencia de ánimo para percatarse de que todos los soldados decían más o menos lo mismo, como si hubieran ensayado, y de que sus caras tensas y solemnes demostraban que no admitirían una negativa. Los cerca de trescientos vecinos de los Puslowski —algunos muy raros— abandonaban ya las caravanas; quejándose, pero haciendo lo que les ordenaban.

Delta Shore, la vecina de al lado, corrió hacia Frances.

—¿Qué pasa, cariño? ¿Por qué hay tantos soldados aquí? ¡Dios santísimo! ¿Puedes creerlo? Deben de venir de Nellis, de Fallon o vete a saber de dónde. Tengo un poco de miedo, Frances. ¿Tú no?

Frances contestó, y la pinza que tenía en la boca finalmente cayó al suelo.

—Dicen que están evacuando el pueblo. Tengo que ir a buscar a las niñas.

Corrió al interior de la caravana. Con ciento veinte kilos de peso, habría pensado que sus días de carreras, incluso de carrerillas, habían quedado atrás.

—Madison, Brett, venid aquí. No hay por qué asustarse. Sólo tendremos que pasar unos días fuera. Será divertido. ¡Vamos, deprisa!

Las niñas, de dos y cuatro años, salieron del pequeño dormitorio donde habían estado viendo *Rolie Polie Olie* en el canal Disney. Madison soltó su acostumbrado «¿por qué?».

—¿Por qué tenemos que irnos? No quiero. No me voy. Estamos demasiado ocupadas, mami.

Frances cogió el teléfono móvil del mármol de la cocina, y entonces sucedió otra cosa verdaderamente extraña. Quiso llamar a la policía, pero sólo se oían ruidos en la línea. Eso no había pasado nunca; jamás había oído esa clase de ruido fuerte e irritante. ¿Habría una invasión? ¿Un ataque nuclear?

—¡Joder! —gritó a los zumbidos del teléfono, y casi se echó a llorar—. ¿Qué está pasando?

—¡Has dicho una palabrota! —exclamó Brett, aunque riéndose de su madre. Le gustaban las palabrotas. Era como si Frances hubiese cometido un error, y le encantaba que los adultos cometiesen errores.

—Id a buscar a la señora Summerkin y a Oink —les dijo a las niñas, que jamás habrían salido de la casa sin sus muñecos favoritos, ni siquiera si la infernal plaga de Egipto se hubiera desatado en el pueblo. Frances rezó para que no fuese así. Pero ¿qué pasaba? ¿Por qué el ejército de Estados Unidos había irrumpido en aquel lugar y apuntaba sus aterradores fusiles a la cara de la gente?

Oyó a los asustados vecinos fuera de la caravana, expresando en voz alta los mismos pensamientos que se agolpaban en su mente:

—¿Qué ha pasado? ¿Quién ha dicho que tenemos que irnos? ¡Explíquennos por qué! ¡Por encima de mi cadáver, soldado! ¿Me oye?

Esa última voz era la de Dougie. ¿Qué demonios hacía?

—¡Dougie, entra en casa! —gritó Frances—. ¡Ayúdame con las niñas! ¡Dougie, te necesito aquí!

¡Afuera sonó un disparo! Un fusil produjo un sonoro y relampagueante estallido.

Frances corrió a la puerta —allí estaba, corriendo otra vez— y vio a dos soldados junto al cuerpo de Dougie.

«¡Dios mío, Dougie no se mueve! ¡Dios mío! ¡Dios mío!»

Los soldados le habían disparado como si fuese un perro rabioso. ¡Sin ningún motivo! Frances empezó a temblar y vomitó la comida.

—¡Puaj, mami, puaj! —chillaron las niñas—. ¡Has vomitado en toda la cocina!

De repente, un soldado con barba de dos días abrió la puerta de una patada, se acercó a ella y gritó:

—¡Salga de la caravana! ¡Ahora mismo! A menos que quiera morir usted también. —Apuntaba directamente a Frances—. No bromeo, señora. Francamente, me da lo mismo dispararle que hablar con usted.

4

El trabajo —la operación, la misión— consistía en borrar por completo del mapa un pueblo estadounidense. A plena luz del día.

Era un espectáculo macabro, demencial. *Zombi*, en cualquiera de sus versiones, sería una insignificancia comparada con esto. Sunrise Valley, Nevada; población: 315 almas valerosas. Población en un futuro inmediato: 0. ¿Quién iba a creerlo? Qué puñetas, en menos de tres minutos lo creería todo el mundo.

Ninguno de los hombres que pilotaban el pequeño avión sabía por qué habían condenado a la extinción ese pueblo en particular; de hecho, no sabían nada de aquel extraño encargo, salvo que pagaban extremadamente bien y que les habían entregado el dinero por adelantado. Vamos, ni siquiera conocían el nombre de sus compañeros. Lo único que les habían comunicado era la tarea específica de cada uno. Su pequeña pieza del puzle. De hecho, cada uno lo llamaba «mi parte».

Michael Costa, procedente de Los Ángeles, era el experto en municiones a bordo, y había recibido órdenes de fabricar una «bomba de combustible casera pero con potencia real».

Vale, podía hacerlo sin dificultad.

Tomó como modelo la BLU-96, llamada a menudo Daisy Cutter o «corta margaritas», un nombre que describe gráficamente el resultado final. Costa sabía que originariamente había sido diseñada para limpiar campos de minas, así como selvas y bosques, y convertirlos en pistas de aterrizaje militares. Con el tiempo, algún loco perverso había caído en la cuenta de que podía cargarse a la gente tan fácilmente como a los árboles y las rocas.

De manera que ahora estaba en un viejo y destartalado avión de carga, volando sobre la cordillera de Tuscarora en dirección a Sunrise Valley, Nevada; muy cerca de «O», el objetivo.

Él y sus nuevos colegas estaban montando la bomba allí mismo, en el avión. Hasta les habían entregado un diagrama con instrucciones, como si fuesen imbéciles. Manual de fabricación de bombas de combustible para idiotas.

Costa sabía que la verdadera BLU-96 era un arma militar estrictamente controlada y bastante difícil de obtener. Por desgracia para los que vivían, amaban, comían, dormían y cagaban en Sunrise Valley, las Daisy Cutter también podían fabricarse en casa, con materiales fáciles de conseguir. Costa había comprado un recipiente flexible para combustible con capacidad para 3.700 litros, lo había llenado con gasolina de alto octanaje y le había instalado un dispositivo de dispersión y unos cartuchos de dinamita a modo de iniciador. A continuación hizo una unidad de freno y activación usando piezas de un artilugio de despliegue y altitud para paracaidistas.

Finalmente les dijo a los demás tripulantes del avión:

—Sobrevoláis el objetivo. Arrojáis la bomba por la

puerta de carga. Salís pitando de allí como si os hubiesen metido un petardo en los calzoncillos. Creedme, la Daisy Cutter no dejará nada más que tierra calcinada. Sunrise Valley será como la cicatriz de una quemadura en el desierto. Un simple recuerdo. Ya veréis.

5

Con calma, señores. Nadie debe resultar herido. Esta vez no.

A unos mil doscientos kilómetros de distancia, el Lobo observaba en directo lo que ocurría en el desierto. ¡Qué espectáculo! En el suelo de Sunrise Valley había cuatro cámaras que transmitían imágenes a la casa de Bel Air, en Los Ángeles, donde estaba alojado. Al menos por el momento.

Miró con atención cómo los habitantes del campamento de caravanas eran conducidos a los camiones por personal del ejército. Las imágenes eran muy buenas. Hasta podía leer las insignias de las mangas de los soldados: UNIDAD DE VIGILANCIA 72-NEVADA.

De repente gritó:

—¡Mierda! ¡No lo hagas! —Y empezó a apretar la pelota negra en la mano, como solía hacer cuando estaba ansioso o enfadado, o ambas cosas a la vez.

Uno los civiles había desenfundado una pistola y apuntaba a un soldado. ¡Qué burrada!

—¡Imbécil! —gritó el Lobo a la pantalla.

Un instante después, el hombre de la pistola estaba muerto, tendido boca abajo en el suelo del desierto; lo cual, por cierto, facilitó la tarea de llevar a los rezagados a los camiones del ejército. «Debería haber formado parte del plan desde el principio», pensó el Lobo. Pero no había sido así, de manera que en ese momento era un pequeño escollo.

A continuación, una cámara de mano enfocó un pequeño avión de carga mientras se aproximaba al pueblo y lo sobrevolaba. Era una visión maravillosa. Por lo visto, la cámara estaba en alguno de los camiones del ejército, que, según esperaba el Lobo, debían de estar saliendo a toda prisa de allí.

Eran unas imágenes sorprendentes... en blanco y negro, lo que por alguna razón las hacía más impactantes. El blanco y negro era más realista, ¿no? Sí, claro que sí.

La cámara continuó enfocando el avión mientras sobrevolaba el pueblo.

—Los ángeles de la muerte —murmuró—. ¡Qué estampa más maravillosa! Soy todo un artista.

Se necesitaron dos hombres para empujar el recipiente de gasolina por la puerta de carga. Luego el piloto se ladeó hacia la izquierda, aceleró y se marchó de allí tan rápidamente como pudo. Era su parte, su pieza del puzle, y había cumplido con ella a la perfección.

—Vivirás —dijo el Lobo, dirigiéndose de nuevo a la pantalla.

Entonces un plano general mostró la lenta caída de la bomba sobre el pueblo. Una secuencia asombrosa. Y aterradora también, incluso para él. La bomba explotó a unos trescientos metros del suelo.

—¡Pataplum! —exclamó el Lobo. Se le escapó. Nunca era tan efusivo.

Mientras miraba —y no podía apartar la vista de la pantalla—, la Daisy Cutter arrasó con todo lo que había a quinientos metros a la redonda del lugar del impacto.

También tenía capacidad para matar a cualquier ser vivo que se encontrase en esa zona, y fue precisamente lo que hizo. Tenía una fuerza devastadora. A quince kilómetros de allí, estallaron los cristales de algunas casas. En Elko, Nevada, situado a cincuenta kilómetros de distancia, temblaron la tierra y los edificios. La explosión se oyó en los estados colindantes.

Y, de hecho, se sintió mucho más lejos todavía. En Los Ángeles, por ejemplo. Porque el diminuto pueblo de Sunrise Valley, Nevada, no era más que un experimento.

—Esto es sólo el calentamiento —dijo el Lobo—. Sólo el comienzo de algo grande. Mi obra maestra. Mi recompensa.

6

Cuando todo empezó, yo estaba felizmente fuera de la circulación, pasando unas vacaciones de cuatro días —las primeras en más de un año— en la costa Oeste. Primera parada: Seattle, Washington.

Seattle es una ciudad bonita y animada que, al menos en mi opinión, ha encontrado un afortunado equilibrio entre la vieja onda y la nueva cibercultura, y donde uno podría incluso mejorar sus perspectivas de futuro con información sobre las acciones de Microsoft. En circunstancias normales, el viaje me habría hecho ilusión.

Sin embargo, corrían tiempos difíciles, y sólo tenía que bajar la mirada al pequeño que me cogía con fuerza la mano mientras cruzábamos Wallingford Avenue North para recordar por qué.

Sólo tenía que escuchar a mi corazón.

El niño era mi hijo Alex, y lo veía por primera vez en cuatro meses. Él y su madre vivían en Seattle. Yo, en Washington D.C., donde era agente del FBI. La madre de Alex y yo estábamos enzarzados en una disputa «cordial» por su custodia, o al menos eso parecía tras un par de enfrentamientos muy tormentosos.

—¿Te lo estás pasando bien? —le pregunté a Alex, que todavía llevaba a todas partes a *Mu*, una vaca negra y blanca que ya era su juguete favorito cuando vivía conmigo en Washington. Aunque sólo tenía tres años, ya se le daba bien el lenguaje y mejor aún la seducción. Dios, yo adoraba a ese niño. Su madre pensaba que era superdotado —gran inteligencia, gran creatividad—, y puesto que Christine era maestra, y una maestra excelente, seguramente estaba en lo cierto.

Christine vivía en la zona de Wallingford, y, como era un barrio agradable para pasear, Alex y yo habíamos decidido quedarnos por allí. Empezamos jugando en el jardín trasero, que estaba rodeado por un seto de abetos y tenía espacio de sobra, por no mencionar la maravillosa vista a la cordillera de las Cascadas.

Hice varias fotos del pequeño, como me había encomendado Nana Mama. Alex quería enseñarme el huerto de su madre, que, como me esperaba, era perfecto, lleno de tomates, lechugas y calabazas. El césped estaba meticulosamente cortado. En el alféizar de la ventana de la cocina había plantas de romero y hierbabuena. Saqué más fotos de Alex.

Después del recorrido por el jardín, fuimos al parque de Wallingford a jugar al béisbol, luego al zoológico y finalmente dimos otro paseo de la mano junto al cercano Green Lake. Alex estaba ilusionado con el inminente desfile infantil de Wallingford, el Seafair Kiddies Parade, y no entendía por qué no podía quedarme a verlo. Yo sabía lo que vendría a continuación, y me puse en guardia.

—¿Por qué tienes que irte siempre? —preguntó, y no supe qué responder. Experimenté una punzada súbita, terrible y familiar en el pecho.

«Quiero estar contigo cada minuto del día, colega», hubiera deseado decir.

—Porque sí, colega —dije en cambio—. Pero volveré pronto. Te lo prometo. Ya sabes que cumplo mis promesas.

—¿Es porque eres poli? ¿Por eso tienes que irte?

—Sí. En parte. Es mi trabajo. Tengo que ganar dinero para comprar vídeos y pasteles.

—¿Por qué no buscas otro trabajo? —preguntó Alex.

—Lo pensaré —respondí. No mentía. Lo haría. Últimamente había estado pensando mucho en mi profesión. Hasta había hablado del tema con mi médico, mi loquero.

Finalmente, a eso de las dos y media, volvimos a la casa, una finca victoriana restaurada y en perfecto estado, pintada de azul intenso con las molduras en blanco. Es acogedora, luminosa y —debo admitirlo— un buen lugar donde crecer... igual que Seattle.

El pequeño Alex tiene incluso vista a las Cascadas desde su habitación. ¿Qué más puede pedir un niño?

«¿Quizás un padre que lo visite más a menudo que una vez cada tantos meses? ¿Qué tal eso?»

Christine estaba esperando en el porche y nos recibió con cordialidad. Era un gran cambio desde nuestro último encuentro en Washington. ¿Podía fiarme de ella? Supuse que no tenía más remedio.

Alex y yo nos abrazamos un par de veces más en la acera. Le hice algunas fotos más para Nana y los chicos.

Luego, él y Christine desaparecieron en el interior de la casa y yo me quedé fuera, solo, andando hacia el coche de alquiler con las manos en los bolsillos, preguntándome qué pasaba, echando ya de menos a mi pequeño, echándolo terriblemente de menos, preguntándome si dejarlo sería siempre tan desgarrador, y sabiendo que sí.

7

Después de visitar a Alex en Seattle cogí un avión con destino a San Francisco para encontrarme con la inspectora de Homicidios Jamilla Hughes. Salíamos desde hacía casi un año. La echaba de menos y necesitaba estar con ella. Sabía cómo hacerme sentir bien.

Durante la mayor parte del viaje escuché la melodiosa voz de Erykah Badu, y luego a Calvin Richardson. Ellos también sabían hacerme sentir bien. O al menos un poco mejor.

Cuando el avión se acercaba a San Francisco tuvimos la suerte de disfrutar de una límpida vista del puente de Golden Gate y de los edificios perfilados contra el horizonte. Ubiqué el Embarcadero y el edificio de Transamerica y luego me olvidé del paisaje. Me moría por ver a Jam. Estábamos liados desde que habíamos trabajado juntos en un caso de asesinato. El único problema era que vivíamos en costas opuestas. A ambos nos gustaban nuestros respectivos trabajos y ciudades, y aún no habíamos decidido cómo solucionar ese problema.

Por otra parte, disfrutábamos con nuestra mutua compañía, y percibí con claridad la alegría en la cara de Jamilla cuando la vi cerca de una salida del bullicioso aeropuerto internacional de San Francisco. Estaba delante de la cafetería North Beach, sonriendo, aplaudiendo por encima de su cabeza, y luego saltando. Es así de efusiva, y le pega.

Sonreí y me sentí mejor en cuanto la vi. Jamilla siempre ejerce ese efecto sobre mí. Con un abrigo de cuero color crudo, una camiseta azul claro y unos tejanos negros, parecía recién salida del trabajo. Pero tenía un aspecto estupendo, verdaderamente estupendo.

Se había puesto carmín. Y perfume, como descubrí al abrazarla.

—Ay —dije—. Te he echado de menos.

—Entonces abrázame, apriétame fuerte, bésame. ¿Qué tal está tu niño? ¿Cómo está Alex?

—Cada vez más grande, más listo y más gracioso. Está de fábula. Lo quiero mucho. Ya lo echo de menos, Jamilla.

—Lo sé. Lo sé, cariño. Dame otro abrazo.

La cogí en brazos y le di una vuelta en el aire. Mide un metro setenta y cinco y está maciza, pero me encanta levantarla. Noté que la gente nos miraba y que algunos sonreían. ¿Cómo no sonreír?

Entonces, dos espectadores, un hombre y una mujer vestidos con sendos trajes oscuros se acercaron a nosotros. «¿Qué quieren?»

La mujer me enseñó una placa: FBI.

«Ay, no. No. No me hagáis esto.»

8

Suspiré y bajé con suavidad a Jamilla, como si me hubiesen pillado haciendo algo malo, en lugar de algo muy bueno. Toda la alegría que sentía se esfumó en un instante. Sin más. ¡Zas! Necesitaba un respiro, y no podría tomármelo entonces.

—Soy la agente Jean Matthews, y éste es el agente John Thompson —dijo la mujer, señalando a un rubio de treinta y tantos años que comía una chocolatina—. Lamentamos interrumpir, pero nos enviaron a esperar su avión. ¿Es usted Alex Cross, señor? —preguntó, recordando al fin que debía cerciorarse.

—Sí, soy Alex Cross. Y ésta es la inspectora Hughes, del SFPD. Puede hablar delante de ella —señalé.

La agente Matthews negó con la cabeza.

—No, señor, me temo que no.

Jamilla me dio una palmadita en el brazo.

—No hay problema. —Y se alejó, dejándome con los dos agentes, que era todo lo contrario de lo que yo deseaba entonces. Deseaba que se fueran ellos... y muy, muy lejos.

—¿De qué se trata? —pregunté a la agente Matthews. Sabía que era algo malo, pues es el eterno problema de mi trabajo. Burns, el jefe del FBI, estaba al tanto de mis actividades y horarios en todo momento, de manera que yo nunca libraba de verdad.

—Como ya he dicho, señor, nos mandaron a esperarlo. Y a acompañarlo a un avión que lo llevará a Nevada. Ha habido una emergencia. Han bombardeado un pueblecito. El jefe lo quería a usted allí hace más o menos una hora. Es una catástrofe espantosa.

Caminé hacia Jamilla sacudiendo la cabeza, sintiéndome inmensamente decepcionado y frustrado. Tenía la sensación de que había un agujero en el centro de mi pecho.

—Ha habido un atentado en Nevada. Dicen que ha salido en las noticias —expliqué—. Tengo que ir allí. Procuraré volver lo antes posible. Lo siento. No te imaginas cuánto lo siento.

La expresión de su rostro lo dijo todo.

—Lo entiendo. Claro que lo entiendo. Tienes que ir. Vuelve, si puedes.

Quise abrazarla, pero Jamilla se apartó y saludó con un triste y lacónico movimiento de la mano. Luego dio media vuelta y se alejó sin decir una palabra, y entonces comprendí que la había perdido también a ella.

9

Estaba moviéndome, pero la escena me resultaba más que frustrante; de hecho, era surrealista. Volé en un avión privado desde San Francisco a una pequeña ciudad de Nevada, y desde allí en un helicóptero del FBI hacia lo que antaño había sido Sunrise Valley.

Estaba tratando de no pensar en el pequeño Alex, de no pensar tampoco en Jamilla, pero no lo conseguía. ¿Lo lograría quizá cuando llegase al lugar donde había caído la bomba? ¿En medio de la acción?, ¿en medio de la mierda?

Por el exagerado respeto con que me trataban los agentes locales, y por la forma en que revoloteaban a mi alrededor, deduje que les ponía nerviosos mi reputación, o simplemente el hecho de que viniera de Washington. Por lo visto, el jefe Burns había dejado claro que yo era uno de los mediadores de la agencia, o, mejor dicho, que yo era su mediador. Yo habría sido incapaz de ir con cuentos a Washington, pero los agentes de Nevada no lo sabían. ¿Cómo iban a saberlo?

El viaje en helicóptero al lugar del atentado nos llevó apenas diez minutos. Desde arriba pude ver luces de emergencia alrededor de todo Sunrise Valley, o lo que había sido Sunrise Valley. El pueblo había desaparecido.

Aún había humo, pero no se veía fuego, quizá porque no quedaba nada por arder.

Eran poco más de las ocho. ¿Qué puñetas había ocurrido allí? ¿Por qué alguien se había tomado la molestia de destruir un pueblucho insignificante como Sunrise Valley?

Me habían puesto en antecedentes en cuanto había subido al helicóptero del FBI. Por desgracia, no tenían mucha información. A las cuatro de la tarde, todos los residentes —salvo uno que había muerto de un tiro— habían sido «evacuados» por unos hombres que parecían soldados del ejército de Estados Unidos. Luego los habían llevado en camión hasta un punto intermedio entre el pueblo y Elko, la localidad más cercana. Alguien había informado de su situación a la policía de Nevada. Cuando los agentes llegaron a socorrer a los asustados habitantes del pueblo, los todoterrenos y los camiones del ejército habían desaparecido. Igual que Sunrise Valley. Borrado del mapa.

Vamos, que allí no había nada más que arena, salvia y maleza.

Vi coches de bomberos, camiones, todoterrenos y quizá media docena de helicópteros. Cuando el nuestro empezó a bajar, advertí que también había técnicos vestidos con trajes protectores.

«Dios santo, ¿qué ha pasado aquí?

»¿Un ataque químico?

»¿Una guerra?

»¿Es posible? ¿Aquí y ahora? Claro que sí.»

10

Era tal vez lo más aterrador que había visto en toda mi carrera en la policía: desolación absoluta sin ton ni son.

En cuanto aterrizamos y bajé del helicóptero, me pusieron un traje protector y una máscara antigás. Ésta era de último modelo, con dos oculares y un tubo interno para beber. Me sentí como un personaje de una historia de miedo de Philip K. Dick. Pero no duró demasiado. Me quité la máscara en cuanto vi a un par de militares paseándose sin ella.

Poco después de mi llegada, recibimos pistas potencialmente importantes. Un par de montañeros había visto como un hombre filmaba la explosión con una cámara de vídeo. Su aspecto era sospechoso, así que uno de ellos lo había fotografiado con su cámara digital. Los alpinistas también tenían fotos de la evacuación del pueblo.

Dos agentes estaban interrogándolos, y yo también quería hablar con ellos en cuanto terminasen. Por desgracia, la policía local se había hecho con la cámara en primer lugar y se proponía custodiarla hasta que llegase su jefe, que se demoraba porque había estado cazando.

Cuando por fin apareció, en un viejo Dodge Polaris, corrí a su encuentro. Empecé a hablar antes de que se apeara del coche.

—Jefe, sus hombres están reteniendo pruebas importantes. Necesitamos verlas —dije al policía sesentón y barrigudo, sin alzar la voz pero asegurándome de que me escuchara—. Ésta es una investigación nacional. Estoy aquí representando al FBI y al Departamento de Seguridad Nacional. Sus hombres nos han hecho perder un tiempo precioso.

He de reconocer que el jefe tuvo el detalle de enfurecerse también.

—¡Traed esas pruebas, idiotas! —gritó a sus hombres—. ¿Qué coño pretendéis? ¿En qué pensabais? Si es que pensáis... Traedme las pruebas.

Los agentes se acercaron deprisa y el más alto de los dos, su yerno, según me enteraría más tarde, le entregó la cámara. Era una Canon Power Shot, y yo sabía cómo ver las fotos.

«A ver qué tenemos aquí.» Las primeras imágenes eran fotografías bien encuadradas de la naturaleza. En ninguna había gente. Primeros planos y panorámicas.

Luego aparecieron las fotos de la evacuación. Increíbles.

Finalmente pude ver al hombre que había filmado la explosión.

Estaba de espaldas a la cámara. Al principio aparecía de pie, pero en las imágenes siguientes estaba apoyado sobre una rodilla. Tal vez para coger un ángulo mejor.

No sé qué indujo al montañero a hacer las primeras fotos, pero su intuición no le había fallado. El hombre misterioso estaba filmando el pueblo abandonado que, de repente, en un santiamén, apareció envuelto en llamaradas de trescientos metros de altura. Era evidente que estaba informado del atentado antes de que se produjera.

La fotografía siguiente mostraba al hombre girándose hacia los montañeros. De hecho, empezó a andar hacia ellos, o al menos eso parecía en la foto. Me pregunté si los habría pillado fotografiándolo. Daba la impresión de que los miraba.

Fue entonces cuando le vi la cara y me quedé atónito. Lo reconocí. ¿Y cómo no iba a hacerlo? Llevaba años persiguiéndolo. Estaba buscado por más de una docena de asesinatos aquí y en Europa. Era un psicópata desalmado, uno de los peores de su calaña en todo el mundo.

Se llamaba Geoffrey Shafer, pero yo lo conocía mejor como la Comadreja.

¿Qué hacía allí?

11

Había otro par de fotografías perfectamente claras de la Comadreja, tomadas cuando éste se acercaba al fotógrafo.

Su sola visión hizo que todo me diera vueltas, y sentí náuseas. Tenía la boca seca y no paraba de lamerme los labios. ¿Qué hacía Shafer allí? ¿Qué relación tenía con la bomba que había arrasado el pueblo? Era una locura, un sueño, algo completamente irreal.

Había conocido a Geoffrey Shafer en Washington, hacía tres años. Allí había matado a más de una docena de personas, aunque no conseguimos probarlo. Se hacía pasar por taxista, casi siempre en el sureste, donde vivía yo. Por esa zona le resultaba fácil cazar a sus presas, y sabía que las investigaciones policiales en la capital no eran demasiado concienzudas cuando las víctimas eran pobres y negras. Shafer también tenía un empleo diurno: había sido coronel del ejército y trabajaba en la embajada británica. Por lo tanto, no podía ser más respetable. Sin embargo, era un criminal perverso, uno de los peores asesinos en serie que yo había conocido.

Fred Wade, un agente local, se acercó a mí cerca del helicóptero que me había llevado hasta allí. Yo aún estaba examinando las fotos del montañero. Wade dijo que quería saber qué pasaba, y le entendí. Yo también quería saberlo.

—El hombre que filmó la explosión se llama Geoffrey Shafer —le expliqué—. Lo conozco. Cometió varios asesinatos en Washington D.C., cuando yo trabajaba allí como detective de homicidios. Lo último que sabía de él era que había huido a Londres. Mató a su mujer delante de sus hijos en un mercado londinense. Después desapareció. En fin, supongo que ha vuelto. No sé por qué, pero me duele la cabeza sólo de pensarlo.

Saqué mi teléfono móvil y llamé a Washington. Mientras comunicaba lo que había descubierto, miraba las últimas fotos de Geoffrey Shafer. En una de ellas se subía a un Ford Bronco rojo.

En la siguiente, el Ford se alejaba. Santo cielo. Se veía la matrícula.

Y eso era lo más extraño hasta el momento: la Comadreja había cometido un error.

La Comadreja que yo conocía no solía cometerlos.

Así que quizá no fuese un error.

Quizá formase parte del plan.

12

El Lobo todavía estaba en Los Ángeles, pero desde el desierto de Nevada llegaban informes periódicamente. La policía llegando a Sunrise Valley... luego los helicópteros... el ejército estadounidense... finalmente el FBI.

Ahora su viejo amigo Alex Cross estaba también allí.

«Bien, Alex Cross. Magnífico soldado.»

Naturalmente, nadie entendía un carajo.

No había ninguna teoría coherente sobre lo sucedido en el desierto.

¿Cómo iba a haberla?

La situación era caótica, y en eso residía su belleza. Nada asustaba más a la gente que lo que era incapaz de comprender.

Por ejemplo, ese capullo de Los Ángeles, Fedya Abramtsov, y su mujer, Liza. Fedya pretendía ser un pez gordo de la mafia rusa y al mismo tiempo llevar la vida de una estrella de cine en Beverly Hills. Precisamente estaba en casa de Fedya y Liza, aunque el Lobo la consideraba su casa; al fin y al cabo, el dinero de ellos era su dinero. Sin él no eran más que delincuentes de tres al cuarto con muchos humos.

Fedya y Liza ni siquiera sabían que él estaba en su casa. La pareja se encontraba pasando unos días en su casa de Aspen y había regresado a Los Ángeles esa misma noche, a las diez y media.

Menuda sorpresa.

Un hombre de aspecto poderoso solo en el salón. Sentado allí tan tranquilo. Pacíficamente. Apretando una pelota negra de goma en la mano derecha.

No lo habían visto nunca.

—¿Quién demonios es usted? —preguntó Liza—. ¿Qué hace aquí?

El Lobo abrió los brazos.

—Soy la persona que os regaló todas estas cosas maravillosas. ¿Y qué me dais a cambio? ¿Una falta de respeto como ésta? Soy el Lobo.

Fedya ya había oído suficiente. Sabía que si el Lobo estaba allí, dejándose ver, él y Liza estaban perdidos. Mejor correr y rogar que el Lobo estuviera solo, por muy difícil que pareciera.

Dio un solo paso y el Lobo sacó una pistola de debajo de un cojín. Era un buen tirador. Alcanzó a Fedya Abramtsov a la primera, en la nuca.

—Está muy muerto —le dijo con calma a Liza, que según tenía entendido usaba un apodo—. Prefiero Yelizaveta —añadió—; no es tan común, tan americanizado. Ven, siéntate. Siéntate, por favor. —El Lobo se dio unas palmaditas en el regazo—. Ven, no me gusta repetir las cosas.

La chica era guapa, lista y, al parecer, despiadada como una serpiente. Cruzó el salón y se sentó en el regazo del Lobo. Al menos hacía lo que le ordenaban. Buena chica.

—Me gustas, Yelizaveta. Pero ¿qué alternativa tengo? Me habéis desobedecido. Fedya y tú me robasteis. No discutas. Sé que es verdad. —Miró fijamente sus preciosos ojos castaños—. ¿Conoces el *zamochit*? —preguntó—. ¿La rotura de huesos?

Era evidente que Yelizaveta sabía de qué hablaba, porque empezó a gritar como loca.

—Excelente —dijo el Lobo mientras atenazaba la delgada muñeca izquierda de la mujer—. Hoy todo está saliendo a pedir de boca.

Comenzó por el meñique izquierdo, el pequeñín.

13

¿Se había declarado una guerra? En tal caso, ¿quién era el enemigo?

En el desierto todo estaba totalmente oscuro y hacía muchísimo frío. Un paisaje pavoroso y turbador, por decir poco. No había luna. ¿Formaba parte del plan? ¿Qué debía ocurrir a continuación? ¿A quién? ¿Por qué?

Traté de ordenar mis pensamientos y esbocé un plan para trabajar las horas siguientes con un mínimo de organización. Sería difícil, quizás imposible. Buscábamos un pequeño convoy de todoterrenos y camiones del ejército que parecía haber desaparecido, como si se lo hubiese tragado el desierto. Pero también un Ford Bronco matrícula 322JBP y modelo Sunset.

Y estábamos buscando a Geoffrey Shafer. ¿Por qué estaba allí la Comadreja?

Mientras esperábamos algún acontecimiento, quizás un mensaje o una advertencia, di un paseo por lo que hasta hacía poco había sido Sunrise Valley. En el punto donde había caído la bomba, los edificios y los vehículos no sólo habían quedado aplastados, sino que prácticamente se habían esfumado. En el aire flotaban todavía astillas y cenizas, fragmentos de muerte y destrucción. El cielo nocturno estaba cubierto por una oscura y untuosa nube de humo, y me asaltó la inquietante idea de que sólo el hombre es capaz de crear un arma semejante, y que sólo el hombre puede desear hacerlo.

Mientras caminaba entre las montañas de escombros, conversé con los agentes y los técnicos asignados a la investigación y comencé a tomar mis propias notas:

Hay trozos del campamento de caravanas desperdigados por todas partes.

Un bidón parecía estar a punto de caer sobre una caravana, y de repente estalló en el aire.

Al principio fue como «una nube blanca, parecida a una medusa»; luego la nube explotó.

Grandes vientos por el calor del fuego, al parecer ondas de convección, se levantaron con la fuerza de un vendaval durante unos minutos.

Hasta el momento solamente habíamos descubierto un cadáver.

Todo el mundo se preguntaba lo mismo: ¿por qué uno solo? ¿Por qué habían permitido que los demás se salvasen? ¿Por qué hacer estallar ese campamento de caravanas en particular?

No tenía sentido. De momento, nada tenía sentido. Pero lo más extraño era la presencia de Shafer.

Una agente del FBI local, Ginny Moriarity, gritó mi nombre, y yo me volví. Me hacía señas frenéticas para que me acercase. ¿Qué pasaba?

Corrí hacia donde estaban la agente Moriarity y un par de policías. Todos parecían preocupados por algo.

—Hemos encontrado el Bronco —dijo—. Ni rastro de los camiones del ejército, pero hemos localizado el Bronco en Wells.

—¿Qué hay en Wells? —pregunté.

—Un aeropuerto.

14

¡Adelante!

Volví a subir al helicóptero del FBI, y nos dirigimos a toda velocidad a Wells, con la esperanza de alcanzar a la Comadreja. No parecíamos tener muchas posibilidades, pero era lo único que podíamos hacer. Los agentes Wade y Moriarity me acompañaban. No querían perderse... lo que fuera que nos esperase en Wells.

Mientras nos alejábamos de lo que quedaba de Sunrise Valley, caí en la cuenta de la gran altitud del lugar: el antiguo pueblo había estado a más de mil trescientos metros de altura.

Luego me olvidé del paisaje y comencé a pensar en Shafer, tratando una vez más de figurarme qué podía relacionarlo con aquel caos, aquella tragedia, aquel crimen. Tres años antes, Shafer había secuestrado a Christine Johnson. Había sucedido durante unas vacaciones familiares en las Bermudas. En aquella época, Christine y yo estábamos prometidos. Aunque no lo sabíamos, ella estaba embarazada de Alex cuando Shafer la secuestró. No volvimos a ser los mismos después del rescate. John Sampson, mi mejor amigo, y yo la encontramos en Jamaica. Christine quedó traumatizada, y yo no podía reprochárselo, naturalmente. Después se mudó a Seattle, donde vivía con Alex. Y yo culpaba a Shafer por la disputa que manteníamos por la custodia.

¿Con quién trabajaba? Una cosa era evidente, y probablemente útil para la investigación: en el bombardeo de Sunrise Valley había implicada mucha gente. Por el momento no sabíamos quiénes eran los hombres y las mujeres que se habían hecho pasar por soldados, pero sí sabíamos que no eran militares del cuerpo de vigilancia. Fuentes del Pentágono habían confirmado ese punto. Luego estaba la bomba que había arrasado el pueblo. ¿Quién la había fabricado? Tal vez alguien con experiencia militar. Shafer había sido coronel del ejército británico, pero también había trabajado como mercenario.

Muchas conexiones interesantes, pero todavía nada claro. El piloto del helicóptero se volvió hacia mí.

—Deberíamos avistar Wells en cuanto pasemos estas montañas. Al menos, veremos las luces. Pero ellos también nos verán. No creo que podamos sorprender a nadie en el desierto.

Asentí con la cabeza.

—Usted procure aterrizar lo más cerca posible del aeropuerto. Nos pondremos en contacto con los agentes federales. Puede que tengamos que disparar —añadí.

—Entendido —respondió el piloto.

Empecé a discutir nuestras opciones con Wade y Moriarity. ¿Debíamos tratar de aterrizar en el mismo aeropuerto? ¿O cerca, en el desierto? ¿Alguno de los dos había disparado antes? ¿O les habían disparado a ellos? Descubrí que no lo habían hecho. Ninguno de los dos. Genial.

El piloto se giró otra vez.

—Allá vamos. El aeropuerto aparecerá a la derecha. Allí.

De pronto avisté un edificio de dos plantas y lo que parecían dos pistas de aterrizaje. Había coches, tal vez media docena, pero el Bronco no estaba entre ellos.

Entonces vi un pequeño avión privado corriendo por la pista, a punto de despegar.

¿Shafer? No parecía probable, aunque últimamente nada me lo parecía.

—Creí que habíamos cerrado el aeropuerto de Wells —le dije al piloto.

—Yo también. Puede que ése sea nuestro hombre. En tal caso, lo hemos perdido. Ese avión es un Learjet 55 y vuela condenadamente rápido.

A partir de ese momento no tuvimos más remedio que limitarnos a mirar. El Learjet corrió a toda velocidad por la pista, despegó y se alejó rápidamente de nosotros, creando la impresión de que todo le había resultado increíblemente sencillo. Imaginé a Geoffrey Shafer a bordo, mirando el helicóptero, quizás haciéndonos un gesto obsceno con el dedo. ¿O me lo haría a mí? ¿Sabría que yo me encontraba allí?

Unos minutos después aterrizamos en Wells. Casi de inmediato, recibí la noticia de que el Learjet estaba fuera del radar.

—¿Qué quieren decir con «fuera del radar»? —pregunté a los dos técnicos en la pequeña sala de control del aeropuerto.

—Queremos decir que el avión parece haber desaparecido de la faz de la Tierra —respondió el más viejo—. Como si nunca hubiera estado aquí.

Pero la Comadreja había estado allí, yo lo había visto. Y tenía fotos que lo demostraban.

15

Geoffrey Shafer cruzaba el desierto a toda velocidad en un Oldsmobile Cutlass. No iba bordo del avión que había despegado en Wells, Nevada. Habría sido demasiado sencillo. Las comadrejas siempre tienen preparadas varias formas de escapar.

Mientras conducía, Shafer pensaba que el extraño y brillante plan del desierto había salido bien, y que desde luego habían contado con recursos alternativos por si fallaba algo. También había descubierto que el doctor Cross, que ahora estaba con el FBI, había viajado a Nevada.

«¿Es parte de la estrategia? —Por alguna razón, esperaba que sí—. Pero ¿por qué Cross? ¿Qué papel tiene pensado el Lobo para él?»

La Comadreja finalmente se detuvo en Fallon, Nevada, donde debía establecer su siguiente contacto. No sabía exactamente con quién iba a establecer contacto, ni por qué, ni adónde los conduciría aquella operación. Sólo conocía su parte, y tenía órdenes expresas de llamar desde Fallon, con el fin de recibir nuevas instrucciones.

De manera que cumplió las órdenes: se registró en el Best Inn de Fallon y fue directamente a su habitación. Llamó desde un móvil, que debía destruir después de hacer la llamada. No hubo intercambio de formalidades, ni palabras innecesarias. Fueron al grano.

—Aquí el Lobo —oyó al llamar, y se preguntó si sería verdad. Corrían rumores de que el Lobo tenía imitadores, y quizás incluso dobles. Cada uno con su parte, ¿no? A continuación recibió noticias inquietantes—: Lo han visto, coronel Shafer. Lo vieron y lo fotografiaron cerca de Sunrise Valley. ¿Lo sabía?

Shafer trató de negarlo, pero le interrumpieron.

—Ahora mismo estamos mirando copias de las fotos. Así es como siguieron el Bronco hasta Wells. Y por eso le dijimos que cambiase de coche en las afueras de la ciudad y continuase viaje hacia Fallon. Por si algo salía mal.

Shafer se quedó sin palabras. ¿Cómo iban a haberlo visto en medio de la nada? ¿Por qué estaba Cross allí?

El Lobo finalmente rió.

—Bah, deje de comerse el coco, coronel. Estaba previsto que lo vieran. El fotógrafo trabaja para nosotros.

»Ahora diríjase a su nuevo punto de contacto. Y esta noche diviértase en Fallon. Salga de parranda. Quiero que mate a alguien en el desierto. Usted escoge la víctima. Haga lo de siempre. Es una orden.

16

El grado de impotencia y de tensión que sentía aumentaba por momentos, igual que la confusión general sobre el caso. Nunca en mi vida había visto un caos de semejante magnitud, ni desatado de forma tan repentina.

Casi un día después del atentado, no teníamos nada salvo un agujero en el desierto de Nevada y un par de pistas dudosas. Habíamos hablado con los más de trescientos habitantes de Sunrise Valley, pero ninguno de los supervivientes tenía idea de qué había pasado. En los días inmediatamente anteriores no había sucedido nada fuera de lo común, ni habían recibido la visita de desconocidos. No habíamos encontrado los vehículos del ejército ni descubierto de dónde habían salido. Lo ocurrido en Sunrise Valley no tenía el menor sentido. Como tampoco la presencia allí del coronel Geoffrey Shafer. Aunque nos conmocionó, desde luego.

Todavía no podíamos creer lo del bombardeo.

Pasados dos días, no había mucho que pudiera hacer en el desierto, así que regresé a Washington. Nana, los niños e incluso *Rosie*, la gata, estaban esperándome en el porche.

Hogar, dulce hogar, otra vez. ¿Por qué no había aprendido la lección y me había quedado en casa?

—¡Qué bonito! —dije, sonriendo de oreja a oreja mientras subía los peldaños del porche—. Un comité de bienvenida. Supongo que todos me habéis echado de menos, ¿no? ¿Cuánto tiempo lleváis aquí, esperando a papá?

Nana y los niños sacudieron la cabeza casi a la vez, y me olí una conspiración.

—Nos alegramos de verte, por supuesto —dijo Nana, y por fin esbozó una sonrisa. Todos sonrieron. Una conspiración, sin duda alguna.

—¡Te lo has creído! —exclamó Jannie, que tenía diez años. Llevaba un gorro de crochet y las trenzas colgando debajo—. Claro que somos tu comité de bienvenida. Claro que te echamos de menos, papi. ¿Cómo no íbamos a echarte de menos?

—¡Te hemos pillado! —Damon saltó de la barandilla. Tenía doce años y la pinta que correspondía a su edad. Camiseta de Sean John y tejanos de pierna recta y cintura baja.

Lo señalé con un dedo.

—Ya te pillaré yo a ti si rompes la barandilla. —Sonreí—. ¡Te lo has creído! —le dije a Damon.

A continuación tuve que responder a un montón de preguntas sobre Alex y pasarles la cámara digital para que vieran las docenas de fotos que había tomado de nuestro adorado hombrecito.

Entonces todo el mundo reía, lo cual estaba mucho mejor, y me sentí feliz de encontrarme de nuevo en casa, aunque seguía esperando noticias del atentado de Nevada y de la implicación de Shafer.

Nana me había preparado la cena y, tras un delicioso banquete de pollo asado con ajo y limón, calabaza, champiñones y cebolla, la familia se congregó en la cocina, alrededor de los platos sucios y unos cuencos de helado.

Jannie nos enseñó un precioso dibujo a tinta de Venus y Serena Williams, sus heroínas, y luego vimos a los Washington Wizards por la tele. Finalmente, todo el mundo empezó a prepararse para irse a la cama, aunque antes hubo besos y abrazos. Agradable, muy agradable. Un día mucho mejor que el anterior pero no tan bueno como el siguiente, o al menos eso quería creer yo.

17

Sobre las once subí por fin a mi despacho del desván. Durante unos veinte minutos, repasé el expediente del caso de Sunrise Valley, preparándome para el día siguiente, y luego llamé a San Francisco, a la casa de Jamilla. Había hablado un par de veces con ella en los dos últimos días, pero había estado demasiado ocupado para dedicarle mucho tiempo. Supuse que ya habría vuelto del trabajo.

Pero sólo oí una voz en el contestador.

No me gusta dejar recados, sobre todo cuando ya le había dejado un par desde Nevada, pero finalmente dije:

—Hola, soy Alex. Intento convencerte de que me perdones por lo que pasó en el aeropuerto de San Francisco. Si quieres venir al Este, te enviaré el billete. Hasta pronto. Te echo de menos, Jam. Adiós.

Colgué el auricular y dejé escapar el suspiro que había estado conteniendo. Estaba fastidiando las cosas, ¿no? Sí, joder. ¿Cómo podía hacer algo así?

Bajé a la cocina y me zampé un buen trozo del pan de maíz que Nana había cocinado para el día siguiente. Pero no me ayudó; sólo me hizo sentirme peor, culpable por mis hábitos alimenticios. Me senté a la mesa, con *Rosie* en el regazo, y la acaricié.

—A ti te caigo bien, ¿verdad, *Rosie*? ¿No crees que soy un buen tipo?

Las llamadas telefónicas del día no habían acabado. Pasada la medianoche recibí una de un agente con el que había trabajado en Nevada. Fred Wade disponía de información que podía interesarme:

—Acabamos de recibir una noticia de Fallon —dijo—. Una recepcionista del Best Inn local fue violada y asesinada hace un par de noches. Abandonaron el cadáver entre unos matorrales, cerca del aparcamiento del hotel. Como para que lo encontrásemos enseguida. Tenemos la descripción de un cliente que podría ser su coronel Shafer. Huelga decir que hace tiempo que se largó de Fallon.

«Su coronel Shafer.» Eso lo decía todo, ¿no? «Hace tiempo que se largó de Fallon. Por supuesto.»

18

Aquella noche no dormí mucho. Creo que tuve pesadillas horribles con la Comadreja. Y con la tragedia de Sunrise Valley, Nevada.

A primera hora de la mañana siguiente debía firmar una autorización para que los niños pudieran ir de excursión al Acuario Nacional de Baltimore. Lo hice a las cuatro y media, antes de que se levantasen, y me marché a trabajar dejando la casa todavía a oscuras. No quería despedirme, porque lo detesto, pero dejé un par de notas cariñosas para Jannie y Damon. Un papá excelente, ¿no?

Mientras conducía hacia el trabajo escuché un compacto de Alicia Keys y Calvin Richardson, buena compañía para el viaje y para lo que fuese que se avecinase.

En aquellos días, la oficina central del FBI en Washington lanzaba constantes avisos de emergencia. Desde el 11-S, la agencia había cambiado de manera radical, dejando de ser un organismo de investigación que algunos calificaban de reactivo para convertirse en un organismo activo y más eficaz. En el edificio Hoover habían hecho una adquisición reciente: un programa informático de seis millones de dólares que contenía una base de datos de actividades terroristas de cuarenta millones de páginas, con información que se remontaba a los atentados de 1993 en el World Trade Center.

Teníamos toneladas de información; sólo faltaba comprobar si servirían para algo.

Esa mañana, una docena de agentes asignados al caso de Sunrise Valley nos reunimos en el Centro de Operaciones e Información Estratégica, situado en la quinta planta. La destrucción de un pueblo era considerada «una amenaza importante», aunque no teníamos forma de asegurar que lo fuera. Hasta ese momento, carecíamos de cualquier pista sobre lo ocurrido en el lugar.

Todavía no habíamos recibido ninguna información de los bomberos; ni una palabra.

Aquel despacho en particular era de los más cómodos y vistosos: varios sillones de cuero azul, una mesa de madera oscura, una alfombra granate. Dos banderas —la de Estados Unidos y la del Departamento de Justicia— y un montón de impecables camisas blancas alrededor de la mesa.

Yo llevaba tejanos y un anorak azul marino con la inscripción: UNIDAD ANTITERRORISTA FBI. Tenía la impresión de que era el único que iba vestido adecuadamente. Aquél no sería un caso del montón.

Sin embargo, la habitación estaba llena de pesos pesados. La persona de mayor graduación era Burt Manning, uno de los cinco asistentes de la dirección ejecutiva de la agencia. También estaban presentes varios agentes del Centro Nacional Antiterrorista, así como el principal analista de la nueva Oficina de Inteligencia, donde trabajaban expertos del FBI y la CIA.

Mi compañera de la mañana era Monnie Donnelley, estupenda analista y buena amiga de mis tiempos en Quantico.

—Veo que has recibido una invitación personal —le dije mientras me sentaba a su lado—. Bienvenida a la fiesta.

—No me la perdería por nada del mundo. Parece algo sacado de una novela de ciencia ficción. Es muy extraño, Alex.

—Sí, es verdad.

En la pantalla situada en la parte delantera de la sala apareció la agente encargada de la oficina de Las Vegas. Informaba desde el laboratorio criminalista móvil que habían montado en lo que otrora fuera Sunrise Valley. Sin embargo, no tenía grandes novedades, así que la reunión pronto se centró en la evaluación de los riesgos.

Fue entonces cuando se volvió interesante.

En primer lugar, hubo una discusión sobre los grupos terroristas locales, como la Alianza Nacional y las Naciones Arias. Pero nadie creía que esos tontainas pudieran ser responsables de un atentado tan bien planeado como éste. A continuación se habló de Al Qaeda y de Hizbulah, el grupo islámico radical. Estas organizaciones acapararon un par de horas de acalorada polémica. No cabía duda de que eran sospechosas. Finalmente, Manning recibió un encargo oficial.

Pero a mí no me hicieron ninguno, así que me pregunté si pronto tendría noticias directas del propio director Burns. No me apetecía que me llamase por este caso. No quería marcharme de Washington otra vez, y mucho menos para volver a Nevada.

De repente se desató el caos.

Todos los buscas comenzaron a sonar al unísono.

En cuestión de segundos, todos, incluido yo, habíamos consultado el mensaje. En los últimos meses, cualquier alarma se enviaba directamente a los buscapersonas de los agentes, ya se tratase del hallazgo de un paquete sospechoso en Nueva York o de una amenaza de ántrax en Los Ángeles.

El mensaje de mi busca rezaba:

Dos misiles de superficie desaparecidos de la base aérea de Kirtland, Alburquerque.

Se investiga la relación con los sucesos de Sunrise Valley.

Los mantendremos informados.

19

LOS BUENOS NO DESCANSAN, decía un letrero en la pared, cerca de la barra y de las máquinas de refrescos. A las cinco y cincuenta minutos de esa misma tarde nos convocaron otra vez en la sala de reuniones de la quinta planta. El mismo grupo augusto de la mañana. Algunos supusimos que los responsables del atentado de Sunrise Valley se habían puesto en contacto por fin con el FBI. Otros creían que la reunión tenía que ver con el robo de misiles en Kirtland.

Unos minutos después llegaron media docena de agentes de la CIA. Todos trajeados y con maletín. Vaya. A continuación se presentaron seis peces gordos del Departamento de Seguridad Nacional. Era evidente que la cosa iba en serio.

—Esto me da muy mala espina —me susurró Monnie Donnelley al oído—. Una cosa es hablar de cooperación entre agencias... pero la CIA está físicamente aquí.

Le sonreí.

—Pareces encantada.

Ella se encogió de hombros.

—Como decía el general Patton de la guerra, ¡que Dios me perdone, pero me encanta!

El director Burns entró en la habitación a las seis en punto clavadas. Llegó con Thomas Weir, el jefe de la CIA, y Stephen Bowen, del Departamento de Seguridad Nacional. Los tres parecían extremadamente incómodos. Quizá se debiera al simple hecho de encontrarse todos juntos... cosa que también nos puso nerviosos a los demás.

Monnie y yo intercambiamos otra mirada. Algunos agentes continuaron conversando como si tal cosa mientras los jefes ocupaban su sitio en la cabecera. Eran los más veteranos, y querían demostrar que habían pasado por eso otras veces. ¿De veras? ¿Acaso alguien había vivido experiencias semejantes a ésta? Yo lo dudaba.

—Atención, por favor —dijo el director Burns, y el silencio fue inmediato. Todos los ojos miraron al frente.

Burns dejó que el silencio se asentase y continuó:

—Quiero ponerlos al corriente. El primer contacto que tuvimos con los autores del atentado fue dos días antes en Sunrise Valley, Nevada. El mensaje inicial concluía con la frase «es nuestro deseo que nadie resulte herido durante la contienda». La naturaleza de esa «contienda» no se aclaró, ni siquiera se insinuó. También exigieron que no revelásemos esta información. De lo contrario, dijeron, habría graves consecuencias, aunque no especificaron cuáles.

Burns hizo una pausa y echó un vistazo alrededor. Me miró directamente a mí, saludó con la cabeza, y prosiguió. Me pregunté si sabría cosas que los demás ignorábamos. Y ¿quién más estaba implicado? ¿La Casa Blanca? Yo diría que sí.

—Desde entonces se han puesto en contacto con nosotros a diario. Enviaron un mensaje al señor Bowen, otro al jefe Weir y otro a mí. Hasta hoy no habían revelado nada importante. Pero esta mañana, cada uno de nosotros recibió una filmación del bombardeo de Nevada. La película había sido editada. Ahora la verán.

Burns hizo una seña rápida, dibujando un círculo en el aire, y en la media docena de monitores que había en la sala se puso en marcha la misma cinta. Las imágenes eran en blanco y negro, poco claras y aparentemente tomadas con una cámara de mano, como las que suelen usarse en los noticieros. Más bien como las secuencias de guerra. Un gran silencio descendió sobre la sala mientras veíamos el vídeo.

A una distancia de un kilómetro o más, se veían los camiones del ejército llegando a Sunrise Valley. Momentos después, evacuaban a los perplejos habitantes del campamento de caravanas.

Un hombre que sacó una pistola murió asesinado en la calle. Yo sabía que se trataba de Douglas Puslowski.

Después el convoy se alejó rápidamente, levantando grandes nubes de polvo.

En la escena siguiente, un objeto grande y oscuro cayó del cielo. Mientras estaba aún en el aire, se oyó una tremenda explosión.

Aunque las imágenes del bombardeo estaban editadas, era obvio que se habían filmado con una sola cámara. La edición consistía básicamente en una serie de cortes inesperados. Bruscos, pero efectivos.

Seguía una larga toma de la explosión. El avión que había lanzado la bomba no se vio en ningún momento.

—Lo filmaron todo de cabo a rabo —dijo Burns—. Querían que supiésemos que estaban allí, que fueron ellos quienes arrasaron el pueblo. En unos minutos nos dirán por qué. Llamarán por teléfono.

»La persona que llama lo hace con tarjetas de prepago y desde teléfonos públicos. Un método rudimentario, pero eficaz. Hasta ahora ha telefoneado desde tiendas, cines y boleras. Llamadas difíciles de localizar, como ya saben.

Permanecimos prácticamente en silencio durante un par de minutos. Salvo por alguna conversación privada que continuó en susurros.

Entonces el timbre del teléfono situado al frente de la sala rompió la quietud.

20

—Pondré el altavoz para que todo el mundo escuche —dijo Burns—. Dijeron que nos autorizaban, incluso nos aconsejaban, que estuvieran todos ustedes aquí. En otras palabras, querían público. Como verán, les gusta poner las normas.

—¿A quién demonios se refiere? —susurró Monnie a mi oído—. ¿Ves como es ciencia ficción? ¿Extraterrestres? Apuesto a que sí.

—Lo sabremos dentro de un instante, ¿no? No pienso apostar contra ti.

El director Burns apretó un botón de la consola, y por el altavoz se oyó una voz masculina. Estaba muy distorsionada.

—Buenas noches. Habla el Lobo —oímos.

De inmediato se me erizaron los pelos de la nuca. Yo conocía al Lobo. Lo había estado persiguiendo durante casi un año. De hecho, nunca había conocido a un asesino tan despiadado como él.

—Soy el responsable de la destrucción de Sunrise Valley. Me gustaría explicarme... al menos hasta donde merecen explicaciones. O, quizá debería decir, hasta donde quiero que sepan por ahora.

Monnie me miró y cabeceó. Ella también conocía al

Lobo. La noticia no nos habría sentado peor si la llamada hubiese procedido del mismísimo infierno.

—Es agradable hablar con ustedes, tantas personas importantes pendientes de mis divagaciones. El FBI, la CIA, el Departamento de Seguridad Nacional —continuó el Lobo—. Estoy emocionado. De hecho, me siento empequeñecido.

—¿Quiere que hablemos, o simplemente que escuchemos? —preguntó Burns.

—¿Con quién hablo? ¿Quién era ése? ¿Le importaría identificarse?

—Soy el inspector Burns, del FBI. Estoy aquí con el señor Weir, el director de la CIA, y con Stephen Bowen, del Departamento de Seguridad Nacional.

Por los altavoces se oyó un chasquido que bien podría haber sido una risa.

—Bueno, me siento muy honrado, señor Burns. Pensé que mandaría a un lacayo a hablar conmigo. Al menos al principio. Alguien como el doctor Cross, por ejemplo. Pero me alegro de que podamos hablar de jefe a jefe, ¿sabe? Siempre es lo mejor, ¿no le parece?

—En nuestro primer contacto, usted dejó claro que quería tratar con «un equipo de primera división». Créame: ese equipo está aquí. Y nos hemos tomado el atentado de Nevada muy en serio.

—Me escuchó. Estoy impresionado. Me habían dicho que sabía escuchar, señor Weir. Por desgracia, presumo que en el futuro tendremos problemas.

—¿Por qué? —preguntó Weir.

—Porque es miembro de la CIA. No se puede confiar en ustedes. Ni por un segundo... ¿No han leído a Graham Greene? ¿Quién más forma parte del equipo? —preguntó el Lobo—. Identifíquense.

Burns recorrió la sala, enumerando a los presentes. Pasó por alto a un par de agentes, y eso me intrigó.

—Es un reparto casi perfecto —dijo el Lobo cuando Burns terminó de pasar lista—. Estoy seguro de que sabrá en quién confiar y en quién no; quién es capaz de responder con su propia vida. Yo, personalmente, no me fío de la CIA, pero son manías mías. Me parecen embusteros e innecesariamente peligrosos. ¿Alguien está en desacuerdo?

Nadie habló, y los altavoces crujieron con la carcajada del Lobo.

—Es curioso, ¿no? Ni la propia CIA discrepa de mi mordaz acusación. —El tono de voz del Lobo cambió repentinamente—. Ahora escuchad con atención, idiotas. Eso es lo más importante ahora: tenéis que escucharme a mí. Si lo hacéis, salvaréis muchas vidas. Y debéis obedecer.

»¿Me ha entendido todo el mundo? Escuchar y obedecer. Quiero oíros. Por favor, hablad. ¿Está claro, coño?

Todo el mundo respondió al unísono, y aunque pareciera absurdo e infantil, comprendimos que el Lobo pretendía demostrar que tenía el mando, el poder absoluto.

—¡No está! —exclamó de repente Burns—. Ha colgado. ¡El hijo de puta cabrón ha colgado!

21

Esperamos en la sala de conferencias como si fuésemos sus títeres, pero la mafia rusa no volvió a llamar. Yo conocía bien a ese cabrón y no esperaba que telefonease otra vez. Estaba jugando con nosotros.

Finalmente regresé a mi oficina, y Monnie Donnelley se marchó a Virginia. Aún no me habían asignado el caso, al menos de manera oficial, pero el Lobo sabía que yo estaría presente en la sala de crisis. Me había dedicado especialmente un insulto gratuito.

¿Qué tramaba? ¿Un mafioso usando tácticas de terrorista? ¿Empezando una guerra? Si podía hacerlo un pequeño grupo de locos en el desierto, ¿por qué no la mafia rusa? Al parecer, lo único que hacía falta era un jefe lo bastante despiadado y dinero.

Esperé, y me pregunté si la terrible inquietud que experimentaba formaba parte del plan de los rusos de crear tensión y estrés. ¿Para controlarnos? ¿Para poner a prueba nuestra paciencia?

Naturalmente, pensé en Geoffrey Shafer y en la conexión entre ambos. ¿Qué estaba pasando? Yo había reunido información reciente sobre Shafer. Habíamos puesto bajo vigilancia a una ex novia suya, su psicóloga. Se llamaba Elizabeth Cassady, y yo estaba tratando de descifrar las notas que había tomado durante sus sesiones con Shafer.

Más tarde llamé a casa y hablé con Nana. Me acusó de comerme el pan de maíz, y yo le eché la culpa a Damon, que recibió una regañina.

—Tienes que responsabilizarte de tus actos —le dijo.

—Vale, he sido yo; asumo toda la responsabilidad —dije—. Me comí el pan y me alegro de haberlo hecho. Estaba delicioso.

Poco después de colgar el auricular, me llamaron de la sala de crisis. Tony Woods, de la oficina del director, se dirigió a los agentes que abarrotaban la estancia.

—Hay novedades —declaró con tono solemne—. En Europa se ha armado la de Dios. —Hizo una pausa y luego continuó—: Hace aproximadamente una hora, ha habido dos atentados más. Los dos en Europa occidental.

»Uno tuvo lugar en Northumberland, en el norte de Inglaterra, cerca de la frontera con Escocia. El pueblo de Middleton Hall, con una población de cuatrocientos y pico de habitantes, ya no existe. —Woods hizo otra pausa—. En esta ocasión no evacuaron a la gente. No sabemos por qué. Hay cerca de cien muertos. Ha sido un baño de sangre. Han perdido la vida familias enteras... hombres, mujeres, niños.

»Scotland Yard nos ha enviado un vídeo. Lo filmó un policía local desde unos montes cercanos, los Cheviot. Lo pondré para que lo veáis.

Vimos la filmación en un silencio absoluto y cargado de perplejidad. Al final, el propio policía habló a la cámara.

—Me llamo Robert Wilson y me crié en Middleton Hall, que ya no existe. Había una calle principal, un par de bares, algunas tiendas y las casas de las personas que conocía. Había un puente que conducía a la ciudad, pero también ha desaparecido. Desde aquí, contemplando este desierto, he recordado por qué soy cristiano. El sentimiento más poderoso que experimento ahora es la desesperanza ante el futuro del mundo.

Terminada la cinta, Tony Woods nos habló del atentado que había tenido lugar en Alemania. Dijo que por el momento no había vídeo alguno.

—Los daños en Lübeck no parecen tan dramáticos, pero aun así son graves. Por lo visto, un grupo de estudiantes universitarios se resistió. Once fueron asesinados. Lübeck está en la región de Schleswig-Holstein, cerca de la frontera con Dinamarca. Es una zona de campos. Aislada. El Lobo no ha reivindicado los atentados. Ni los anunció con antelación. Lo único que sabemos es que hay una escalada de violencia.

22

¿Qué ocurriría a continuación? ¿Y cuándo?

La tensión durante la siguiente tregua fue insoportable. Andaba suelto un loco que se dedicaba a quemar pueblos pequeños y se negaba a decir por qué, ni cuándo reemprendería o intensificaría los ataques.

Por el momento, centré mi atención en un estudio exhaustivo de nuestro psicópata, la Comadreja, leyendo y releyendo todos los documentos de su abultado expediente. Podía ver su cara, oír su voz, más claramente de lo que habría deseado. Quería apresarlo. Repasé las notas de la psiquiatra que lo había tratado cuando vivía en Washington. La doctora Elizabeth Cassady no había sido sólo su loquera, sino también su amante.

Los informes eran increíbles, por decir poco, sobre todo teniendo en cuenta la naturaleza de la relación entre ambos y la forma en que había surgido... además de lo mucho que se había equivocado ella al juzgar a Shafer. Mientras leía, tomé mis propias notas de las notas de la doctora Cassady.

PRIMERA CITA

Hombre de xx años, acude por iniciativa propia con un motivo principal: «Tengo problemas para concentrarme en mis proyectos.» Señala que lo que hace es «confidencial». Añade que sus compañeros de trabajo le dicen que se comporta «de manera extraña». Informa que está casado y que tiene tres hijos: dos gemelas y un niño. Comenta que es «feliz» en casa y con su esposa.

IMPRESIÓN

Bien vestido, muy atractivo, algo inquieto, se expresa correctamente y posee un carisma considerable. Ligeramente presuntuoso cuando refiere sus hazañas del pasado.

DESCARTAR

Trastorno psicoafectivo

Trastorno delirante

Trastorno por abuso de sustancias (principalmente alcohol o drogas recreativas)

Trastorno por déficit de atención con hiperactividad

Personalidad límite

Depresión unipolar

SESIÓN N.º 3

Llega diez minutos tarde. Se irrita cuando le pregunto por qué. Dice sentirse «estupendamente», pero parece inquieto y ansioso durante la consulta.

SESIÓN N.º 6

Cuando le pregunto por su vida familiar y sobre posibles problemas sexuales, adopta una actitud algo impropia: se ríe, se pasea por la consulta, hace chistes sexualmente explícitos y me interroga sobre mi vida personal. Dice que cuando mantiene relaciones con su esposa piensa en mí, y eso hace que eyacule prematuramente.

SESIÓN N.º 9

Hoy está silencioso, casi cabizbajo, aunque niega sentirse deprimido. «No me entienden», dice refiriéndose a la gente que lo rodea. A continuación habla de sus problemas sexuales con su esposa. Señala que la semana pasada tuvo un episodio de impotencia, a pesar de fantasear conmigo. Refiere fantasías sexuales muy gráficas, y se niega a callar cuando se lo pido. Admite estar «obsesionado» conmigo.

SESIÓN N.º 11

Hoy muestra un notable cambio de actitud. Está lleno de energía, eufórico y casi abrumadoramente simpático (posible trastorno sociopático). Cuestiona la necesidad de acudir a futuras sesiones, y dice: «Me siento de maravilla.» Cuando le pregunto por su relación con su esposa, responde: «Las cosas no podrían ir mejor. Ella me adora, ¿sabe?»

De la semana pasada refiere un episodio de conducta temeraria, que consistió en conducir a gran velocidad con la intención expresa de que la policía emprendiese una persecución desenfrenada. Habla también de una relación extramatrimonial, probablemente con una prostituta, que califica de «sexo violento». Coquetea conmigo, tratando de seducirme de manera casi descarada. Está convencido de que lo «deseo».

SESIÓN N.º 14

No acudió a la última cita. Tampoco llamó. Hoy se muestra arrepentido, aunque más tarde parece enfadado e inquieto. Señala que sintió la necesidad de «premiarse». Vuelve a hablar de un aumento de la libido; dice que llamó a varios servicios caros de señoritas de compañía, con intención de mantener relaciones sexuales, y manifiesta el deseo de realizar prácticas sadomasoquistas.

Dice que podría estar «enamorado» de mí. Esta revelación no se acompaña de emotividad alguna. Ninguna en absoluto. Debo decir que estoy un poco confundida. El coronel Shafer parece acudir a estas sesiones casi exclusivamente para seducirme. Y, por desgracia, lo está consiguiendo.

23

He de admitir que también yo me sentí confundido después de leer las notas de la doctora Cassady. De hecho, muy confundido. A partir de la decimosexta sesión, aquellas curiosas anotaciones revelaron que la psiquiatra empezaba a tomar partido por Shafer, y ya no volvieron a hacer referencia a ninguno de los extraños sentimientos que debieron de conducir a la aventura amorosa entre ambos.

Finalmente, la doctora Cassady dejó de tomar notas. Un detalle increíblemente peculiar, por no decir poco profesional. Di por sentado que la relación sentimental ya había comenzado. Si necesitaba alguna prueba más de hasta qué punto Shafer era un psicópata brillante y tremendamente perturbado, la obtendría en los informes de la doctora Cassady.

A última hora de la noche volvieron a convocarme a la sala de crisis. Me dijeron que el Lobo llamaría de un momento a otro. Eso debía de significar algo. La cuenta atrás tenía que comenzar.

Cuando por fin llamó, comenzó hablando con tono mesurado:

—Gracias por reunirse otra vez por mí. Procuraré no defraudarlos ni desperdiciar su valioso tiempo. Director

Burns, Bowen, Weir, ¿alguno tiene algo que decir antes de empezar?

—Nos ha dicho que escucháramos —señaló Burns—. Bien, le escuchamos.

El Lobo soltó una carcajada.

—Usted me cae bien, Burns. Sospecho que será un buen adversario. A propósito, ¿se encuentra allí el señor Mahoney?

El jefe del HRT, el Equipo de Rescate de Rehenes, y amigo mío, miró a Ron Burns, que le indicó que hablase con un movimiento de la cabeza.

Ned Mahoney se inclinó hacia delante y levantó un dedo, un ademán obsceno dedicado al Lobo.

—Sí, aquí estoy. Le escucho. —Aún tenía el dedo corazón extendido—. ¿En qué puedo servirle?

—Puede marcharse, señor Mahoney. Me temo que no vamos a necesitarlo. Es demasiado inestable para mi gusto. Demasiado peligroso. Y sí, hablo en serio.

Burns le hizo una seña a Mahoney para que saliese de la habitación.

—No necesitarán el Equipo de Rescate de Rehenes del FBI —prosiguió el Lobo—. Si llegamos a ese punto, todo estará perdido, créanme. Espero que empiecen a entender cómo funciona mi mente. No quiero que movilicen al HRT ni que empiecen una investigación. No me busquen las cosquillas.

»¿Me han oído? Nadie debe tratar de descubrir quién soy... o quiénes somos. ¿Lo han entendido? Por favor, respondan.

Todos los presentes dijeron «sí». Lo entendían. Una vez más tuve la impresión de que el Lobo intentaba que nos sintiésemos como niños, o quizá disfrutara humillando al FBI, la CIA y el Departamento de Seguridad Nacional.

—Cualquiera que no haya respondido que sí, que haga el favor de salir de la habitación —dijo el Lobo—. No, no, siéntense. Me estoy divirtiendo a su costa. Soy lo que suele llamarse «un tipo creativo». Pero iba en serio con respecto a Mahoney y a la investigación.

»Bien, centrémonos en el asunto que nos ocupa hoy, ¿de acuerdo? De hecho, ésta es una situación interesante. Espero que alguien esté tomando notas.

Hubo una pausa de unos quince segundos y luego el Lobo reanudó la conversación:

—Quiero que sepan cuáles son las ciudades escogidas como objetivos. Ya es hora.

»Son cuatro... y yo les recomendaría que tomasen medidas para afrontar lo peor. Estas ciudades deberían prepararse para la destrucción total.

Otra pausa y luego:

—Los objetivos son... Nueva York... Londres... Washington... Francfort. Todas estas ciudades deberán estar listas para la peor tragedia de su historia. Y que no se haga pública ni una palabra de todo esto. De lo contrario, atacaré de inmediato.

Entonces colgó otra vez. Y sin darnos fecha alguna.

24

El presidente de Estados Unidos se había levantado a las cinco y media de la mañana. Por desgracia, ya llevaba casi dos horas reunido. Iba por la cuarta taza de café solo.

El Consejo de Seguridad Nacional estaba en el despacho presidencial desde poco después de las tres y media de la madrugada. Entre los presentes se encontraban los jefes del FBI y la CIA, además de otros expertos en espionaje. Todos tomaban al Lobo muy en serio.

El presidente pensó que estaba suficientemente informado para la reunión siguiente, aunque con estas cosas nunca se sabía, sobre todo cuando surgían conflictos políticos durante una verdadera situación de emergencia.

—Comencemos con este desafortunado circo —le dijo al jefe del estado mayor—. Empecemos de una vez.

Un par de minutos después, hablaba con el canciller alemán y con el primer ministro británico. Aparecieron en las pantallas, ligeramente fuera de sincronía, en el extraño mundo de las videoconferencias.

Por mucho que al presidente le costase creerlo, ningún servicio de inteligencia tenía datos sobre quién era el Lobo o dónde residía en la actualidad. Así se lo hizo saber a sus colegas.

—Bueno, por fin coincidimos en algo —dijo el canciller alemán.

—Todos saben que existe, pero nadie tiene la menor idea de quién es en realidad —convino el primer ministro—. Creemos que es un ex miembro del KGB. Creemos que aún no ha cumplido los cincuenta. Pero lo único que sabemos con seguridad es que es muy listo. Resulta desesperante.

Todos estuvieron de acuerdo, y por último convinieron en algo más: no habría negociaciones con el terrorista.

Había que cazar al Lobo fuera como fuese, y luego eliminarlo sin contemplaciones.

SEGUNDA PARTE

TRETAS

25

En ese momento en que el capitalismo y las multinacionales florecían, y que los grandes crímenes florecían a la par, todas las ciudades importantes se habían convertido para el Lobo en el mismo lugar: un lugar aburrido y aséptico. Pasaba parte de la noche paseando por alguna de las principales ciudades del mundo; no importaba cuál, ya que el ruso se sentía igual de incómodo en cualquiera de ellas.

Pero esa noche estaba en Washington D.C., planeando sus próximos pasos.

Nadie le entendía; ni una sola persona en el mundo. Por supuesto, nadie entendía realmente a nadie, ¿no? Cualquier persona racional lo sabía. Pero no existía ningún ser humano capaz de comprender la magnitud de la paranoia de Lobo, una actitud que había quedado grabada a fuego en su alma hacía muchos años, y nada menos que en París. Era algo casi físico, como un veneno en el cuerpo. Su talón de Aquiles, suponía. Y esa paranoia, la certeza de una muerte prematura, lo había conducido a una pasión... no exactamente al amor por la vida, sino a una necesidad de jugar fuerte, de ganar a toda costa, o al menos de no perder nunca.

De manera que el Lobo recorría las calles del centro de Washington planeando más asesinatos.

Solo. Siempre solo. Apretando a cada rato la pelota de goma negra. ¿Un amuleto de la buena suerte? No tanto. Pero, paradójicamente, la clave que lo explicaba todo sobre él. La pelotita negra.

«Tiempo para pensar, planear, ejecutar», se recordó. Estaba seguro de que los gobiernos no escucharían sus exigencias; no podían ceder. No tan pronto, no tan fácilmente.

Necesitaban otra lección. Probablemente más de una.

Por eso su paseo nocturno en coche por la zona residencial de Washington donde vivía Burns, el director del FBI.

¡Qué vida tan deseable parecía llevar junto a su familia! El Lobo estaba convencido de ello.

Una atractiva y bien conservada casa de estilo rústico, bastante discreta y compatible con cierta versión del sueño americano. Un sedán Mercury azul en el camino particular. Un aparcabicicletas con dos bicis encadenadas a él. Una canasta de baloncesto con un tablero de cristal y un brillante cuadrado blanco por encima del aro.

¿Debía morir aquella familia? Sería fácil. En cierto modo, placentero. Totalmente merecido.

Pero ¿era una lección fructífera?

El Lobo no estaba seguro, así que probablemente la respuesta sería no.

Además, había que considerar otro objetivo.

Tenía una cuenta pendiente.

¿Qué podía ser mejor?

«La venganza es un plato que se sirve frío», pensó el Lobo apretando una y otra vez la pelota negra.

26

«Bienvenido a una administración obsesionada por los procedimientos y a su estrambótica forma de hacer las cosas.» Ése era mi mantra en los últimos tiempos, la frase que me repetía cada vez que entraba en el edificio Hoover. Y nunca había sido más cierto que en aquellos días.

Lo que ocurrió a continuación siguió el protocolo prescrito por un par de directivas presidenciales recientes que afectaban a la agencia. La respuesta del Lobo se inscribiría dentro de dos categorías claras: «investigación» y «gestión de consecuencias». El FBI se encargaría de la investigación; la agencia Federal para la Gestión de Emergencias (FEMA) se haría cargo de las consecuencias.

Muy ingenioso y organizado. E impracticable, al menos en mi opinión.

Puesto que la amenaza iba dirigida a una importante área metropolitana —o más bien dos, las ciudades de Nueva York y Washington—, se llamó al Equipo de Emergencias Internas, que se reunió con nosotros en la quinta planta del edificio Hoover. Empezaba a pensar que la sala de crisis era mi despacho, aunque la situación era cualquier cosa menos aburrida.

El primer tema del día fue las amenazas. Naturalmente, tras los atentados con bomba en tres pueblos, nos tomábamos a los «terroristas» muy en serio. Dirigió la discusión el nuevo director adjunto del FBI, un hombre llamado Robert Campbell McIllvaine Jr. Era tan bueno en su trabajo que poco tiempo antes el director lo había convencido de que renunciase a jubilarse y marcharse a California. Una parte de la conversación versó sobre las falsas alarmas, ya que había habido varias en los últimos dos años. Coincidimos en que ésta no era una de ellas. Bob McIllvaine estaba convencido, y eso bastó para convencernos a casi todos los demás.

El segundo tema fue la gestión de las consecuencias, de manera que la FEMA presidió esta parte de la sesión. Se cuestionó la capacidad de los servicios sanitarios para desempeñarse eficazmente ante una gran explosión en Washington, Nueva York, o ambas ciudades a la vez. Los riesgos de una evacuación rápida constituían un problema importante, pues simplemente el pánico que se desataría cuando la gente intentase huir de cualquiera de las dos ciudades, y en especial de Nueva York, podría matar a miles de personas.

Yo nunca había participado en una conversación tan aterradora como la de aquella mañana, llena de conjeturas pero también de franqueza, y lo cierto es que fue de mal en peor. Tras un almuerzo de treinta minutos —para aquellos que tuvieran apetito— y una pequeña pausa para llamadas telefónicas, nos centramos de lleno en la evaluación de los sospechosos.

«¿Quién es el responsable? ¿El Lobo? ¿La mafia rusa? ¿Podría ser otro grupo? ¿Y qué quieren?»

Al principio la lista de sospechosos era larga, pero enseguida quedó restringida a Al Qaeda, Hizbulah, el yihad islámico egipcio, o quizás un grupo mercenario independiente, pagado por cualquiera de estas organizaciones terroristas.

Por último, la conversación derivó hacia las «medidas prácticas» que tendría que instrumentar el FBI. Se estaban utilizando métodos de vigilancia móvil y fija, o estática, para controlar a varios sospechosos en Estados Unidos, pero también en Europa y en Oriente Medio. Ya habíamos emprendido una investigación grandiosa, la más exhaustiva de la historia.

Todo en contra de las órdenes explícitas y desafiantes del Lobo.

Más tarde, por la noche, repasé la información sobre Shafer recabada recientemente aquí y en Europa. «¿En Europa? —pensé—. ¿Es allí donde se organizó todo? ¿Quizás en Inglaterra, donde Shafer vivió muchos años? ¿O acaso en Rusia?¿O en alguna comunidad rusa en Estados Unidos?»

Leí algunos informes sobre los tiempos en que Shafer había sido abogado de mercenarios en África.

Entonces recordé algo.

Poco tiempo antes había vuelto a Inglaterra disfrazado: había usado una silla de ruedas para entrar en el país. Por lo visto, había recorrido Londres con la silla. Y difícilmente sospechase que nosotros lo sabíamos.

Era una pista, y la introduje en el sistema de inmediato. La marqué como importante.

Era probable que la Comadreja estuviera usando una silla de ruedas también en Washington.

Y podía ser que de repente estuviéramos un paso por delante de él, en lugar de dos por detrás.

Después de apuntar este dato, decidí por fin irme a dormir. La jornada había terminado, o al menos eso esperaba yo.

27

A primera hora del día siguiente la Comadreja se abrió paso por la ruidosa y abarrotada Union Station en una silla de ruedas negra y desmontable, discurriendo sobre todo pensamientos alegres. Le gustaba ganar, y estaba ganando a cada paso del camino.

Geoffrey Shafer tenía buenos contactos militares en Washington D.C., lo que lo convertía en una persona extremadamente valiosa para la operación. También tenía contactos en Londres, otro de los objetivos, aunque eso no era tan importante para el Lobo. Sin embargo, volvían a contar con él y le encantaba sentirse importante.

Además, quería hacer daño a mucha gente en Estados Unidos. Detestaba a los estadounidenses. El Lobo le había dado la oportunidad de causar una auténtica calamidad. *Zamochit.* Romper huesos. Una matanza.

En los últimos tiempos llevaba el pelo corto y teñido de negro. No podía disimular su metro noventa de estatura, pero había conseguido algo mejor; de hecho, le había robado la idea a un antiguo colega. Durante el día, al menos, viajaba por Washington en silla de ruedas: un moderno modelo que podía plegar y guardar fácilmente en el asiento trasero de la ranchera Saab que conducía. Si llamaba la atención, cosa que sucedía de vez en cuando, era por otras razones.

A las seis y veinte de la mañana se encontró con un contacto en Union Station. Los dos se pusieron en la cola del Starbucks, Shafer detrás del otro hombre, y fingieron entablar una conversación casual.

—Están muy atareados —dijo el contacto, que trabajaba como ayudante de un alto cargo del FBI—. Nadie hizo caso de las órdenes de no investigar. Ya han montado un procedimiento de vigilancia en las ciudades señaladas. Naturalmente, lo están buscando a usted aquí. Le han asignado el agente Cross.

—No esperaba menos —dijo Shafer con su habitual sonrisa ladina. Lo de la vigilancia no le sorprendía. El Lobo lo había previsto. Y él también. Permaneció en la cola y pidió un café con leche. Luego apretó un botón y la silla de ruedas se dirigió hacia una fila de teléfonos públicos, cerca de las taquillas. Sorbió el café mientras hacía una llamada.

—Tengo un trabajillo para ti —le dijo a la mujer que atendió el teléfono—. Cincuenta mil dólares por apenas una hora de tu tiempo.

—Pues no busques más —dijo la mujer, que casualmente se encontraba entre los mejores francotiradores del mundo.

28

La reunión con el «subcontratista» tuvo lugar poco después del mediodía, en la terraza del centro comercial Tysons Corner. El coronel Shafer se sentó con la capitán Nicole Williams ante una pequeña mesa situada justo enfrente del Burger King.

Entre ellos había hamburguesas y refrescos, pero ninguno de los dos comió lo que Shafer tachó de «asquerosos taponadores de arterias yanquis».

—Bonitas ruedas —dijo con una sonrisa irónica la capitán Williams al ver a Shafer en silla de ruedas—. No tienes vergüenza, ¿no?

—Se hace lo que haga falta, Nikki. —Le devolvió la sonrisa—. Ya me conoces, siempre cumplo con mi deber, cueste lo que cueste.

—Sí, ya lo creo que te conozco, coronel. Bueno, gracias por confiar en mí para este trabajo.

—Espera a que te lo explique antes de darme las gracias.

—Para eso estoy aquí. Te escucho.

De hecho, Shafer estaba un poco preocupado: le sorprendía que Nikki Williams se hubiese abandonado tanto desde la última vez que se habían visto. No creía que sobrepasara el metro sesenta y ocho de estatura y debía de pesar unos cien kilos.

Sin embargo, Nikki Williams rezumaba una seguridad en sí misma característica de la profesional consumada que siempre había sido y que Shafer conocía a la perfección.

Habían trabajado juntos en Angola durante seis meses, y la capitán Williams era un as en su especialidad. Siempre hacía lo que le mandaban.

Shafer le explicó sólo la tarea que le correspondería a ella, y le repitió la tarifa: cincuenta mil dólares por menos de una hora de trabajo. Lo que más le gustaba de Nikki era que nunca se quejaba de la dificultad de una misión, ni siquiera de sus riesgos.

—¿Cuál es el paso siguiente? ¿Cuándo tengo que actuar? —Fueron las dos únicas preguntas que formuló después de que él le diera las instrucciones básicas, aunque sin mencionar aún el objetivo.

—Mañana a la una estarás en el aeropuerto regional de Manassas, en Virginia. Un helicóptero MD-530 aterrizará allí cinco minutos después. A bordo habrá un fusil HK PSG-1 para ti.

Williams frunció el entrecejo y negó con la cabeza.

—Si no te importa, llevaré el mío. Prefiero el Winchester M70, con munición 300 Win Magnum de punta hueca y tipo troncocónico. La he probado y sé que es lo mejor para esta clase de trabajo. Has dicho que había que perforar cristal, ¿no?

—Así es, capitán. Tendrás que disparar contra un edificio de oficinas.

Shafer no se opuso al cambio de arma. Había trabajado con muchos francotiradores y sabía que eran muy suyos, que tenían su particular manera de hacer las cosas. Había previsto que Nikki haría cambios, y de hecho le sorprendió que no propusiera otros.

—Bien, ¿y quién morirá mañana? —preguntó por fin la mujer—. Necesito saberlo, desde luego.

Shafer le dijo quién era el objetivo y observó con admiración que ella ni se inmutó. Su única reacción fue:

—Mi precio acaba de duplicarse.

Shafer hizo un lento gesto de asentimiento.

—De acuerdo. No hay problema, capitán.

Nikki Williams sonrió.

—¿Me he conformado con demasiado poco?

Shafer volvió a asentir.

—Así es. Pero de todas maneras te daré ciento cincuenta. Eso sí: no falles.

29

Parecía que estábamos haciendo progresos. Por fin teníamos algo, y todo había empezado con una pista que había encontrado yo. ¡La silla de ruedas!

A las diez de la mañana crucé Washington a toda velocidad en dirección al edificio Farragut, situado en Cathedral Avenue. Tres años antes, una colega llamada Patsy Hampton había sido asesinada en el aparcamiento de ese edificio. La había matado Geoffrey Shafer. En el Farragut vivía su antigua psiquiatra.

Hacía treinta y seis horas que vigilábamos a la doctora Elizabeth Cassady, y finalmente la operación había dado frutos. La Comadreja había aparecido por allí. Aparcó en el garaje subterráneo, cerca de donde había asesinado brutalmente a Patsy. Luego subió al piso 10-D, donde aún vivía la doctora Cassady.

Había llegado en silla de ruedas.

Subí al ascensor con otros cuatro agentes. Ya habíamos desenfundado.

—Es extremadamente peligroso. Por favor, tomáoslo muy en serio —les recordé mientras bajábamos en el piso de la psiquiatra.

Habían pintado desde la última vez que había estado allí, pero el ambiente me resultaba familiar, inquietantemente familiar. Volví a enfurecerme con la Comadreja por la muerte de Patsy Hampton.

Llamé al timbre del 10-D.

—FBI, abran la puerta —grité—. FBI, doctora Cassady.

La puerta se abrió y me encontré frente a frente con una mujer alta, rubia y atractiva a quien reconocí de inmediato.

Elizabeth Cassady también me reconoció a mí.

—Doctor Cross —dijo—. Qué sorpresa. Bueno, en realidad, no es ninguna sorpresa.

Mientras hablaba, oí una silla de ruedas a su espalda. Alcé el arma y aparté a la doctora.

Apunté con el arma.

—¡Alto! —grité—. ¡Alto ahí!

Entonces vi con claridad la silla de ruedas y a su ocupante. Sacudí la cabeza y bajé el arma. Reprimí una palabrota. Aquello olía a podrido... o, mejor dicho, a Comadreja.

—Es obvio que no soy el coronel Geoffrey Shafer —dijo el hombre de la silla de ruedas—. Ni siquiera lo conozco. Soy Francis Nicolo, actor, y estoy inválido de verdad, así que no me traten con brusquedad, por favor.

»Me ofrecieron una generosa suma de dinero para que viniera aquí. Debo saludarlos de parte del coronel y decirles que tendrían que haber escuchado sus instrucciones. Puesto que están aquí, es evidente que no lo han hecho.

El hombre de la silla de ruedas se inclinó.

—Ésa es mi parte, mi papel. Es lo único que sé. ¿Qué tal ha estado mi actuación? ¿Aceptable? Pueden aplaudir, si lo desean.

—Queda arrestado —le dije, y me volví hacia Elizabeth Cassady—. Y usted también. ¿Dónde está? ¿Dónde está Shafer?

Ella sacudió la cabeza con una expresión profundamente triste.

—Hace años que no veo a Geoffrey. Me está usando, igual que a ustedes. Para mí es más grave, desde luego, porque lo quise. Así funciona su mente, y ya deberían saberlo.

«Y usted también —pensé—. Usted también.»

30

«Es impresionante», pensó la capitán Nikki Williams. Y no se refería sólo a la reunión en el aeródromo. El plan entero era fascinante. Temerario.

El aeropuerto regional de Manassas era un lugar anodino que ocupaba ochocientos acres de terreno y tenía dos pistas paralelas. Había un edificio para los pasajeros y una torre de control de la FAA, pero era un buen sitio para la misión.

«Alguien está planeando las cosas muy bien. Esto promete.»

Un par de minutos después de que la capitán Williams llegase al aeropuerto, vio aterrizar al helicóptero. En el acto se le ocurrieron dos cosas: ¿de dónde habían sacado un MD-530? Y que era el aparato perfecto para la misión. No cabía duda de que aquello iba a funcionar. Y quizá no fuese tan arriesgado como parecía.

Nikki Williams corrió hacia el helicóptero llevando el Winchester en un bolso. El piloto tenía el resto de las piezas del rompecabezas. Por lo visto, era el hombre encargado de explicarle el plan.

—Tengo el depósito lleno. Vamos hacia el noreste, por encima de la autopista 28. Voy a parar un minuto en Rock Creek Park —dijo.

—¿Rock Creek Park? No entiendo —repuso la capitán Williams—. ¿Por qué tenemos que bajar otra vez?

—La parada será para que usted se suba a uno de los patines. Tendrá que disparar desde allí. ¿De acuerdo?

—Perfecto —respondió Williams—. Ahora lo entiendo.

El plan era audaz, pero a ella le pareció razonable. Todo era razonable. Incluso habían escogido un día gris con vientos muy suaves. El MD-530 era rápido y muy fácil de maniobrar. De hecho, era lo bastante estable para disparar desde él. En sus tiempos en el ejército, Nikki había disparado miles de salvas desde estos aparatos en toda clase de clima, y la práctica hace al maestro.

—¿Preparada? —preguntó el piloto cuando ella hubo subido—. En menos de nueve minutos entraremos en Washington D.C. y saldremos de allí.

Williams levantó el pulgar en señal de aprobación y el MD-530 despegó, se dirigió hacia el noreste y muy pronto cruzó el Potomac. No subió a más de diez o doce metros del suelo e iba a una velocidad de ochenta kilómetros por hora.

En Rock Creek Park descendió durante menos de cuarenta segundos.

La capitán Williams ocupó su sitio en el patín derecho, detrás y por debajo del piloto. Luego le hizo una seña para que despegase.

—Vamos allá. Hagámoslo.

«Es más que un buen plan; es alucinante —pensó mientras el helicóptero despegaba otra vez y se dirigía al objetivo—. Dentro y fuera de la zona de peligro en menos de nueve minutos. Será visto y no visto.»

31

Volví a mi despacho antes del mediodía, cansado y furioso; me conecté con la base de datos del Centro Nacional de Información sobre el Crimen y bebí unos cuatro litros de café... lo peor que podía hacer. «Maldita Comadreja; sabía que habíamos descubierto lo de la silla de ruedas. Pero ¿cómo? Tienen un infiltrado, ¿no? Alguien avisó a Shafer.»

Seguía sentado a mi mesa a eso de la una, cuando en el edificio empezó a sonar una alarma estridente y ensordecedora.

Al mismo tiempo, mi busca emitió la señal de amenaza terrorista.

Oí gritos a un lado y otro del pasillo.

—¡Mirad por la ventana! ¡Deprisa! ¡A la ventana!

—¡Ay, Dios! ¿Qué diablos hacen ahí abajo? —gritó otra persona.

Miré por la ventana y vi a dos hombres uniformados corriendo por el suelo de granito rosa del patio interior. Acababan de pasar junto a la escultura de bronce que reza «Lealtad, Valor, Integridad».

Al principio tuve la peregrina idea de que se trataba de dos hombres bomba. ¿Cómo, si no, esperaban dañar al edificio o a sus ocupantes?

Charlie Kilvert, un agente que ocupaba el despacho contiguo al mío, se asomó por la puerta.

—¿Has visto, Alex? ¿Puedes creerlo?

—Lo estoy viendo. Y no, no puedo creerlo.

Pero era incapaz de apartar los ojos de lo que ocurría en el patio. En cuestión de segundos, varios agentes fuertemente armados habían aparecido en el lugar.

Primero eran sólo tres; luego, al menos una docena. Los guardias apostados en la acera también llegaron corriendo.

Todos los agentes apuntaban con sus armas a los dos hombres uniformados. Ambos se habían detenido. Parecía que se rendían.

Sin embargo, los agentes no se acercaron más a ellos. Quizá temiesen que fueran hombres-bomba, como yo, aunque era más posible que estuviesen cumpliendo con las diligencias de rigor.

Los sospechosos levantaron las manos por encima de la cabeza. Luego, de manera lenta y estudiada, se tendieron boca abajo en el suelo. ¿Qué diablos hacían?

Entonces vi cómo se aproximaba el helicóptero por el lado sur del edificio Hoover. Lo único que alcanzaba a divisar eran el morro y el rotor.

El ominoso vuelo del helicóptero hizo que los agentes apuntasen al cielo. Al fin y al cabo, estábamos en una zona cerrada al tráfico aéreo. Los agentes gritaron y amenazaron con las armas.

Entonces el helicóptero se alejó a toda velocidad del edificio Hoover. Desapareció de la vista.

Al cabo de unos segundos, Charlie Kilvert volvió a asomarse por la puerta.

—¡Han disparado a alguien arriba!

Casi lo atropellé al salir del despacho.

32

El MD-530 volaba verdaderamente rápido cuando entró en Washington; el piloto usaba los edificios para cubrirse, sorteándolos como si jugase a una frenética versión del escondite.

Nikki supuso que esta táctica de vuelo eludiría los detectores de los radares y, a su vez, confundiría por completo a cualquier observador casual. Además, todo estaba ocurriendo a una velocidad de vértigo. Nadie sería capaz de reaccionar, y aunque lo hubiesen hecho, los aviones a chorro de la fuerza aérea no habrían podido acercarse tanto a los edificios.

Entonces divisó su objetivo. «¡Joder!» El incidente del patio estaba planeado y había muchas personas en las ventanas del edificio, que, como ella sabía, era el cuartel general del FBI. «¡Esto es una pasada!» ¡Le encantaba! En el ejército había participado en algunas acciones importantes, pero no en las suficientes, y siempre había miles de reglas que cumplir.

«Ahora sólo debes cumplir una, chica: mata a ese tío y pírate antes de que puedan reaccionar.»

El piloto tenía las coordenadas de la ventana en cuestión y, tal como esperaban, allí había dos hombres de traje oscuro mirando lo que ocurría abajo... la maniobra de distracción. La capitán Williams conocía el aspecto de su objetivo, y para cuando éste viese el fusil —a menos de tres metros—, ya estaría muerto. Y ella, alejándose del lugar.

Al otro lado de la ventana, uno de los hombres pareció gritar y trató de apartar al otro. Un héroe.

No importaba. Williams apretó el gatillo. «Tranquila.» ¡Luego, huye!

El helicóptero utilizó la misma técnica de evasión que antes y se dirigió directamente al punto de aterrizaje previsto en Virginia. Nikki Williams aún estaba eufórica por el disparo y el crimen, por no mencionar la estupenda recompensa económica que recibiría. El doble de la tarifa, y Dios sabía que se merecía cada centavo.

El helicóptero aterrizó con delicadeza y ella saltó del patín. Le hizo la venia al piloto, que extendió el brazo derecho y le descerrajó dos tiros, uno en la garganta y otro en la frente. El hombre no estaba muy convencido, pero lo hizo. Ésas eran las órdenes y sabía que debía cumplirlas. Por lo visto, la francotiradora había hablado con alguien de la misión. Era lo único que sabía el piloto.

Sólo su parte en el plan general.

33

Esto es lo que sabíamos:

Los dos hombres capturados en el patio habían sido arrastrados al interior del edificio del FBI y ahora estaban retenidos en la segunda planta. Pero ¿quiénes eran?

Circulaba el rumor de que habían disparado a Ron Burns, de que mi jefe y amigo había muerto.

Decían que había habido un atentado perpetrado por un francotirador y que el objetivo era el despacho de Burns. No pude evitar pensar en el asesinato de Stacy Pollack, que había tenido lugar ese mismo año. El Lobo nunca había reivindicado la muerte de la jefa del Centro de Información y Operaciones Estratégicas, pero nosotros sabíamos que la había ordenado él. Burns había jurado vengarse, aunque no lo había hecho. Al menos, que yo supiera.

Una media hora después del atentado, recibí una llamada para que bajase a la segunda planta. Me alegré; necesitaba hacer algo, o me volvería loco en mi despacho.

—¿Se sabe algo del tiroteo? —pregunté al agente que me había llamado.

—Yo, no. Nosotros también hemos oído rumores. Nadie confirma ni desmiente nada. He hablado con Tony Woods, del despacho del director, y no quiso abrir la boca. Nadie habla, Alex. Lo siento.

—Pero pasó algo, ¿no? ¿Dispararon a alguien?

—Sí. Dispararon a alguien.

Sintiéndome enfermo por todo lo que había ocurrido en los últimos días, bajé a toda prisa a la segunda planta, donde un guardia me condujo a una serie de celdas que yo ni siquiera sabía que existían. El agente que me recibió me dijo que querían que yo dirigiese el interrogatorio de los prisioneros.

Entré en una de las pequeñas salas de interrogatorio y encontré a dos negros aterrorizados con uniforme de marines. Tendrían treinta y tantos años, o quizá cuarenta y pocos, aunque era difícil de adivinar. Necesitaban un buen corte de pelo y un afeitado, llevaban ropa sucia y arrugada, y la habitación olía ya a sudor o a algo peor.

—Ya lo hemos contado todo —protestó con amargura uno de los dos, frunciendo su arrugada cara, cuando entré en la habitación—. ¿Cuántas veces tendremos que repetirlo?

Me senté enfrente de ellos.

—Estamos investigando un homicidio —respondí. No sabía si se lo habrían dicho ya, pero quería empezar por ahí—. Arriba han matado a alguien.

El hombre que no había hablado aún se cubrió la cara con las manos y comenzó a lloriquear y a balancearse.

—Ay, no, no, no. Dios, no —gimió.

—¡Quítese las manos de la cara y escúcheme! —grité.

Los dos callaron y me miraron fijamente. Al menos ahora me escuchaban.

—Quiero que me cuenten lo que ocurrió. Todo lo que sepan, hasta el último detalle. Y me da igual que lo hayan contado antes. ¿Me oyen? ¿Entendido? Me importa un pimiento cuántas veces lo hayan repetido ya.

»En estos momentos, son sospechosos de homicidio. Así que quiero oír su versión de los hechos. Hablen. Soy su oportunidad, su única oportunidad. Así que digan lo que saben.

Lo hicieron. Los dos. Dijeron algunas incoherencias, pero hablaron. Poco más de dos horas después, salí de la sala de interrogatorios convencido de que había oído toda la verdad, o al menos una versión esquemática de ella.

Ron Frazier y Leonard Pickett eran dos tiros al aire que vivían cerca de Union Station. Ambos eran veteranos de guerra. Los habían parado en la calle y contratado para que corriesen por los alrededores del edificio del FBI, como los dos locos que seguramente eran. Los uniformes de camuflaje eran de su propiedad, y según dijeron los usaban cada día para pedir limosna en el parque o en las calles de Washington.

Acto seguido entré en otra sala de interrogatorios para informar a dos agentes de las plantas superiores. Parecían tan nerviosos como yo. Me pregunté qué sabrían de Ron Burns.

—Creo que esos dos no saben gran cosa —dije—. Es posible que los abordase Geoffrey Shafer. El que los contrató tenía acento británico. La descripción física coincide con la de Shafer. Quienquiera que fuese, les pagó doscientos pavos. Doscientos dólares para que hiciesen lo que hicieron.

Miré a los dos agentes.

—Ahora os toca a vosotros. Decidme qué pasó arriba. ¿A quién le dispararon? ¿A Ron Burns?

Uno de los dos, Millard, respiró hondo y luego habló:

—Esto no debe salir de aquí, Alex. Hasta nuevas órdenes. ¿Entendido?

Asentí con solemnidad.

—¿Han matado al jefe?

—A Thomas Weir. El muerto es Thomas Weir —dijo el agente Millard.

De repente me sentí mareado y tembloroso. Habían matado al director de la CIA.

34

Caos.

Cuando se corrió la voz del asesinato de Thomas Weir, todos los canales de televisión emitieron la noticia y los periodistas comenzaron a rondar el edificio Hoover. Naturalmente, no podíamos decirles lo que pensábamos que había ocurrido en realidad, y todos los reporteros intuían que les ocultábamos algo.

Esa misma tarde supimos que habían descubierto el cadáver de una mujer en los bosques del norte de Virginia. Sospechábamos que se trataba de la francotiradora que había matado a Thomas Weir. A su lado habían hallado un rifle Winchester, que casi con seguridad era el arma homicida.

A las cinco, el Lobo volvió a llamar.

Sonó el teléfono en la sala de crisis y atendió Ron Burns en persona.

Nunca había visto al director tan serio y vulnerable. Thomas Weir había sido amigo suyo. De hecho, los Weir y los Burns solían pasar las vacaciones juntos en Nantucker.

—Tiene muchísima suerte, director —dijo el Lobo—. Esa bala iba destinada a usted. No acostumbro a cometer errores, pero sé que son inevitables en una operación militar tan compleja como ésta. He de admitir que en todas las guerras se producen errores. Son cosas de la vida.

Burns no respondió. Su cara permaneció inmutable, una máscara pálida imposible de descifrar, ni siquiera por nosotros.

—Comprendo cómo se siente —prosiguió el Lobo—. Cómo se sienten todos. El señor Weir era un hombre familiar, ¿no? Un ser humano decente, ¿verdad? Así que ahora están furiosos conmigo. Pero véanlo desde mi punto de vista. Les expliqué las reglas y ustedes decidieron saltárselas.

»Como comprenderán, fue su comportamiento lo que condujo a la tragedia y a la muerte. Es inevitable. Y lo que hay en juego es mucho más importante que la vida de una sola persona. Así que continuemos. El tiempo apremia.

»¿Saben? Hoy día es muy difícil encontrar personas dispuestas a escuchar. Todo el mundo va a la suya. Tomemos por ejemplo a la capitán Williams, nuestra asesina. Se le dio instrucciones de que no hablase con nadie de la misión que le encomendamos. Pero ella le contó todo a su marido. Ahora está muerta. Tengo entendido que han encontrado el cadáver. Noticia de última hora: el marido también ha pasado a mejor vida. Quizá quieran retirar el cuerpo de su casa. Está en Denton, Maryland. ¿Necesitan la dirección? Puedo facilitársela.

—Ya lo hemos encontrado —respondió Burns—. ¿Cuál es el motivo de esta llamada? ¿Qué quiere de nosotros?

—Pensé que era obvio, señor director. Quiero que sepan que cuando digo algo, lo digo en serio. Espero obediencia, y la obtendré. Me saldré con la mía por las buenas o por las malas. Como de costumbre.

»Bien, dicho esto, permítame que le hable de la cuestión más desagradable: las cifras. Nuestro precio por retirarnos. Espero que alguien tenga papel y lápiz a mano.

—Adelante —dijo Burns.

—Estupendo, allá vamos. Nueva York, seiscientos cincuenta millones de dólares. Londres, seiscientos millones. De dólares. Washington, cuatrocientos cincuenta millones. Francfort, cuatrocientos cincuenta millones. En total, dos mil ciento cincuenta millones de dólares estadounidenses. Además, quiero que suelten a cincuenta y siete presos políticos. Se les comunicarán los nombres dentro de una hora. Por si les sirve de algo, les diré que todos proceden de Oriente Medio. Figúrense el resto. Interesante dilema, ¿no?

»Tienen cuatro días para entregarnos el dinero y los prisioneros. Tiempo suficiente, ¿verdad? Más que justo. Se les comunicará dónde y cuándo. Tienen cuatro días desde... ahora... desde este mismo momento.

»Y sí, hablo muy en serio. También soy consciente de que estoy pidiendo una enorme suma de dinero y que me dirán que es «imposible» reunirla. Sé que me lo dirán. Pero no se molesten en buscar excusas ni en lloriquear.

Hizo una breve pausa.

—Ésta es la única razón de mi llamada, señor Burns. Entréguenme el dinero. Entréguenme a los prisioneros. No vuelvan a liarla. Ah, y supongo que hay algo más. Yo no olvido ni perdono. Usted morirá antes de que todo esto termine, Burns. Así que vigile. Cualquier día de estos apareceré a su lado y... ¡bum! Pero, por el momento, tienen cuatro días.

Colgó el auricular.

Ron Burns miró al vacío y dijo entre dientes:

—Tienes razón, ¡bum! Cualquier día de estos, yo apareceré a tu lado. —Entonces recorrió la sala con la mirada y se detuvo en mí—. La cuenta atrás ha empezado, Alex.

35

—Quiero que el doctor Cross nos cuente sus impresiones sobre este ruso loco —prosiguió Burns—. Lo sabe todo sobre él. Para quienes no conozcáis a Alex Cross, os diré que viene de la policía de Washington. Una verdadera pérdida para ellos. Es el hombre que capturó a Kyle Craig.

—Y que dejó escapar a Geoffrey Shafer en un par de ocasiones —añadí desde mi asiento—. ¿Mis impresiones hasta ahora? Bueno, no abundaré en lo obvio. Está su necesidad de control y poder. Puedo aseguraros una cosa: pretende apuntar alto, hacer las cosas a gran escala. Es un estratega obsesivo y creativo. Es el prototipo del «ejecutivo», lo que significa que se organiza bien, sabe delegar y no tiene problemas para tomar decisiones difíciles.

»Pero, por encima de todo, es perverso. Disfruta haciendo daño. Le gusta ver sufrir a la gente. Nos está dando tiempo suficiente para pensar en lo que podría ocurrir. En parte es porque sabe que no le pagaremos con facilidad, que no podemos pagarle con facilidad. Pero también porque quiere torturarnos mentalmente. Sabe que nos costará cogerlo. Al fin y al cabo, Bin Laden sigue suelto, ¿no?

»Ahora vamos a lo que no entiendo: el intento de asesinato del director. No veo cómo encaja en sus planes. Al menos a estas alturas del juego. Y sobre todo no me gusta que errase el tiro, que fallase.

Aquello no sonó bien, y miré a Burns con expresión apologética, pero él hizo un ademán desdeñoso.

—¿De verdad falló? ¿O el objetivo era Tom Weir?

—Sospecho que sí, que Weir era el objetivo. No creo que el Lobo cometiera un error. Y mucho menos uno tan grande como éste. Pienso que nos ha mentido.

—Pero ¿por qué? ¿Alguna idea? —Burns miró alrededor.

Nadie respondió, así que continué:

—Si, en efecto, Thomas Weir era el objetivo, es la mejor pista que tenemos. ¿Por qué iba a suponer una amenaza para el Lobo? ¿Qué podía saber? No me sorprendería que Weir y el Lobo se conocieran de alguna parte, aunque el primero no lo recordase. Weir es una pieza importante. Pero ¿de dónde podía conocer al ruso? Ésa es la pregunta que debemos formularnos.

—Y responder rápidamente —repuso Burns—. Intentémoslo. Pensemos todos, y me refiero a todos y cada uno de los miembros del FBI.

36

El hombre que había hecho las últimas llamadas en nombre del Lobo tenía instrucciones claras y sabía que debía seguirlas al pie de la letra. Debían verlo en Washington. Ésa era su parte.

El Lobo debía ser visto, lo que sin duda causaría un buen revuelo, ¿no?

Las llamadas al cuartel general del FBI fueron localizadas rápidamente: procedían del hotel Four Seasons, situado en la avenida Pensilvania. Formaba parte del plan, un plan que hasta el momento era casi intachable.

Así que bajó al vestíbulo del hotel y se aseguró de que lo vieran los empleados de la recepción y los dos conserjes. Le ayudó a hacerse notar el hecho de que fuese alto, rubio y con barba y que llevase un abrigo largo de cachemir. Todo según lo previsto.

A continuación dio un agradable paseo por la calle M, deteniéndose de vez en cuando a leer la carta de los restaurantes o a mirar los elegantes escaparates de Georgetown.

Le hizo gracia ver a varios coches de la policía dirigiéndose a toda velocidad hacia el hotel Four Seasons.

—¿Todo bien? —preguntó el conductor cuando estuvieron a varios kilómetros de la calle M y de la conmoción que habían dejado allí.

El barbudo se encogió de hombros.

—Desde luego. Tienen una buena descripción. Una pista, una esperanza, como quieran llamarlo. Todo salió a pedir de boca. Hice lo que me ordenaron.

—Excelente —dijo el segundo hombre. Entonces desenfundó una pistola y disparó a la sien derecha del rubio. Éste murió antes de oír el tiro.

Ahora la policía y el FBI tenían una descripción física del Lobo... pero ninguna persona que respondiese a ella.

37

Esa tarde hubo más intriga aún, o al menos más confusión. Según nuestro personal de telecomunicaciones,
el Lobo había telefoneado desde el hotel Four Seasons,
donde también lo habían visto. Su descripción se había
enviado ya a todos los países del mundo. Era posible que
hubiera cometido un error, pero yo no acababa de creérmelo. Siempre había usado teléfonos móviles, pero esta
vez había llamado desde un hotel. ¿Por qué?

Esa noche, a eso de las nueve y media, cuando llegué
a casa, me llevé una sorpresa. La doctora Kayla Coles estaba en el salón con Nana. Las dos se habían sentado
muy juntas en el sofá y conspiraban sobre vaya a saber
qué. Me preocupó que la médico de Nana se encontrase
allí tan tarde.

—¿Va todo bien? —pregunté—. ¿Qué ocurre?

—Kayla pasaba por aquí y se detuvo a hacernos una
visita —respondió Nana—. ¿No es cierto, doctora Coles? Que yo sepa, no hay ningún problema. Aparte de
que te has quedado sin cena.

—Bueno, la verdad es que Nana se sentía algo mareada. Así que viene sólo por precaución.

—Vamos, Kayla, no exageres. No hagamos una montaña de un grano de arena —la riñó Nana, fiel a su cos-

tumbre—. Estoy perfectamente. Marearme de vez en cuando es algo que forma parte de mi vida últimamente.

Kayla asintió y sonrió con dulzura. Luego suspiró y se arrellanó en el sofá.

—Lo siento. Cuénteselo usted, Nana.

—Me sentí algo mareada durante unos días, la semana pasada. Tú ya lo sabías, Alex. Nada importante. Si aún tuviera que cuidar al pequeño Alex, tal vez me preocuparía más.

—Pues a mí sí que me preocupa —dije.

Kayla sonrió y sacudió la cabeza.

—En fin. Como ha dicho Nana, pasaba por aquí y decidí entrar un momento. Es una visita de amiga, Alex. Aunque le he tomado la presión. Todo parece estar en orden. Sin embargo, me gustaría que se hiciera un análisis de sangre.

—De acuerdo, lo haré —respondió Nana—. Y ahora hablemos del tiempo.

Cabeceé, mirándolas a las dos.

—¿Sigues trabajando demasiado? —pregunté a Kayla.

—Mira quién fue a hablar —replicó ella y sonrió de oreja a oreja. Kayla era una mujer tremendamente animosa, capaz de iluminar una habitación con su sola presencia—. Por desgracia, aquí hay demasiado trabajo. No me hagas hablar de la cantidad de gente que no puede pagar un buen médico en esta ciudad, la capital de nuestro riquísimo país, o que tiene que esperar horas y horas para que la atiendan en el hospital de San Antonio y otros por el estilo.

Kayla siempre me había caído bien, pero, francamente, me sentía un poco intimidado por ella. «¿Por qué será?», me pregunté mientras hablábamos. Advertí que había adelgazado un poco, seguramente con todo el trajín de sus tareas en el barrio y en otros sitios. La verdad es que tenía mejor aspecto que nunca. Me dio un poco de vergüenza fijarme en eso.

—¿Qué haces mirándonos con la boca abierta? —preguntó Nana—. Siéntante a charlar con nosotras.

—Yo tengo que irme —dijo Kayla—. Es tarde incluso para mí.

—No pretendía aguaros la fiesta —protesté. De repente sentí que no quería que Kayla se marchase. Deseaba hablar de algo que no fuese el Lobo y los atentados terroristas con que nos había amenazado.

—No has aguado ninguna fiesta, Alex. No podrías hacerlo. Pero todavía tengo pendientes dos visitas a domicilio.

Miré mi reloj de pulsera.

—¿Dos visitas más a estas horas? Eres increíble. Guau. Estás loca, ¿sabes? —añadí con una sonrisa.

—Es posible —respondió Kayla encogiéndose de hombros. Besó a Nana con evidente afecto—. Cuídese. Y acuérdese del análisis de sangre. No lo olvide.

—Estoy perfectamente de la memoria.

Cuando la doctora se hubo marchado, Nana me dijo:

—Kayla Coles es un ser de otro mundo, Alex. Y ¿sabes una cosa? Creo que viene a verte a ti. En fin, es mi opinión. Puede que sea ridícula, pero yo la mantengo.

La verdad es que yo había tenido la misma idea.

—Entonces ¿por qué se marcha en cuanto llego?

Nana frunció el entrecejo y luego enarcó una ceja.

—A lo mejor porque nunca le pides que se quede. O porque la miras boquiabierto cuando está aquí. ¿Por qué lo haces? ¿Sabes?, podría ser la mujer perfecta para ti. No lo niegues. Te da miedo, y tal vez sea una buena señal.

Yo me había preguntado lo mismo, pero no había encontrado una respuesta. Había sido una jornada muy larga y mi mente no regía del todo.

—Entonces, ¿no te pasa nada? —le pregunté a Nana—. ¿Estás segura de que te encuentras bien?

—Tengo ochenta y tres años, Alex. ¿Hasta qué punto puedo estar bien? —Luego me besó en la mejilla y se dirigió a su habitación. Aunque antes se giró y añadió con voz cantarina—: Y tú tampoco estás rejuveneciendo.

«Y que lo digas, Nana.»

38

Pero no todo el mundo se fue a la cama. En algunos barrios, la noche estaba aún en pañales.

La Comadreja nunca se había destacado por controlar eso que llamaban «deseos impuros y necesidades físicas». Este hecho a veces le asustaba, ya que era un signo evidente de debilidad y flaqueza, pero también lo excitaba. El peligro, la subida de adrenalina. De hecho, lo hacía sentirse más vivo que cualquier otra cosa. Cuando iba tras una presa, se sentía tan bien, tan poderoso, que la sensación prevalecía sobre todas las demás y se abandonaba por completo a la emoción del momento.

Gracias a su antiguo puesto en la embajada británica, Shafer conocía bien la ciudad de Washington, y en especial los barrios más pobres, ya que allí habían tenido lugar la mayoría de sus correrías en el pasado.

Esa noche había salido de caza. Y volvía a sentirse vivo, a creer que su vida tenía un propósito.

Recorrió South Capitol en un Cougar Mercury negro. Caía una fina y fría llovizna y había pocas furcias por la calle. Pero él ya le había echado el ojo a una.

Dio un par de vueltas a la manzana, mirándola con lujuria, fingiendo ser un putero.

Finalmente aparcó el Cougar junto a una negra menuda que exhibía su mercancía cerca del cabaret Nation. La chica llevaba un corpiño plateado a juego con la minifalda y sandalias con plataforma.

Lo mejor de todo era que le habían pedido que saliera de caza esa noche. Cumplía órdenes del Lobo. Se limitaba a hacer su trabajo.

Cuando Shafer se asomó por la ventanilla para hablar con ella, la joven negra sacó pecho provocativamente. Quizá pensara que sus tersos y jóvenes pezones le daban el control de la situación. «Será un vis a vis interesante», pensó Shafer, que llevaba una peluca y se había pintado la cara y las manos de negro. En su cabeza sonaba una vieja y estúpida canción de rock: «Me gusta así.»

—¿Son auténticas? —le preguntó a la chica cuando se inclinó hacia él.

—Lo eran la última vez que me fijé —le respondió ella—. Tal vez deberías comprobarlo personalmente. ¿Quieres tocar? Podemos arreglarlo, ¿sabes? Una pequeña excursión privada, sólo para ti, cariño.

Shafer sonrió complacido, siguiéndole el juego. Si la chica había advertido que llevaba la cara pintada, no lo dijo. «A ésta no le preocupa nada, ¿no? Bueno, ya veremos.»

—Sube —dijo—. Me gustaría tocar la mercancía. De tetas a pies, como quien dice.

—Serán cien pavos —repuso ella, y de repente se apartó del coche—. ¿Te parece bien? Porque si no...

Shafer siguió sonriendo.

—Si son auténticas, cien pavos está bien. Ningún problema.

La chica abrió la puerta y subió al coche. Llevaba demasiado perfume.

—Compruébalo tú mismo, cariño. Son algo pequeñas, pero muuuuy bonitas. Y son todas tuyas.

Shafer rió otra vez.

—Me gustas mucho, ¿sabes? Te tomo la palabra. Son
todas mías.

39

Estaba de servicio otra vez y tenía la sensación de haber vuelto a Homicidios. Llegué a la avenida New Jersey de Southeast, una barriada de aspecto familiar, formada en su mayor parte por casas de madera blanca. Junto al escenario del crimen se había congregado ya una multitud, que incluía a los pandilleros locales y a varios niños en bicicleta, a pesar de lo avanzado de la hora.

Un hombre con sombrero de rastafari y una cabeza llena de rastas gritaba a la policía desde el otro lado de la cinta amarilla con que habían acordonado el lugar.

—¡Eh! ¿Oyen esa música? —dijo con voz ronca y trastornada—. ¿Les gusta esa música? Es la música de mi gente.

Sampson se reunió conmigo frente a las cochambrosas casas, y entramos juntos.

—Como en los malos tiempos —dijo John cabeceando—. ¿Por eso estás aquí, Matadragones? ¿Sientes nostalgia del pasado? ¿Te apetece volver a la policía de Washington?

Asentí con la cabeza y señalé alrededor.

—Sí. Echaba de menos todo esto. Horribles crímenes a altas horas de la noche.

—Me lo imaginaba. A mí me pasaría lo mismo.

Aunque la fachada del edificio donde habían encontrado el cadáver estaba protegida con tablas, no nos resultó difícil entrar. No había puerta.

—Éste es Alex Cross —dijo Sampson al agente que custodiaba la puerta—. ¿Has oído hablar de él? Es el mismísimo Alex Cross, colega.

—Doctor Cross —dijo el agente mientras se apartaba para dejarnos paso.

—Te has ido, pero no te hemos olvidado —añadió Sampson.

Una vez dentro, el escenario se me antojó macabro y tristemente familiar. Los pasillos estaban sembrados de basura y el olor a comida podrida y orina era sobrecogedor. Puede que mi reacción se debiera a que no había pisado una de esas ratoneras desde hacía bastante tiempo, quizás un año.

Nos dijeron que el cadáver estaba en el último piso, el tercero, así que Sampson y yo empezamos a subir.

—Un basural —murmuró mi amigo.

—Lo sé. Recuerdo todo esto bastante bien.

—Al menos no tendremos que pisar el puto sótano —gruñó Sampson—. ¿Por qué has dicho que estás aquí? No he pillado esa parte.

—Porque os echaba de menos. Ya nadie me llama «Cielo».

—Ah. ¿A los federales no les van los motes? Bueno, ¿y qué haces aquí, Cielo?

Sampson y yo habíamos llegado al tercer piso. Allí había uniformes por todas partes. De verdad tuve la sensación de haber vuelto al pasado. Los dos nos pusimos los guantes. Era cierto que había echado de menos trabajar con él, y esto me lo recordó todo, lo bueno y lo malo.

Aguardamos junto a la segunda puerta de la derecha para dejar paso a un agente negro. Se cubría la mano con un pañuelo blanco. Creo que estaba a punto de vomitar. Eso tampoco había cambiado.

—Espero que no haya echado los hígados en el escenario del crimen —murmuró Sampson—. Malditos novatos.

Entonces entramos.

—Ay, tío —dije—. En Homicidios uno ve cosas como ésta una y otra vez, pero no se acostumbra jamás. Y nunca olvida las sensaciones, los olores, el sabor de boca que te deja luego.

»Nos llamó primero a nosotros —le dije a Sampson—. Por eso estoy aquí.

—¿A quién te refieres? —preguntó.

—Adivínalo tú.

Nos acercamos al cadáver, que estaba en el suelo de madera. Una mujer joven, quizá menor de veinte años. Pequeña, bastante guapa. Completamente desnuda, salvo por un zapato de plataforma que colgaba de su pie izquierdo. Una tobillera dorada en el derecho. Le habían atado las manos a la espalda con algo que parecía un cable y metido una bolsa de plástico en la boca.

Yo había visto asesinatos parecidos, muy parecidos. Y Sampson también.

—Una prostituta —dijo Sampson con un suspiro—. Los municipales la habían visto en South Capitol. Dieciocho o diecinueve años, puede que menos. Pero ¿quién es él?

Daba la impresión de que a la chica le habían extirpado los pechos. También la habían herido en la cara. Repasé mentalmente una lista de conductas perversas, cosas en las que no pensaba desde hacía bastante tiempo: agresión alevosa (afirmativo); sadismo (afirmativo); componente sexual (afirmativo); premeditación (afirmativo). Afirmativo, afirmativo, afirmativo.

—Es Shafer, John. Es la Comadreja. Ha vuelto a Washington. Pero eso no es lo peor. Ojalá lo fuera.

40

Conocíamos un bar que seguía abierto a esas horas, así que cuando salimos de la casa de la avenida New Jersey, el escenario del crimen, Sampson y yo nos fuimos a tomar una cerveza. Oficialmente estábamos fuera de servicio, pero por las dudas dejé el busca encendido. Y John también. Sólo había dos tipos bebiendo en la barra, de manera que teníamos el local prácticamente para nosotros solos.

Pero eso me daba igual. Lo bueno era estar con John otra vez. Necesitaba hablar con él. Necesitaba imperiosamente hablar con él de cierto asunto.

—¿Estás seguro de que es Shafer? —me preguntó en cuanto nos sirvieron las cervezas y unos frutos secos.

Le describí la inquietante filmación de Sunrise Valley que había visto. Pero no le hablé de las amenazas, ni del chantaje. No podía. Y eso me molestaba sobremanera. Nunca le había mentido a Sampson, y esto se parecía mucho a una mentira.

—Fue él. No tengo ninguna duda.

—No tiene sentido —dijo John—. La Comadreja. ¿Por qué iba a venir a Washington? La última vez estuvimos a punto de cogerlo.

—Bueno, tal vez sea precisamente por eso. La emoción, el desafío.

—Ya. Y puede que nos echara de menos. Esta vez no lo dejaré escapar. Le meteré un tiro entre los ojos.

Bebí un sorbo de cerveza.

—¿No deberías estar en casa con Billie? —pregunté.

—Tengo turno de noche. A Billie no le molesta. Además, su hermana ha venido a pasar una temporada con nosotros. Las dos estarán durmiendo.

—¿Cómo va todo? Me refiero a la vida de casado. Con la hermana de Billie en casa.

—Trina me cae bien, así que no me molesta. Es curioso, no me suponen ningún problema cosas a las que nunca pensé que me adaptaría. Soy feliz. Por primera vez en mi vida. Estoy flotando en una nube, colega.

Sonreí.

—El amor es maravilloso, ¿no?

—Sí. Tú tendrías que volver a intentarlo.

—Estoy preparado —respondí con otra sonrisa.

—¿Tú crees? No me queda claro. ¿De verdad estás preparado?

—Escucha, John. Necesito hablar contigo de una cosa.

—Me lo imaginaba. Es algo sobre los atentados, ¿no? Luego el asesinato de Thomas Weir. Y también el regreso de Shafer a la ciudad. —Me miró a los ojos—. ¿De qué se trata?

—Esto es confidencial, John. Han amenazado a la ciudad de Washington. Es muy grave. Nos han advertido de un atentado. Piden un montón de dinero a cambio de abortar el plan.

—Un montón de dinero que no podemos pagar, ¿no? Estados Unidos no negocia con terroristas.

—Eso no lo sé. Dudo que lo sepa alguien, aparte, quizá, del presidente. Yo estoy dentro, pero no tanto. En fin, ahora sabes lo mismo que yo.

—Y debería actuar en consecuencia.

—Sí, así es. Pero no puedes hablar de esto con nadie. Con nadie en absoluto, ni siquiera con Billie.

Sampson me tocó la mano.

—Entendido. Gracias.

41

Esa noche, camino de casa, me sentí culpable y algo inquieto por lo que le había dicho a Sampson. Pero no tenía elección. John era como un miembro de mi familia; así de sencillo. Además, me sentía agotado porque estábamos trabajando entre dieciocho y veinte horas diarias. Quizás estuviera sufriendo los efectos del estrés. Detrás de bambalinas se estaban haciendo muchos preparativos para la eventualidad de una catástrofe, pero nadie sabía qué se iba a hacer con respecto a las exigencias de dinero. Todo el mundo estaba con los nervios de punta, y yo también. Habían pasado ya unas doce horas desde el comienzo de la cuenta atrás.

Y tenía otros interrogantes bulléndome en la cabeza. ¿Había sido Shafer el que había mutilado y matado a la mujer de la avenida New Jersey? Yo estaba casi seguro de que sí, y Sampson también. Pero ¿por qué iba a cometer un crimen tan horrendo en ese preciso momento? ¿Por qué arriesgarse? Estaba convencido de que no era una coincidencia que el cadáver de la joven hubiese sido abandonado a menos de tres kilómetros de mi casa.

Era tarde, y quería pensar en otra cosa, en cualquier cosa, pero no podía quitarme el caso de la cabeza. Conducía el Porsche a mayor velocidad de la necesaria por las calles semidesiertas, sabiendo que debía concentrarme en el volante. Pero no funcionó del todo.

Me detuve en el camino particular de mi casa y permanecí sentado en el coche durante algunos minutos. Traté de vaciar mi mente antes de entrar. Tenía cosas que hacer. Llamar a Jamilla, por ejemplo, ya que en la costa sólo eran las once de la noche. Tenía la sensación de que iba a estallarme la cabeza. Y recordé cuándo me había sentido así con anterioridad: la última vez que la Comadreja había cometido una carnicería en Washington. Aunque esa vez era mucho peor.

Por fin entré en la casa arrastrando los pies, pasando junto al viejo piano de la galería. Pensé en sentarme y tocar algo. ¿Unos blues? ¿Broadway? ¿A las dos de la mañana? ¿Por qué no? De todas maneras no podría dormir.

Sonó el teléfono y corrí a atender. ¡Joder! ¿Quién puñetas sería?

Descolgué el auricular del aparato que estaba en la pared de la cocina, cerca de la nevera.

—Diga. Soy Cross.

Nada.

Y luego colgaron.

Al cabo de unos segundos, el teléfono sonó nuevamente. Descolgué después del primer timbrazo.

Volvieron a colgar.

Y enseguida, otra vez.

Arranqué el aparato de la pared y lo puse sobre el mármol de la cocina, dentro del guante de horno de Nana, para amortiguar el sonido.

Oí un ruido a mi espalda.

Me giré rápidamente.

Nana estaba en la puerta, con su metro sesenta y cinco de estatura y sus cuarenta y ocho kilos de peso. Echando chispas por los ojos castaños.

—¿Qué pasa, Alex? ¿Qué haces levantado? —preguntó—. Algo va mal. ¿Quién está llamando a estas horas?

Me senté a la mesa de la cocina, y mientras tomábamos una taza de té, le conté todo lo que podía contarle.

42

Al día siguiente me pusieron a trabajar con Monnie Donnelley, una buena noticia para los dos. Nuestra misión consistía en hacer indagaciones sobre el coronel Shafer y los mercenarios que habían participado en los atentados. El plazo era breve, extraordinariamente breve.

Como de costumbre, Monnie ya sabía mucho del tema y habló sin parar mientras tratábamos de encontrar más pistas. Cuando esta mujer empieza algo, es difícil, casi imposible, detenerla. Cree firmemente que la información conduce siempre a la verdad.

—Mercenarios, los denominados «perros de la guerra». Casi todos son ex soldados de las fuerzas especiales: Delta Force, los Rangers del ejército, las SEAL o la SAS, si son británicos. Muchos están totalmente limpios, Alex, aunque actúan en una especie de bajos fondos legales. Me refiero a que no están sometidos al código de conducta del ejército estadounidense, ni siquiera a nuestras leyes. Técnicamente, deben respetar la ley del país al que sirven, pero muchos de esos sitios tienen un sistema jurídico de mierda, si es que tienen alguno.

—De manera que hacen básicamente lo que quieren. Eso le gustaría a Shafer. Hoy día, la mayoría de mercenarios trabaja para compañías privadas, ¿no?

Monnie asintió con la cabeza.

—Sí, es verdad, Saltamontes. Compañías militares privadas. Ganan hasta veinte mil dólares por mes. La media será de unos tres o cuatro mil. Las milicias privadas más importantes tienen su propia artillería, sus propios tanques. O incluso aviones de combate, aunque no lo creas.

—Sí, lo creo. Hoy día puedo creer cualquier cosa. Joder, hasta creo en el Lobo feroz.

Monnie apartó la vista del ordenador para mirarme. Intuí que iba a soltar una de sus célebres estadísticas.

—Alex, el Departamento de Defensa tiene más de tres mil contratos con compañías militares privadas. Contratos por valor de tres mil millones de dólares. ¿No te parece increíble?

Silbé.

—Vaya, ahora veo las exigencias del Lobo desde otro punto de vista.

—Pagadle a ese hombre —dijo Monnie—; después iremos tras él.

—Pagarle no depende de mí —repuse—. Pero no estoy del todo en desacuerdo contigo. Al menos sería un plan.

Monnie volvió a fijar la vista en la pantalla.

—Aquí hay algo sobre la Comadreja. Trabajó con una compañía llamada Mainforce International. Escucha esto: tienen oficinas en Londres, Washington y Francfort.

Con eso atrajo mi atención.

—Tres de las ciudades amenazadas. ¿Algún otro dato sobre Mainforce?

—Veamos. Entre sus clientes se encuentran instituciones financieras; petróleo, por supuesto, y piedras preciosas.

—¿Diamantes?

—Son los mejores amigos de los mercenarios. Shafer usaba el nombre de Timothy Heath. Trabajó en Guinea para «liberar» unas minas tomadas por el pueblo. Lo arrestaron y lo acusaron de tratar de sobornar a unos agentes locales. Cuando lo cogieron llevaba encima un millón de libras.

—¿Cómo se libró de ésa?

—Aquí dice que se fugó. Hummm. No hay más detalles. Vaya, tampoco hay un seguimiento del caso. Es extraño.

—Ésa es la especialidad de la Comadreja: escapar por los pelos. Y salir impune. A lo mejor es por eso que el Lobo lo escogió para este trabajo.

—No —dijo Monnie mientras se volvía a mirarme—; el Lobo lo escogió porque la Comadreja te trae por el camino de la amargura. Y tú eres amigo del director del FBI.

43

A las dos de la tarde de ese mismo día partí rumbo a Cuba, concretamente a la bahía de Guantánamo. Lo que llaman Gitmo en el argot militar. Iba en misión especial, enviado por el director del FBI y el presidente de Estados Unidos. En los últimos tiempos, los noticiarios hablaban con frecuencia de la bahía de Guantánamo, ya que allí estaban recluidos más de setecientos «detenidos» de la guerra contra el terrorismo. Un sitio, cuando menos, interesante. Histórico, para bien o para mal.

Cuando llegué, me escoltaron hasta el campamento Delta, el lugar donde se encontraban la mayoría de las celdas. El recinto estaba cercado con alambre de espino y alrededor había varias torres de vigilancia. Según un rumor que había oído en el viaje, una corporación estadounidense estaba ganando más de cien millones de dólares al año a cambio de los servicios que prestaba en Guantánamo.

Yo me encontraba allí para entrevistarme con un nativo de Arabia Saudí que estaba recluido en el pabellón psiquiátrico, un edificio separado del resto de las celdas. No me habían explicado gran cosa acerca de él, aparte de que tenía información importante sobre el Lobo.

Me reuní con el preso en una «habitación silenciosa», una sala de aislamiento con colchones en las paredes y sin ventanas. Habían puesto dos sillas pequeñas especialmente para la entrevista.

—Ya les he contado todo lo que sé a los demás —dijo el hombre en muy buen inglés—. Hicimos un trato y creí que me soltarían. Me lo prometieron hace dos días. Aquí todo el mundo miente. ¿Quién es usted?

—Me han enviado desde Washington para escuchar su historia. Cuéntemelo todo otra vez. Es por su propio bien. No le perjudicará en nada.

El preso asintió con gesto cansino.

—No, ya nada puede perjudicarme. Es cierto. ¿Sabe? Llevo aquí doscientos veintisiete días. No hice nada malo. Absolutamente nada. Yo era profesor de instituto en Newark, Nueva Jersey. No me han hecho ninguna acusación formal. ¿Qué le parece?

—Creo que ahora tiene la posibilidad de salir. Dígame todo lo que sepa del ruso al que llaman el Lobo.

—¿Y por qué tengo que hablar con usted? Parece que me he perdido algo. Por segunda vez, ¿quién es usted?

Me encogí de hombros. Tenía órdenes de no revelar mi identidad al preso.

—Tiene todas las de ganar y nada que perder. Usted quiere salir de aquí, y yo puedo ayudarlo.

—Pero ¿lo hará, señor?

—Haré todo lo que esté en mis manos.

El hombre habló. De hecho, no paró de hablar durante más de una hora y media. Había tenido una vida interesante. Había trabajado como guardaespaldas de la familia real de Arabia Saudí, acompañándolos de vez en cuando a Estados Unidos. Le gustó lo que vio y decidió quedarse, pero aún tenía amigos en su país que trabajaban en los servicios de seguridad.

—Me hablaron de un ruso que mantenía conversaciones con miembros disidentes de la familia real, de los cuales hay unos cuantos. El ruso buscaba financiación para una operación importante, que según él haría mucho daño a Estados Unidos y a ciertos países de la Europa occidental. Hablaron de una gran catástrofe, aunque yo ignoro los pormenores.

—¿Conoce el nombre de ese ruso? ¿Sabe de dónde procedía? ¿De qué país?, ¿de qué ciudad?

—Ésa es la parte más curiosa —dijo el preso—. Yo tenía la impresión de que el ruso era en realidad una mujer, no un hombre. Estoy bastante seguro de esta información. El alias, o como quiera que le llamen, era «Lobo».

»¿Y ahora qué? —preguntó cuando hubo terminado de contar su historia—. ¿Me ayudará?

—No; ahora quiero que me lo repita todo —dije—. Desde el principio.

—Será exactamente igual —repuso él—. Porque he dicho la verdad.

A última hora de la noche salí de Gitmo con destino a Washington. Aunque era muy tarde, tuve que informar de mi entrevista con el preso. Me reuní con el director Burns y con Tony Woods en la pequeña sala de reuniones del primero. Burns quería conocer mi opinión sobre la credibilidad del árabe. ¿Me había dicho algo útil sobre el Lobo? ¿Se encontraba negociando en Oriente Medio?

—Creo que deberíamos liberar al prisionero —dije.

—Entonces, ¿le crees?

Sacudí la cabeza.

—Simplemente creo que le pasaron esa información con algún propósito. Ignoro si esa información es verídica. Pero o bien lo acusamos de algo, o lo dejamos en libertad.

—Pero ¿el Lobo ha estado en Arabia Saudí, Alex? ¿Es posible que sea una mujer?

—Creo que el profesor ha dicho lo que le dijeron a él —repetí—. Dejemos que vuelva a Newark.

—Ya te había oído la primera vez —dijo Burns con brusquedad. Luego suspiró—. Hoy me he reunido con el presidente y sus asesores. No ven cómo podríamos negociar con esos cabrones. De hecho, no están dispuestos a hacerlo. —Me miró fijamente—. Tenemos que encontrar a Lobo cueste lo que cueste. Y en menos de dos días.

44

No hay nada más espantoso que esperar una tragedia y no poder hacer absolutamente nada para evitarla. A la mañana siguiente me levanté a las cinco y desayuné con Nana.

—Tenemos que hablar de ti y de los niños —le dije. Estaba sentado a la mesa de la cocina, frente a una taza de café y una tostada con canela y sin mantequilla—. ¿Estás lo bastante despierta para mantener una conversación?

—Estoy completamente despierta, Alex. ¿Y tú? ¿Podrás estar a mi altura?

Asentí y me mordí la lengua. Nana tenía algo que decirme, y yo debía escucharla. Había aprendido que uno siempre es un niño a los ojos de sus padres o sus abuelos, por muy mayor que sea. Y así me veía Nana.

—Adelante, te escucho —dije.

—Más te vale. Los motivos por los cuales no pienso irme de Washington son dos —empezó Nana—. ¿Me sigues todavía?

»En primer lugar, éste es mi hogar, y lo ha sido desde hace ochenta y tres años. Aquí es donde nació Regina Hope, y aquí morirá. Sé que tal vez parezca una tontería, pero así son las cosas. Amo la ciudad de Washington y este barrio, y sobre todo amo esta vieja casa, donde me pasaron tantas cosas. Si desaparece, también desapareceré yo. Es triste, muy triste, pero lo que está ocurriendo en Washington ahora mismo forma parte de la vida. Así es el mundo, Alex.

No pude evitar sonreír.

—¿Sabes?, has recuperado tu antiguo tono de maestra. ¿Te has dado cuenta?

—A lo mejor, ¿y qué? Es un asunto muy grave —dijo Nana—. No pegué ojo en toda la noche. Estuve despierta en la oscuridad, pensando en lo que quería decirte. Bueno, ¿y qué tienes que decir tú? Quieres que nos vayamos, ¿no?

—Nana, si les pasara algo a los niños, jamás me lo perdonaría.

—Yo tampoco. Huelga decirlo.

Su mirada permaneció firme. Dios, qué fuerte era. Aunque me miraba fijamente a los ojos, yo tenía la esperanza de que estuviera reconsiderando su decisión.

—Yo vivo aquí, Alex. Tengo que quedarme. Si lo consideras necesario, puedes enviar a los niños a casa de la tita Tia. En fin... ¿sólo piensas comer eso? ¿Una miserable tostada? Deja que te prepare un desayuno decente. Estoy segura de que te espera una jornada muy larga. Una jornada espantosa.

45

El Lobo estaba en Oriente Medio, de manera que al menos una parte de los rumores sobre él eran ciertos.

La reunión, que según él era para «recaudar fondos», tuvo lugar en un campamento del desierto, a unos cien kilómetros al suroeste de Riyadh, en Arabia Saudí. Los asistentes eran árabes y asiáticos. Y allí estaba el Lobo, que se describía a sí mismo como «un ciudadano del mundo, un viajero sin país».

Pero ¿era aquel hombre el Lobo? ¿O sólo un representante suyo? ¿Un sustituto? Nadie lo sabía a ciencia cierta. ¿No era el Lobo una mujer? Ése era uno de los rumores que corrían.

Sin embargo, aquel hombre era alto, con una larga cabellera castaña y una barba poblada; un hombre que, según pensaron los presentes, debía de tener dificultades para pasar inadvertido, aunque por lo visto no era así. Esto afianzó su reputación de persona misteriosa, o incluso genial.

Lo mismo podía decirse de su conducta durante la media hora de espera que precedió a la reunión. Mientras algunos bebían whisky y otros una infusión de hierbabuena, charlando amistosamente, el Lobo permaneció apartado y en silencio, ahuyentando con ademanes displicentes a todos los que se acercaban a hablar con él. Parecía estar por encima de todo el mundo.

Decidieron celebrar la reunión a la intemperie, ya que el tiempo era agradable. Los asistentes salieron de la tienda de campaña y se sentaron agrupados de acuerdo con su país de origen.

A continuación se dio por iniciada la reunión y el Lobo se colocó en el centro de la mesa. Se dirigió a los participantes en inglés. Sabía que todos hablaban esa lengua, o al menos la entendían bastante bien.

—He venido para informarles de que, hasta el momento, todo marcha sobre ruedas, según lo previsto. Deberíamos alegrarnos, estar agradecidos.

—¿Qué prueba tenemos de que eso es verdad, aparte de su palabra? —preguntó uno de los asistentes más importantes.

El Lobo sabía que era un muyahidín, un guerrero islámico. Sonrió con expresión conciliadora.

—Como bien ha dicho usted, tienen mi palabra. Y puede que no sea el caso de este país, pero en la mayoría hay televisión, periódicos y radios, donde es posible comprobar que hemos creado problemas a los americanos, los ingleses y los alemanes. De hecho, si quieren algo más que mi palabra, pueden escuchar la CNN aquí mismo, en el interior de la tienda.

Los ojos del Lobo se apartaron del muyahidín, que en ese momento estaba rojo de vergüenza, aunque también de furia.

—El plan está funcionando, pero se necesitan más aportaciones para mantener el mecanismo en marcha. Los que estén de acuerdo conmigo, que me hagan una seña. Hay que gastar dinero para hacer dinero. Una idea occidental, quizá, pero acertada.

El Lobo miró uno por uno a los asistentes, que respondieron con inclinaciones de la cabeza o manos levantadas... Todos salvo el buscapleitos árabe, que permaneció con los brazos cruzados y dijo con voz desafiante:

—Necesito más información. No me basta con su palabra.

—Entendido —repuso el Lobo—. Mensaje recibido. Y ahora tengo uno para usted, guerrero.

En una décima de segundo, el Lobo alzó la mano y sonó un disparo. El árabe barbudo cayó de la silla, muerto en el acto, sus ojos sin vida fijos en el cielo.

—¿Alguien necesita oír algo más? ¿O tienen bastante con mi palabra? —preguntó el Lobo—. ¿Pasamos a la siguiente etapa en nuestra guerra contra Occidente?

Nadie dijo nada.

—Estupendo. Pasemos a la siguiente etapa —dijo el Lobo—. Es emocionante, ¿no? Créanme, vamos ganando. *Alah Akbar.* —Dios es grande. «Y yo también.»

46

Me sentía relativamente tranquilo a las seis y cuarto de la mañana, mientras conducía por la avenida Independence, una taza de café en la mano y Jill Scott cantando en la radio. De repente sonó el teléfono móvil, y supe que la paz se había acabado.

Kurt Crawford estaba al otro lado de la línea, y parecía muy alterado. No me dejaba hablar.

—Alex, acaban de identificar a Geoffrey Shafer en una cinta de vigilancia en la ciudad de Nueva York. Visitó un apartamento que ya estábamos vigilando antes de que empezase todo este lío. Creemos haber descubierto una célula que está preparándose para actuar en Manhattan.

»Son miembros de Al Qaeda, Alex. ¿Qué diablos significa eso? Que te necesitamos en Nueva York esta misma mañana. Te hemos reservado un asiento en un avión, así que sal pitando para la base aérea de Andrews.

Cogí la bola luminosa del asiento del acompañante y la coloqué en el techo del coche. Me sentí como en mis viejos tiempos en Homicidios.

Me dirigí a la base aérea de Andrews, y menos de media hora después estaba a bordo de un helicóptero Bell de color negro, volando hacia el helipuerto de Manhattan, en East River. Mientras sobrevolábamos la ciudad, imaginé qué pasaría si se desatase el pánico en Nueva York. Teníamos que afrontar un problema acuciante: era físicamente imposible evacuar a todos los habitantes de las ciudades amenazadas. Además, nos habían advertido de que si intentábamos llevar a cabo una evacuación, el Lobo actuaría de inmediato. Hasta el momento, la amenaza no se había filtrado a la prensa, pero los atentados de Nevada, Inglaterra y Alemania tenían al mundo en ascuas.

En cuanto llegué al helipuerto de East River, me llevaron a las oficinas del FBI, situadas en el sur de Manhattan. Allí los altos mandos habían estado celebrando reuniones llenas de tensión desde primera hora de la mañana, hasta que alguien del personal de vigilancia reconoció a Shafer en una filmación. ¿Qué estaba haciendo en Nueva York? ¿Visitando a miembros de Al Qaeda? De repente, los rumores de los viajes del Lobo por Oriente Medio se hicieron verosímiles. Pero ¿qué estaba pasando?

Dentro del Federal Plaza, me pusieron al día rápidamente sobre una célula terrorista que se alojaba en un pequeño edificio de ladrillo cerca del túnel de Holland. No estaba claro si Shafer seguía en el interior. Había entrado a las nueve de la noche anterior, y nadie lo había visto salir.

—Es evidente que los demás son miembros de la yihad islámica —me había dicho Angela Bell, la analista de información asignada a la brigada antiterrorista de Nueva York. Añadió que el cochambroso edificio de tres plantas donde estaba escondida la célula lo compartían unas oficinas coreanas de importación-exportación y una empresa que ofrecía traducciones del inglés al castellano. Los terroristas se hacían pasar por una asociación benéfica llamada «Asistencia a los Niños Afganos».

Según los informes de los equipos de vigilancia, había varios indicios de que se estaban llevando a cabo preparativos y actividades terroristas en los alrededores de Nueva York. Habían encontrado máquinas y productos químicos sospechosos en unos almacenes de alquiler de Long Island. El inquilino era uno de los ocupantes del edificio cercano al túnel de Holland; por otra parte, la furgoneta de un miembro de la célula había sido reformada con muelles muy resistentes, como para soportar una carga pesada. ¿Una posible bomba? ¿Qué clase de bomba?

Aquella mañana se estaban ultimando los planes para realizar una redada en los almacenes y en el edificio cercano al túnel de Holland.

Finalmente, a eso de las cuatro de la tarde me llevaron a TriBeCa, para que me uniese al grupo de asalto.

47

Nos habían advertido que no hiciéramos nada. Pero ¿cómo íbamos a obedecer? Es más, ¿cómo podían esperar que obedeciéramos cuando había tantas vidas en juego? Además, siempre podríamos decir que íbamos tras miembros de Al Qaeda y que la redada no tenía nada que ver con el Lobo. De hecho, cabía la posibilidad de que fuera cierto.

El apartamento donde se alojaban los terroristas, y donde quizás estuviera aún Geoffrey Shafer, era fácil de vigilar. En la fachada del edificio de ladrillo había una sola puerta. La salida de incendios, situada en la parte trasera, daba a una estrecha callejuela en la que ya habíamos instalado cámaras inalámbricas de circuito cerrado. De un lado, la casa lindaba con una imprenta; del otro, con un pequeño aparcamiento.

¿Seguiría allí la Comadreja?

Una unidad del HRT, el Equipo de Rescate de Rehenes, y otra del SWAT, el Equipo de Armas y Tácticas Especiales, habían ocupado el último piso de un almacén de embalaje de carne en TriBeCa, situado a un par de manzanas del túnel de Holland. Nos reunimos allí para preparar el asalto y esperar órdenes, ya que aún no sabíamos si entraríamos o no.

Los del HRT estaban empeñados en actuar, y querían hacerlo entre las dos y las tres de la madrugada. Yo no sabía qué habría hecho si la decisión hubiese dependido de mí. Teníamos a una célula terrorista, y quizá también a Shafer, al alcance de la mano. Pero nos habían advertido de las consecuencias. Y también podía ser una trampa, una especie de prueba.

Poco antes de la medianoche comenzó a circular el rumor de que el equipo de vigilancia disponía de información nueva. A eso de la una me hicieron pasar al pequeño despacho del almacén, que hacía las veces de cuartel general. Se acercaba la hora de actuar o retirarnos.

Michael Ainslie, de nuestra oficina de Nueva York, era el agente al frente. Era un hombre alto, muy delgado, apuesto y con mucha experiencia en su campo, aunque yo tenía la impresión de que habría estado más en su salsa en una pista de tenis que en medio de un follón peligroso como aquél.

—Esto es lo que nos ha informado hasta ahora el servicio de vigilancia —dijo Ainslie al grupo—. Un miembro del HRT tomó un par de imágenes, y luego filmamos algunas más. Creo que son buenas noticias. Juzguen por sí mismos.

Las imágenes habían sido descargadas a un ordenador portátil, y Ainslie puso en marcha el vídeo. Éste se componía de una serie de planos generales y primeros planos de media docena de ventanas de la pared este del edificio.

—Nos preocupaba que estas ventanas no estuvieran cubiertas —señaló Ainslie—. Se supone que estos cabrones son listos y prudentes, ¿no? Bien; identificamos a cinco hombres y dos mujeres en el interior del edificio. Lamento decir que el coronel Shafer no ha aparecido en ninguno de los vídeos de vigilancia. Al menos hasta el momento.

»Tampoco hay ninguna imagen de él saliendo del edificio; sólo entrando. Estamos utilizando termografías para comprobar si él o cualquier otro escapó a nuestra vigilancia.

Aunque la policía de Washington no podía pagar las cámaras termográficas, yo las había visto en acción desde mi llegada al FBI. Detectaban variaciones de temperatura, puntos calientes, lo cual nos permitía ver a través de las paredes.

Ainslie señaló el primer plano que estaba ahora en la pantalla del portátil.

—Aquí es donde la cosa se pone interesante —dijo, y congeló la imagen de dos hombres sentados a una pequeña mesa, en la cocina—. A la izquierda, tenemos a Karim al Lilias. Es el número catorce en la lista de buscados de Seguridad Nacional. Pertenece a Al Qaeda, sin duda alguna. Es sospechoso de haber participado en noventa y ocho atentados con bomba en nuestras embajadas de Dar es Salam y Nairobi. No sabemos cuándo llegó ni por qué; pero es evidente que está aquí.

»El individuo que ven a su lado, Ahmed el Masri, ocupa el número ocho de la lista. Es un pez gordo. También es ingeniero. Ninguno de estos cabrones había aparecido en los vídeos de vigilancia anteriores. Ambos deben de haber entrado clandestinamente en la ciudad. ¿Por qué razón? En circunstancias normales, ahora estaríamos en esa cocina con ellos, haciendo una infusión de hierbabuena para todos y preparándonos para una larga charla.

»Estas mismas imágenes las están viendo ahora mismo en el centro de la ciudad y en Washington. En cualquier momento nos dirán algo, en un sentido o en otro.

Ainslie miró alrededor y por fin esbozó una sonrisa.

—Para vuestra información, yo recomendé entrar, hacer la infusión, tener una pequeña charla con ellos.

El pequeño despacho vibró con una salva de aplausos. Por un instante, fue casi divertido.

48

Los miembros más fanáticos y temerarios del Equipo de Rescate de Rehenes, que son la mayoría, llaman a estas operaciones arriesgadas «cinco minutos de pánico y emoción; el pánico de ellos; nuestra emoción». A mí, nada me emocionaría tanto como capturar a Geoffrey Shafer.

El HRT y el SWAT deseaban entrar en el edificio a toda costa, y estaban preparados para hacerlo. Dos docenas de hombres fuertemente armados, dotados de equipos de última tecnología, daban vueltas sobre el suelo de madera de la planta de embalaje de carne. Estaban mentalizados para actuar y confiaban plenamente en su capacidad para hacer el trabajo con rapidez y eficiencia. Al verlos, resultaba difícil no pedir que nos permitieran participar en la redada.

El problema era que, si ellos triunfaban, nosotros podíamos perder. Nos habían advertido que no interviniéramos, y de hecho nos habían dado una trágica lección de lo que podía ocurrir si desobedecíamos las órdenes del Lobo. Sin embargo, los hombres que estábamos vigilando podían ser su comando en Nueva York. ¿Qué hacer, entonces?

Yo conocía cada detalle del trabajo. Tomar el edificio requería la participación de todas nuestras fuerzas, incluyendo el HRT y el SWAT de la policía de Nueva York. Había seis grupos de asalto y otros seis de tiradores, lo cual era demasiado para el HRT. Ellos no querían ayuda del SWAT. Los equipos de tiradores del HRT se llamaban Rayos X, Whisky, Yanqui y Zulú; y cada uno estaba compuesto por siete personas. Había una unidad del FBI apostada a cada lado del edificio, para que el SWAT se ocupara exclusivamente de la parte delantera y de la trasera.

Lo curioso era que el HRT era el grupo superior, o al menos yo estaba convencido de ello, contrariamente a lo que solía pensar cuando trabajaba en la policía de Washington. Los tiradores iban provistos del equipo de «camuflaje urbano», atuendos individualizados de muselina negra, sogas, tubos de plástico y demás. Cada tirador tenía asignado un objetivo específico, y todas las puertas y las ventanas estaban cubiertas.

El misterio seguía siendo el mismo: ¿íbamos a entrar?

¿Y seguía Shafer allí? ¿Estaba la Comadreja en el edificio en esos momentos?

A las dos y media de la mañana me reuní con un par de tiradores en una casa de piedra situada exactamente enfrente del edificio vigilado. La situación comenzaba a ponerse seria e inquietante.

Los tiradores estaban apretujados en una habitación de tres por tres. Habían montado una tienda de muselina negra a aproximadamente un metro de la ventana. Ésta permanecía cerrada, y uno de ellos me dio una explicación:

—Si recibimos la señal para entrar, usaremos una tubería de plomo para romper el cristal. Parece un método primitivo, pero no se nos ha ocurrido otro mejor.

Nadie hablaba mucho en la pequeña, calurosa y abarrotada habitación, y durante la media hora siguiente tuve que vigilar el edificio de enfrente a través de la mira de un fusil. Mi corazón comenzó a palpitar con fuerza. Estaba buscando a Shafer. ¿Y si lo veía? ¿Sería capaz de permanecer donde estaba?

Los segundos pasaban rápidamente, y casi podía medirlos por los latidos de mi corazón. El equipo de asalto era «los ojos y los oídos» de los altos mandos, y lo único que podíamos hacer era esperar órdenes.

Entrad.

No entréis.

Finalmente rompí el silencio:

—Voy a bajar a la calle. Necesito estar allí fuera.

49

Esto estaba mejor.

Me reuní con un grupo de asalto del HRT a la vuelta de la esquina del escondite terrorista. Técnicamente, no debía estar allí —y oficialmente no lo estaba—, pero había llamado a Ned Mahoney, y éste me había allanado el camino.

Tres de la madrugada. Los minutos pasaban muy lentamente, sin noticias ni aclaraciones de los jefes de Nueva York y del cuartel general del FBI en Washington. ¿Qué estaban pensando? ¿Quién podía tomar una decisión tan imposible como aquélla?

¿Entrar?

¿No entrar?

¿Obedecer al Lobo?

¿Desobedecer y asumir las consecuencias?

Las tres y media llegaron y pasaron. Luego las cuatro. Ni una palabra aún de los capitostes.

Me dieron un traje de camuflaje negro, con todos los accesorios y un MP-5. Todos los miembros del HRT estaban al tanto de mi conflicto personal con Shafer.

El agente a cargo del caso se sentó a mi lado en el suelo.

—¿Se encuentra bien? ¿Algún problema?

—Trabajé en Homicidios. He ido a muchos sitios y participado en muchas operaciones peligrosas.

—Lo sé. Si Shafer está ahí dentro, lo cogeremos. Puede que lo coja usted.

«Sí. Puede que por fin me cargue a ese cabrón.»

Entonces, curiosamente, recibimos la orden de entrar. ¡Luz verde! Cinco minutos de pánico y emoción.

Lo primero que oí fue a los tiradores rompiendo cristales en la acera de enfrente.

Luego corrimos hacia el edificio donde se ocultaban los terroristas. Todos estábamos preparados para la guerra: vestidos de negro y armados hasta los dientes.

Dos helicópteros Bell para ocho pasajeros aparecieron de repente y se dirigieron hacia el techo del edificio de ladrillo. Se mantuvieron en vuelo estacionario, mientras los especialistas descendían colgados de sogas.

Un grupo de cuatro personas escalaba por un lateral del edificio, lo que constituía, de por sí, un espectáculo impresionante.

Se me cruzó por la cabeza uno de los lemas de guerra del HRT: «Velocidad, emoción y uso de la fuerza.» Estaba ocurriendo exactamente así.

Oí los explosivos utilizados para derribar las puertas; tres o cuatro estruendos en cuestión de segundos. En esa operación no habría negociaciones.

Estábamos dentro. Era genial... Yo estaba dentro.

Los disparos resonaron en los oscuros pasillos del edificio. Luego, en algún lugar por encima de mí, se oyeron ráfagas de ametralladora.

Conseguí llegar al segundo piso. Un hombre de pelo largo y alborotado cruzó una puerta. Llevaba un fusil.

—¡Arriba las manos! —grité—. ¡Bien altas!

Parecía que entendía inglés, porque arrojó el fusil y levantó las manos.

—¿Dónde está el coronel Shafer? ¿Dónde está Shafer? —grité a pleno pulmón.

El hombre inclinó la cabeza hacia delante y hacia atrás, hacia delante y hacia atrás, aparentemente aturdido y desorientado.

Lo dejé con un par de agentes del HRT y subí corriendo al tercer piso. Estaba ansioso por encontrar a la Comadreja. ¿Estaría allí?

Una mujer esquelética, vestida de negro, cruzó corriendo el amplio salón que estaba al final de la escalera.

—¡Alto! —grité—. ¡Deténgase!

Pero no lo hizo. Se arrojó sin más por la ventana abierta. La oí gritar y luego, nada. Una visión horripilante.

Finalmente oí:

—¡Controlado! ¡El edificio está controlado!

Pero nada sobre Geoffrey Shafer. Nada sobre la Comadreja.

50

Los miembros del HRT y del SWAT de la policía de Nueva York se arremolinaron alrededor del edificio. Todas las puertas estaban arrancadas y había varias ventanas rotas. Para que luego hablasen del protocolo de «llamar y anunciarse». Sin embargo, por lo que podía ver, el plan parecía haber funcionado. Salvo porque no habíamos encontrado a Shafer. ¿Dónde estaba ese hijo de puta? Se me había escapado de la misma manera en dos ocasiones.

La mujer que había saltado por la ventana había muerto, como suele suceder cuando uno se lanza de cabeza a la calle desde un tercer piso. Mientras subía hacia la tercera planta, di la enhorabuena a varios agentes del HRT. Ellos me la dieron también a mí.

En la escalera me crucé con Ainslie.

—Washington quiere que participe en los interrogatorios —dijo con aparente malestar—. Hay seis detenidos. ¿Cómo va a proceder?

—¿Y Shafer? —pregunté—. ¿Se sabe algo de él?

—Dicen que no estaba aquí. No lo sabemos con certeza. Seguimos buscándolo.

No pude evitar sentirme decepcionado, pero no dije nada. Entré en un despacho que había sido convertido en algo parecido a un apartamento. Sobre el suelo de madera había sacos de dormir y varios colchones mugrientos. Vi a cinco hombres y una mujer sentados uno al lado del otro, esposados entre sí como prisioneros de guerra, que es lo que supongo que eran.

Al principio me limité a mirarlos sin hablar.

Luego señalé al hombre más joven: bajo, delgado, con gafas de montura metálica y, naturalmente, una barba enmarañada.

—Ése —dije y empecé a salir de la habitación—. Quiero a ése. ¡Ahora mismo!

Cuando se hubieron llevado al joven a un dormitorio adyacente, volví a mirar alrededor del salón. Señalé a otro hombre de apariencia juvenil, con cabello largo y rizado y una barba poblada.

—¡Ése! —dije. Y también se lo llevaron. Sin explicaciones.

A continuación me presentaron a un intérprete del FBI, un tal Wasid, que hablaba árabe, persa y pashto. Entramos juntos en el dormitorio.

—Puede que sea saudí —dijo mientras entrábamos—. Es posible que todos lo sean.

Fuera de donde fuese, el hombre pequeño y delgado parecía estar extremadamente nervioso. A veces, los terroristas islámicos se sienten más cómodos con la idea de morir que con la de ser capturados e interrogados por el demonio. Y ése era mi papel: yo era el Demonio.

Animé al traductor a que mantuviese una conversación informal con el sospechoso, primero sobre su ciudad natal y luego sobre la difícil adaptación a Nueva York, la guarida del diablo. Le pedí que dejase caer que yo era un hombre bastante bueno, uno de los pocos agentes del FBI que no eran intrínsecamente perversos.

—Dígale que he leído el Corán. Un libro precioso.

Mientras tanto, me senté y procuré imitar la conducta del terrorista, copiarla sin que resultase demasiado evidente. Se había sentado ligeramente inclinado hacia delante; yo hice lo mismo. Si me convertía en el primer americano en quien podía confiar, aunque sólo fuese un poco, quizá se le escapase algún dato.

Al principio no funcionó, aunque respondió a varias preguntas sobre su ciudad natal. Sostenía que había llegado a Estados Unidos con un visado de estudiante, pero yo sabía que no tenía pasaporte. Además, no sabía dónde estaba ninguna universidad del estado de Nueva York, ni siquiera la de la ciudad.

Al final me levanté y me retiré enfadado de la habitación. Fui a ver al segundo sospechoso, y repetí el procedimiento.

Luego volví con el joven esquelético. Llevaba conmigo una pila de expedientes, que arrojé al suelo. El estruendo lo sobresaltó.

—¡Dígale que me ha mentido! —ordené al traductor—. Dígale que confiaba en él. Dígale que, con independencia de lo que le hayan dicho en su país, el FBI y la CIA no están llenos de idiotas. Continúe hablando con él. O, mejor aún, gritando. No le permita hablar hasta que tenga algo importante que decirnos. Luego chille, diga lo que diga. Asegúrele que va a morir y que perseguiremos a toda su familia en Arabia Saudí.

Pasé las dos horas siguientes yendo y viniendo entre las dos habitaciones. Mi larga experiencia como psicólogo me ayudaba a conocer a las personas, sobre todo cuando estaban trastornadas. Escogí a otro terrorista, la mujer, y la añadí al grupo. Cada vez que salía de una habitación, los agentes de la CIA continuaban el interrogatorio. No hubo torturas, pero sí un constante aluvión de preguntas.

En Quantico, en las sesiones de entrenamiento del FBI, suelen resumir los principios del interrogatorio en el acrónimo RPM: racionalización, proyección y minimización. Yo racionalicé como loco: «Usted es una buena persona, Ahmed. Sus creencias son verdaderas. Ojalá tuviese una fe tan grande como la suya.» Luego proyecté la culpa: «La responsabilidad no es suya. Usted es muy joven. El gobierno de Estados Unidos puede llegar a ser malvado. A veces, hasta yo pienso que deberíamos ser castigados.» Y finalmente minimicé las consecuencias: «Hasta el momento no ha cometido ningún delito. Nuestras leyes y nuestro sistema judicial son indulgentes, y pueden protegerlo.» Sólo entonces pasé a la acción:

—Hábleme del inglés. Sabemos que se llama Geoffrey Shafer. Le llaman la Comadreja. Ayer estuvo aquí. Tenemos cintas de vídeo y de audio y fotografías. Sabemos que estuvo aquí. ¿Dónde se encuentra ahora? Es la única persona que nos interesa.

Repetí lo mismo una y otra vez.

—¿Qué quería el inglés que hicieran? El único culpable es él, no usted ni sus amigos. Lo sabemos. Facilítenos algunos datos y podrá marcharse a casa.

Luego volví a la carga, pero esa vez preguntando por el Lobo.

Sin embargo, la táctica no funcionó con ningún terrorista, ni siquiera con los más jóvenes. Eran tipos duros, más disciplinados y experimentados de lo que parecía; listos y claramente motivados.

¿Y por qué no? Tenían fe. Tal vez debiéramos aprender algo de eso también.

51

El siguiente terrorista que elegí era mayor, apuesto y tenía un aspecto saludable, con grueso bigote y una dentadura inmaculada, era casi perfecta. Hablaba inglés, y me dijo con orgullo que había estudiado en Berkeley y Oxford.

—Bioquímica e ingeniería electrónica. ¿Le sorpende? —Se llamaba Ahmed el Masri, y era el número ocho de la lista de los más buscados del Departamento de Seguridad Nacional.

Estaba dispuesto a hablar de Geoffrey Shafer.

—Sí, el inglés estuvo aquí. Están en lo cierto, naturalmente. Las cintas de vídeo y de audio no suelen mentir. Dijo que tenía algo importante que decirnos.

—¿Y lo hizo?

El Masri frunció el entrecejo.

—La verdad es que no. Pensamos que podía ser un agente americano.

—¿Y entonces por qué vino aquí? —pregunté—. ¿Por qué consintieron en reunirse con él?

El Masri se encogió de hombros.

—Por curiosidad. Dijo que tenía acceso a misiles nucleares tácticos.

Me sobresalté, y mi corazón comenzó a latir mucho más deprisa. ¿Armas nucleares en la zona metropolitana de Nueva York?

—¿Y realmente tenía esas armas?

—Accedimos a hablar con él. Creímos que se refería a misiles de superficie portátiles. «Armas de maletín». Obtenerlas es difícil, pero no imposible. Como sabrá, la Unión Soviética las fabricó durante la Guerra Fría. Nadie sabe cuántas había ni qué pasó con ellas. En los últimos años, la mafia rusa ha intentado venderlas, o al menos eso dicen. Yo no puedo saberlo a ciencia cierta. Vine a este país para ser profesor, ¿sabe? Para buscar empleo.

Un escalofrío me recorrió el cuerpo. A diferencia de las cabezas nucleares convencionales, estas armas portátiles estaban diseñadas para explotar a nivel del suelo. Eran del tamaño de un maletín grande y cualquier soldado de infantería podía usarlas.

Además, eran muy fáciles de disimular y podían transportarse a pie por Nueva York, Washington, Londres y Francfort.

—¿Y? ¿Tenía acceso a bombas nucleares portátiles? —insistí.

El Masri se encogió de hombros.

—Nosotros sólo somos estudiantes y profesores. De hecho, ¿para qué íbamos a querer armas nucleares?

Me pareció entender que estaba tratando de negociar en su nombre y en el de sus compañeros.

—¿Por qué una de sus alumnas se suicidó arrojándose por la ventana? —pregunté.

—Vivía con miedo desde que llegó a Nueva York. Era huérfana, y sus padres habían muerto a manos de los americanos, en una guerra injusta.

Asentí despacio, como si lo entendiera y estuviese de acuerdo con sus palabras.

—Bueno, ustedes no han cometido ningún delito. Llevamos semanas vigilándolos. Pero ¿el coronel Shafer tenía acceso a armas nucleares? —repetí—. Necesito que me responda a esa pregunta. Es importante para usted y para los suyos. ¿Comprende?

—Creo que sí. ¿Insinúa que si cooperamos nos deportarán? ¿Que nos mandarán a casa? Porque no hemos cometido ningún delito, ¿no? —El Masri trataba de concretar cuál era el trato.

Le respondí sin rodeos:

—Algunos de ustedes han cometido delitos en el pasado. Asesinatos. Los demás serán interrogados y enviados a casa.

Asintió.

—De acuerdo. A mí no me pareció que el señor Shafer estuviera en posesión de armas nucleares. Usted ha dicho que han estado vigilándonos. A lo mejor él lo sabía, ¿no? ¿Comprende lo que quiero decir? Podría haberles tendido una trampa, ¿no? Yo no lo entiendo, pero es una idea que se me ha cruzado por la cabeza mientras hablábamos.

Por desgracia, lo que decía tenía sentido. Yo temía que, en efecto, fuera eso lo que había ocurrido. Una trampa, una prueba. Hasta el momento, había sido la forma de actuar del Lobo.

—¿Cómo consiguió salir de aquí Shafer sin que lo viéramos? —pregunté.

—El sótano de este edificio está conectado con el de otro situado más al sur. El coronel Shafer lo sabía. Parecía saber muchas cosas de nosotros.

Cuando salí del edificio eran las nueve de la mañana.

Estaba tan agotado que me habría echado a dormir en plena calle. Pronto se llevarían a los prisioneros, y toda la zona estaba acordonada, incluido el túnel de Holland, pues temíamos que fuese un objetivo y que en cualquier momento fuera a volar por los aires.

¿Todo había sido una prueba? ¿Una trampa?

52

Los misterios del día no habían terminado.

En la puerta del edificio se había congregado una multitud, y mientras intentaba abrirme paso alguien gritó:

—¡Doctor Cross!

¿Doctor Cross? ¿Quién me llamaba?

Un chaval con un anorak de color marrón y rojo me hizo señas para llamar mi atención.

—¡Venga, doctor Cross! ¡Doctor Alex Cross! Venga, por favor. Necesito hablar con usted.

Me dirigí hacia el joven, un adolescente de menos de veinte años. Me acerqué a él.

—¿Cómo sabes mi nombre? —pregunté.

Negó con la cabeza y dio un paso atrás.

—Se lo advirtieron, tío —dijo—. ¡El Lobo se lo advirtió!

En cuanto terminó de pronunciar esas palabras, me lancé sobre él, agarrándolo del anorak y del pelo. Le hice una llave y lo tiré al suelo. Me apoyé sobre él con todo el peso de mi cuerpo.

Con el rostro encarnado, y retorciéndose frenéticamente, comenzó a gritar:

—¡Eh! ¡Eh! Me pagaron para que le diera ese mensaje. ¡Suélteme, joder! Un tío me dio cien pavos. Soy sólo un mensajero, tío. Un inglés me dijo que usted era el doctor Alex Cross.

El joven, el mensajero, me miró a los ojos:

—A mí no me parece un doctor.

53

El Lobo estaba en Nueva York. No se perdería el gran acontecimiento ni por todo el oro del mundo. Sería demasiado bueno, demasiado delicioso para dejar de saborearlo.

Las negociaciones estaban en el punto culminante. El presidente de Estados Unidos, el primer ministro británico y el canciller alemán no querían hacer un trato, naturalmente, y quedar como los peleles que realmente eran. Con los terroristas no se negocia, ¿no? ¿Qué clase de precedente sentarían si lo hicieran? Necesitaban más presión, más estrés, más persuasión antes de dar el brazo a torcer.

Joder, él podía lograrlo. Nada le gustaría más que conseguirlo, que torturar a esos imbéciles. Era todo tan previsible... Al menos para él.

Dio un largo paseo por el East Side de Manhattan. Una saludable caminata. Estaba convencido de que ganaría. ¿Cómo iban competir con él los gobiernos del mundo? Tenía todas las ventajas. Ni restricciones políticas, ni expertos televisivos, ni burocracias, ni leyes ni ética en su camino. ¿Quién podía superar eso?

Regresó a uno de los numerosos pisos que poseía en todo el mundo, un maravilloso ático con vistas al East

River, e hizo una llamada telefónica. Mientras apretaba con suavidad la pelota negra, habló con una agente del FBI de Nueva York, una mujer que estaba entre los capitostes.

La agente le contó todo lo sabían hasta el momento y lo que estaban haciendo para atraparlo, que era poco y nada. Tenían más posibilidades de encontrarse casualmente con Bin Laden que de pillarlo a él.

—¿Y se supone que debo pagarte por esta mierda? —gritó el Lobo al auricular—. ¿Por decirme lo que ya sé? Más bien debería matarte. —Pero entonces rió—. Sólo ha sido una broma, querida. Dame buenas noticias. Yo tengo una para ti: muy pronto habrá un incidente en Nueva York. No te acerques a los puentes. Los puentes son peligrosos. Lo sé por experiencia.

54

Bill Capistran era un hombre con un plan, y también con una actitud nefasta y peligrosa; un hombre con grandes dificultades para manejar su ira, por decirlo con delicadeza. Pero pronto sería también un hombre con doscientos cincuenta de los grandes en su cuenta bancaria de las islas Caimán. Sólo tenía que cumplir con su trabajo, lo cual no sería muy difícil. «Puedo hacerlo, es pan comido.»

Capistran era un joven de veintinueve años, fuerte y delgado, nativo de Raleigh, Carolina del Norte.

Había practicado lacrosse durante un año en su estado natal, antes de ingresar en los marines. Después de tres años de servicio, una compañía privada de Washington lo había contratado como mercenario. Finalmente, hacía dos semanas se le había acercado un tipo que conocía de Washington D.C., Geoffrey Shafer, y le había propuesto el trabajo de su vida. Un trabajo de doscientos mil dólares.

Ahora estaba en ello.

A las siete de la mañana, al volante de una camioneta Ford negra, condujo hacia el este por la calle Cincuenta y Siete de Manhattan y giró hacia el norte en la Primera Avenida. Por último aparcó cerca del puente de la Cincuenta y Nueve, también llamado Queensboro.

Él y otros dos hombres, todos vestidos con monos blancos de pintor, bajaron de la camioneta y recogieron el equipo de la caja. Pero no se trataba de pintura, trapos y escaleras de aluminio, sino de explosivos. Una combinación de C4 y nitrato que debían colocar en las armaduras más bajas del puente, en un punto estratégico cercano al lado de Manhattan de East River.

A esas alturas, Capistran conocía el Queensboro como la palma de su mano. Alzó la vista hacia el robusto puente de noventa cinco años y lo que vio fue una estructura abierta, flexible, con diseño cantiléver; el único de los cuatro puentes de East River que no era colgante. Lo que significaba que requería una bomba especial, la que casualmente llevaban en la caja de la camioneta.

«Esto es una pasada», pensó Capistran mientras sus colegas y él arrastraban el artefacto hacia el puente. Nueva York. El East Side. Todos esos magnates pijos con grandes humos, esas princesas rubias que se pavoneaban como si el mundo les perteneciera. A pesar de los nervios, casi se estaba divirtiendo, y se sorprendió a sí mismo silbando una canción cómicamente apropiada para la ocasión: la canción del puente de la calle Cincuenta y Nueve *Feeling Groovy*, de Simon y Garfunkel, a quienes también consideraba los típicos capullos neoyorquinos. Ricitos de Oro y el Enano.

Capistran llevaba dos días trabajando hasta las tantas con un par de estudiantes de ingeniería de la Universidad de Stony Brook, Long Island. Uno era iraní y el otro, afgano. Qué ironía: dos estudiantes formados en una universidad neoyorquina ayudando a volar Nueva York. La tierra de la puta libertad, ¿no? Llamaban a su equipo el «Proyecto Manhattan». Otro chiste entre ellos.

Al principio habían pensado en usar ANFO, el acrónimo de «nitrato de amonio y aceite combustible», un tipo de explosivo que con toda seguridad abriría un cráter en el suelo, pero que difícilmente derribaría un puente como el Queensboro. Las lumbreras universitarias le dijeron a Capistran que podía ver lo que hacía el ANFO encendiendo un petardo en una calle de la ciudad. O imaginándoselo. La explosión se caracterizaría por «fuerzas cobardes, que siempre buscan el camino de la mínima resistencia». En otras palabras, la bomba causaría una desagradable quemadura en el suelo, pero su auténtico poder destructor se perdería en el aire, hacia arriba y hacia los lados.

«A todas luces insuficiente. Demasiado flojo. Ni siquiera una aproximación a lo necesario.»

Pero a los geniales estudiantes se les ocurrió una forma mucho mejor de volar el puente. Indicaron a Capistran cómo instalar pequeñas cargas explosivas en lugares estratégicos de la estructura. Era un método parecido al que usaban las empresas de demolición para derribar edificios, y funcionaría a las mil maravillas.

Puesto que no tenía el menor deseo de que lo cogieran, Capistran había considerado la posibilidad de enviar buzos a East River, para que colocasen las cargas en los soportes. Él mismo se había acercado al puente en varias ocasiones y, para su sorpresa, había descubierto que las medidas de seguridad eran casi inexistentes.

Y eso es lo que vio también esa mañana. Sus dos socios y él bajaron hasta los soportes más bajos del puente de la calle Cincuenta y Nueve sin que nadie se lo impidiera.

Desde lejos, el intrincado herraje del Queensboro y sus remates, pintados de plateado, hacían que el viejo puente pareciera una obra delicada. Pero la proximidad reveló la verdadera fortaleza de su estructura: las gigantescas cerchas, los remaches grandes como las rótulas de un hombre.

Aquello parecía una locura, pero saldría bien. Su parte saldría bien.

A veces se preguntaba cómo se había convertido en un hombre tan resentido, tan lleno de amargura y de furia. Joder, si hacía apenas unos años había formado parte del equipo de rescate que había liberado de Bosnia a pilotos como Scott O'Grady. Bueno, ya no era un héroe de guerra. Era sólo un capitalista que trabajaba para el sistema, ¿no? Ésa era una verdad más grande que las que la mayoría de la gente estaría dispuesta a aceptar.

Mientras salía de la estructura de sostén, Capistran no pudo evitar primero tararear y luego cantar la canción con todas las palabras: «*Groovy, feeling very groovy...*» «Genial, me siento genial...»

55

Lo más extraño y misterioso de todo sucedió a continuación.

El plazo se agotó y no pasó nada.

No recibieron mensaje alguno del Lobo, ni hubo ningún atentado. Nada. Silencio. Era curioso, pero también aterrador.

En ese momento el único que sabía qué pasaba era el Lobo... O quizás el Lobo, el presidente y algún otro dignatario internacional. Se rumoreaba que el presidente, el vicepresidente y los miembros del gabinete ya habían salido de Washington.

Esto no pararía, ¿no? Los medios de comunicación no lo permitirían, desde luego. El *Post*, el *New York Times*, *USA Today*, la CNN, las demás cadenas de televisión... cada uno había contado su particular versión de las amenazas que se cernían sobre las grandes ciudades. Nadie sabía de qué ciudades se trataba, ni quién había lanzado la amenaza, pero después de años de alertas de código amarillo y naranja por parte del Departamento de Seguridad Nacional, nadie se tomaba demasiado en serio ni los rumores ni las amenazas.

La incertidumbre, la guerra psicológica, también debía de formar parte del plan del Lobo. Yo me encontraba en

Washington el Día de los Caídos, el último fin de semana de mayo, y estaba durmiendo cuando llamaron para ordenarme que fuese de inmediato al edificio Hoover.

Miré el despertador, entornando los ojos para fijar la vista, y vi que eran las tres de la mañana. «¿Y ahora qué? ¿Ha habido represalias?» En tal caso, no me lo dirían por teléfono.

—Voy hacia allí —dije y me levanté de la cama, maldiciendo entre dientes.

Me duché primero con agua caliente y después, durante un par de minutos, con agua fría; me sequé, me vestí rápidamente, subí al coche y conduje hacia el centro de Washington con una horrible sensación de aturdimiento. Lo único que sabía era que el Lobo telefonearía al cabo de media hora.

A las tres y media de la mañana, después de un fin de semana largo, con el vencimiento del plazo que él mismo nos había impuesto planeando sobre nuestras cabezas. No se limitaba a controlarnos; era un sádico.

Cuando llegué a la sala de crisis de la quinta planta, ya había allí al menos una docena de agentes. Nos saludamos como viejos amigos en un velatorio. Durante los minutos siguientes, la habitación continuó llenándose de agentes de ojos soñolientos, ninguno despierto del todo. Ante la mesa del café, donde acababan de dejar dos cafeteras llenas, se formó una cola irregular. Todo el mundo parecía nervioso e impaciente.

—¿No hay pastas? —preguntó un agente—. ¿Ya no nos quieren?

Pero nadie sonrió siquiera.

El director Burns llegó pocos minutos después de las tres y media. Llevaba un traje oscuro con corbata, un atuendo demasiado formal para él, sobre todo a esas horas de la mañana. Tuve la impresión de que él tampoco sabía lo que pasaba. El que mandaba era el Lobo, no nosotros.

—Y ustedes pensaban que yo era un jefe exigente —bromeó Burns tras un par de minutos de silencio. Por fin se oyeron risas—. Gracias por venir —añadió.

El Lobo llamó a las tres y cuarenta y tres. Con la voz distorsionada. La petulancia y el desdén de costumbre.

—Probablemente se preguntarán por qué he convocado una reunión en plena noche —comenzó—. La respuesta es sencilla: porque puedo. ¿Qué les parece? Porque puedo.

»Por si no se han dado cuenta, ustedes no me caen muy bien. De hecho, no me caen nada bien. Tengo mis razones, y son buenas. Detesto todo lo que representa Estados Unidos. Por lo tanto, esto podría ser una venganza, ¿no? ¿Quizá me hayan hecho daño en el pasado? ¿O hicieron daño a mi familia? Eso forma parte del misterio. Para mí, la venganza es un incentivo más, un dulce incentivo.

»Pero volvamos al presente. Corríjanme si me equivoco, pero creo que les había ordenado que no hicieran más averiguaciones sobre mi paradero.

»¿Y qué han hecho ustedes? Empapelar a seis infelices en Manhattan porque sospechan que trabajan conmigo. Ay, y una pobre chica se asustó tanto que se arrojó por la ventana del tercer piso. ¡La vi caer! Supongo que pensarían que, si capturaban a mis ayudantes, Nueva York estaría segura.

»Ah, por cierto, casi se me pasa: tenemos un pequeño problema con un plazo que no han cumplido. ¿Creían que lo había olvidado? Pues no; no he olvidado el plazo. Ni la ofensa que supone que lo dejasen vencer. Ahora miren lo que soy capaz de hacer.

56

A las tres y cuarenta minutos de la madrugada, cumpliendo órdenes, la Comadreja ocupó su puesto en un banco del parque situado en la intersección de Sutton Place y la calle Cincuenta y Siete. Había muchas cosas que le preocupaban de este trabajo, pero los problemas se compensaban con dos grandes ventajas: le pagaban mucho dinero y había vuelto a la acción. «Joder, estoy más metido en la mierda que nunca.»

Miró hacia abajo, a las oscuras y rápidas aguas de East River. Un remolcador con un rótulo que decía HERMANOS MCALLISTER estaba auxiliando a un portacontenedores. «La ciudad que nunca duerme, ¿no?» Caramba; los bares de la Primera y Segunda Avenida estaban a punto de cerrar. Un rato antes había pasado por una clínica veterinaria que abría toda la noche para atender las urgencias. «¿Urgencias veterinarias?» Joder, qué ciudad; en qué país demencial se había convertido Estados Unidos.

Muchos neoyorquinos se despertarían pronto y les resultaría extremadamente difícil volver a dormirse. Habría llanto y dientes apretados. El Lobo se aseguraría de ello dentro de un minuto.

Shafer miró pasar los segundos en su reloj de pulsera, pero manteniendo a la vista el puente de Queensboro. A pesar de la hora, había coches particulares y taxis circulando por el puente. Unos cien vehículos, o quizá más, lo cruzaban en ese momento. ¡Pobres imbéciles!

A las tres y cuarenta y tres, Shafer apretó un botón de su teléfono móvil.

Así transmitió una sencilla señal cifrada a una pequeña antena situada en el lado de Manhattan del puente. Un circuito comenzó a cerrarse...

Un cebo se inflamó...

Al cabo de microsegundos, el pueblo de Nueva York y el resto del mundo recibieron un mensaje procedente directamente del infierno.

Un mensaje simbólico.

Otra llamada de atención.

Una tremenda explosión destrozó las vigas y las cerchas del puente de la calle Cincuenta y Nueve. Los empalmes se rompieron de manera instantánea, asombrosa, irreparable. Las viejas estructuras de acero reventaron como cáscaras de cacahuete. Grandes roblones volaron por los aires y cayeron en picado al río. El asfalto se agrietó. El hormigón armado se abrió como papel rasgado.

El firme de carretera de la parte superior se partió en dos, y luego enormes trozos de cemento cayeron como bombas sobre la capa inferior, que también se agrietaba, se torcía y se precipitaba al río.

Los coches caían al agua. Un camión procedente de un almacén de Queens, cargado de periódicos, rodó hacia atrás sobre la carretera invertida y dio una vuelta en el aire antes de hundirse en las aguas de East River. Le siguieron más coches y camiones, que caían a plomo. Los cables eléctricos se inclinaron y chisporrotearon en toda la extensión del puente. Más vehículos, docenas de vehículos, se despeñaron desde el puente, cayeron en el agua y desaparecieron bajo la superficie.

Algunas personas saltaban de los coches y se suicidaban arrojándose al río. Shafer oyó sus escalofriantes gritos de terror.

Y en todos los edificios cercanos se encendieron las luces, luego los televisores y los ordenadores. Entonces los habitantes de Nueva York escucharon la noticia de una tragedia imposible de creer y que habría sido inconcebible apenas unos años antes.

Terminado su trabajo por aquella noche, Geoffrey Shafer se levantó del banco del parque y se fue a dormir. Si podía. Si algo tenía claro era que aquello acababa de empezar. Pronto se marcharía a Londres.

«El puente de Londres —pensó—. Todos los puentes del mundo cayendo, desplomándose. La sociedad moderna en ruinas. Puede que el puñetero Lobo esté chalado, pero es un genio haciendo el mal. ¡Un chalado absolutamente genial!»

TERCERA PARTE

LAS HUELLAS DEL LOBO

57

El Lobo redujo la velocidad de su potente Lotus negro a poco más de ciento cincuenta kilómetros por hora para hablar por uno de los seis teléfonos móviles que llevaba en el coche. Se dirigía a Montauk, en el extremo de Long Island, pero debía atender asuntos importantes en el camino, aunque fuera la una de la mañana. Tenía al teléfono al presidente de Estados Unidos, el primer ministro británico y el canciller alemán. La flor y nata. ¿Había algo mejor?

—No podrán localizar esta llamada, así que no pierdan el tiempo intentándolo. Mis técnicos son mejores que los suyos —informó—. Ahora bien, ¿qué planes tienen? El plazo venció hace ocho horas. ¿Y?

—Necesitamos más tiempo —dijo el primer ministro británico en representación de todos.

Bien por él. ¿Era el cabecilla? Sería una sorpresa. El Lobo siempre lo había considerado más bien un segundón.

—Usted no tiene idea... —empezó a decir el presidente de Estados Unidos.

Pero el Lobo lo interrumpió sonriendo para sí, regodeándose en esa falta de respeto para con el poderoso líder mundial.

—¡Calle, no quiero oír más mentiras! —gritó al auricular.

—Tiene que escucharnos —terció el canciller alemán—. Denos la oportunidad...

El Lobo terminó la conversación en el acto. Encendió un cigarro, dio un par de satisfactorias caladas y lo dejó en el cenicero. Volvió a telefonear, esta vez con otro móvil.

Todos seguían allí, esperando su llamada. No subestimaba a aquellos hombres poderosos, pero ¿qué alternativa tenían?

—¿Quieren atentados en las cuatro ciudades? ¿Es lo que tengo que hacer para demostrar que hablo en serio? Puedo hacerlo de inmediato. Puedo dar la orden en este mismo momento. Pero no me digan que necesitan más tiempo. ¡No es cierto! ¡Por Dios! Los países que retienen a los prisioneros son títeres de ustedes.

»El verdadero problema es que no quieren que el mundo los vea como son en realidad. Como individuos débiles e impotentes. ¡Pero lo son! ¿Cómo ha ocurrido? ¿Cómo permitieron que sucediera? ¿Quién puso a personas como ustedes en posiciones de poder? ¿Quién los eligió? Quiero el dinero y los presos políticos. Adiós.

El primer ministro británico habló antes de que el Lobo alcanzase a colgar.

—¡Se equivoca de cabo a rabo! Es usted quien tiene elección, no nosotros. Entendemos perfectamente que tiene una posición de poder. Lo damos por sentado. Pero no podemos cumplir con sus condiciones tan rápido. Es físicamente imposible, y creo que usted lo sabe. Por supuesto que no queremos hacer un trato con usted, pero lo haremos. Es inevitable. Sólo necesitamos más tiempo. Haremos lo que pide. Tiene nuestra palabra.

El Lobo se encogió de hombros. El primer ministro británico lo había sorprendido de verdad. Había sido conciso y demostrado que tenía cojones.

—Lo pensaré —dijo el Lobo y colgó.

Cogió el cigarro y saboreó esta idea: en esos momentos era el hombre más poderoso del mundo. Y, a diferencia de los líderes mundiales, era la persona idónea para su trabajo.

58

A las seis y cinco de la mañana, un pasajero de primera clase que se hacía llamar Randolph Wholer bajó de un avión de British Airways procedente de Nueva York. Su pasaporte y otros documentos confirmaban su identidad. «Qué alegría volver a la patria —pensó Wholer, que era en realidad Geoffrey Shafer—. Y será aún más bonito si consigo borrar Londres del mapa.»

Wholer, que aparentaba unos setenta años, pasó por la aduana sin inconvenientes. Estaba pensando en su siguiente movimiento: una visita a sus hijos. Formaba parte de su misión. Era curioso, extraño. Pero no tenía intención de cuestionar las órdenes del Lobo. Además, le apetecía ver a su prole. Papá había estado fuera demasiado tiempo.

Tenía un papel que desempeñar, una misión, otra pieza del rompecabezas. Los chavales vivían con la hermana de su difunta madre en una casita cercana a Hyde Park. Mientras subía a un Jaguar alquilado, Shafer recordó la casa. Tenía un recuerdo muy desagradable de su esposa, Lucy Rhys-Cousins, una mujer enclenque y de miras estrechas. La había asesinado en un supermercado de Chelsea, delante de las gemelas. Con ese acto verdaderamente misericordioso, había dejado huérfanos a su hijo Robert, que ahora debía de tener quince años, y a las niñas, Tricia y Erica, de seis o siete. Shafer estaba convencido de que les iría mucho mejor en la vida sin la quejica de su madre.

Llamó a la puerta y descubrió que estaba abierta, así que entró sin esperar.

Encontró a la hermana menor de su mujer, Judi, jugando con las gemelas en el suelo del salón, inclinadas sobre el Monopoly, un juego en el que sin duda serían expertas perdedoras, pensó Shafer. No había una sola triunfadora entre ellas.

—¡Papá ha vuelto a casa! —exclamó con una sonrisa perversa y apuntó con una pistola al pecho de la querida tía Judi—. No hables; no digas ni pío. No me des una excusa para apretar el gatillo. Sería muy fácil, además de un auténtico placer. Sí, francamente, yo también te odio. Eres un calco de tu difunta hermana, aunque más gorda.

»¡Hola, niñas! Saludad a vuestro querido papá. He venido desde muy lejos sólo para veros. He viajado desde América.

Las gemelas, sus dulces hijas, rompieron a llorar, de manera que él hizo lo único que podía hacer para restaurar el orden: apuntó a la cara cubierta de lágrimas de Judi y se acercó aún más a ella.

—¡Haz que paren de berrear de inmediato! ¡Ahora! Demuéstrame que mereces ser su tutora.

La mujer se inclinó y apretó a las niñas contra su pecho, con lo que consiguió amortiguar los gemidos, aunque las pequeñas no dejaron de llorar.

—Ahora escucha, Judi —dijo Shafer mientras se ponía detrás de ella y apretaba el cañón de la pistola contra su nuca—. Aunque me gustaría mucho, no he venido a matarte. De hecho, vengo a darte un mensaje para que se lo transmitas al ministro del Interior. Ya ves, por extraño y ridículo que parezca, tu absurda y patética vida tiene algún valor por el momento. ¿Puedes creerlo? Yo, no.

La tía Judi parecía confusa, aunque Shafer consideraba que ése era su estado natural.

—¿Cómo voy a hacer una cosa así? —balbuceó.

—¡Llamando a la puta poli! Ahora cierra el pico y escucha. Tienes que decirle a la policía que vine a verte y te dije que nadie está a salvo. Ni siquiera ellos y sus familias. Puedo ir a sus casas, igual que he venido aquí.

Shafer repitió el mensaje dos veces más, para asegurarse de que lo entendiera. Luego volvió a centrar la atención en Tricia y Erica, que le interesaban tanto como las ridículas muñecas de porcelana que decoraban la repisa de la chimenea. Detestaba aquellas figurillas. Habían pertenecido a su esposa, que solía cuidarlas como si fuesen de carne y hueso.

—¿Cómo está Robert? —preguntó a las gemelas, pero no respondieron.

«¿Qué es esto?» Las niñas habían adquirido ya la expresión de abatimiento y confusión propia de su madre y su llorosa tía. No dijeron ni una palabra.

—¡Robert es vuestro hermano! —gritó Shafer, y las niñas empezaron a llorar a gritos otra vez—. ¿Cómo está? ¿Cómo está mi hijo? ¡Decidme alguna cosa de vuestro hermano! ¿Le han crecido dos cabezas? ¡Cualquier cosa!

—Está bien —dijo por fin Tricia.

—Sí, está bien —repitió Erica, imitando a su hermana.

—Bien, ¿eh? Bueno, estupendo —dijo Shafer con absoluto desprecio por aquellos dos clones de su difunta esposa.

Sin embargo, descubrió que echaba de menos a Robert. Era un chiquillo ligeramente retorcido y a veces disfrutaba de su compañía.

—Vale, dadle un beso a papaíto —exigió—. Por si lo habéis olvidado —añadió— soy vuestro padre, tontas del bote.

Las niñas se negaron a besarlo, y él tenía prohibido matarlas, así que se marchó sin más de esa patética casa. Al salir, tiró las muñecas de porcelana al suelo.

—¡En memoria de vuestra madre! —exclamó por encima del hombro.

59

La queja más habitual de los soldados que luchan en Irak es que tienen la impresión de que todo lo que les rodea es absurdo y sin sentido. Así son las guerras en la actualidad. Yo compartía esa impresión.

El plazo se había cumplido y teníamos los días contados. O eso me parecía a mí. Me sentía como si no hubiese parado ni un segundo desde hacía varios días. Ahora viajaba rumbo a Londres, con dos agentes de la Sección de Terrorismo Internacional.

Geoffrey Shafer estaba en Inglaterra. Lo que era aún más demencial es que quería que lo supiésemos. Alguien quería que lo supiésemos.

El avión llegó al aeropuerto de Heathrow poco antes de las seis de la mañana. Fui directamente al hotel, situado cerca de la calle Victoria, y dormí hasta las diez. Tras ese breve descanso, me dirigí a New Scotland Yard, que está a la vuelta de la esquina, en la calle Broadway. Era estupendo estar tan cerca del palacio de Buckingham, la abadía de Westminster y el Parlamento.

Cuando llegué me condujeron al jefe de detectives Martin Lodge. Éste me dijo, sin falsa modestia, que su brigada antiterrorista, llamada SO13, funcionaba a la perfección. Mientras íbamos hacia la reunión informativa de la mañana, me contó algunas cosas de su persona:

—Vengo de la policía, igual que usted. Once años en la policía metropolitana, después de una breve temporada en el servicio secreto. Antes de eso me formé en Hendon y patrullé las calles. Luego quise ser detective, y me trasladaron a la SO13 porque hablo varios idiomas.

Hizo una pausa, y yo la aproveché:

—Estoy informado sobre su brigada antiterrorista... la mejor de Europa, tengo entendido. Han tenido muchos años de práctica con el IRA.

Lodge esbozó una sonrisa triste, la sonrisa de un policía veterano.

—A veces los errores son la mejor manera de aprender. En Irlanda cometimos muchos. En fin, ya hemos llegado, Alex. Nos esperan dentro. Tienen muchas ganas de conocerlo, pero prepárese para oír un montón de gilipolleces. Estarán el M15 y el M16. Discuten por todo. No permita que eso le afecte. Al final, siempre conseguimos solucionar las cosas. Al menos la mayor parte de las veces.

Asentí.

—Igual que el FBI y la CIA en mi país.

El jefe Lodge no se equivocaba con respecto a las guerras internas, y tuve la impresión de que, dadas las circunstancias, estos conflictos podían entorpecer nuestro trabajo en Londres. En la sala había también varios hombres y mujeres de Actividades Especiales, el jefe del estado mayor y la típica representación de los servicios de emergencia.

Mientras me sentaba, gruñí para mis adentros. Otra maldita reunión. Lo último que necesitaba. Deseaba gritar: «¡El plazo se ha agotado y están poniendo bombas!»

60

La amplia casa de la playa, situada en las afueras de Montauk, Long Island, no pertenecía al Lobo. Se alquilaba por cuarenta mil dólares por semana, incluso en temporada baja. El Lobo sabía que era un auténtico robo, pero le daba igual. Al menos, ese día.

Había que reconocer que era un edificio impresionante: estilo georgiano, tres plantas con vistas a la playa, una inmensa piscina protegida del viento por la propia casa y un camino particular flanqueado por coches, casi todas limusinas a cuyo alrededor se congregaban musculosos chóferes de traje oscuro.

«Aquí hay de todo —pensó con cierto resentimiento—. Todo pagado con mi dinero, mi sudor, mis ideas.»

Lo esperaban varios colegas de la mafia roja. Se habían reunido en un salón-biblioteca con vistas panorámicas a la desierta playa y al Atlántico.

Al verlo, se comportaron como si fuesen sus amigos del alma: le estrecharon la mano, le dieron palmadas en el hombro y la ancha espalda y murmuraron mentiras sobre lo estupendo que era volver a verlo. «Los pocos que saben qué aspecto tengo. El círculo selecto; las personas en las que más confío.»

Habían servido la comida antes de su llegada y luego

todo el personal de servicio se había marchado de la casa. Él había aparcado en la parte trasera y entrado por la cocina. No lo había visto nadie, salvo los nueve hombres que estaban en aquella habitación.

De pie ante ellos, encendió un cigarro.

—Me han pedido una prórroga, ¿podéis creerlo? —dijo entre placenteras caladas.

Los rusos sentados a la mesa rieron. Compartían el desprecio de Lobo por los actuales gobiernos y gobernantes del mundo. Los políticos eran débiles por naturaleza, y los pocos políticos fuertes que conseguían llegar al poder se ablandaban durante el ejercicio de sus funciones. Siempre había sido así.

—¡Dales su merecido! —gritó un hombre.

El Lobo sonrió.

—Debería hacerlo, como sabéis. Pero tienen parte de razón: si actuamos ahora, también perderemos nosotros. Permitid que los llame. Están esperando una respuesta. Tiene gracia, ¿no? Estamos negociando con Estados Unidos, Gran Bretaña y Alemania. Como si fuésemos una potencia mundial. —Mientras se establecía la llamada, el Lobo levantó un dedo—. Están esperando para hablar conmigo...

»¿Están todos ahí? —preguntó al auricular. Allí estaban—. Bien, se acabaron las conversaciones intrascendentes. Tienen dos días más, hasta las siete de la tarde, hora de la costa Este, pero...

»¡El precio acaba de duplicarse!

Cortó la comunicación y miró a sus secuaces.

—¿Qué? ¿No estáis de acuerdo? ¿Sabéis cuánto dinero acabo de haceros ganar?

Todos empezaron a aclamarlo y aplaudir.

El Lobo pasó el resto de la tarde con ellos. Soportó

los falsos halagos y los pedidos mal disfrazados de sugerencias. Pero tenía asuntos que atender en Nueva York, así que se marchó y dejó que siguieran disfrutando de la casa y las demás comodidades.

—Las señoras llegarán pronto —prometió—. Reinas de la belleza y modelos de Nueva York. Dicen que son los mejores coños de Estados Unidos. Divertíos. Gracias a mi dinero, mi sudor, mi inteligencia.

Volvió a subir al Lotus y se dirigió a la autopista de Long Island. Apretó la pelota negra durante un rato, pero luego la dejó. Volvió a encender el móvil. Pulsó varios números. Transmitió un código. Un circuito se cerró. Un cebo se inflamó.

A pesar de la distancia, oyó la explosión en la casa de la playa. Ya no los necesitaba. No necesitaba a nadie.

Zamochit! Las bombas habían roto todos los huesos de aquellos cuerpos inútiles, inservibles.

El desquite, la venganza.

¡Qué maravilla!

61

En Londres nos informaron de que nos habían dado una prórroga de cuarenta y ocho horas, y el alivio, aunque efímero, fue extraordinario. Al cabo de una hora nos comunicaron que había estallado una bomba en Long Island y habían muerto varios jefes de la mafia roja. ¿Qué significaba eso? ¿El Lobo había dado otro golpe? ¿Contra los suyos?

Después de la larga tanda de reuniones en Scotland Yard, no tenía nada más que hacer. A eso de las diez de la noche me reuní con una amiga de la Interpol en un restaurante londinense, el Cinnamon Club, situado en Great Smith Street, en el mismo edificio que otrora había ocupado la biblioteca de Old Westminster.

El agotamiento me había sobreexcitado hasta el punto de que me sentía lleno de energía. Además, me apetecía pasar un rato con Sandy Greenberg, que era, quizá, la policía más lista con la que había trabajado. Tal vez se le ocurriese alguna idea nueva sobre el Lobo. O sobre la Comadreja. De todas maneras, nadie conocía los bajos fondos europeos tan bien como ella.

Sandy es en realidad Sondra para todos salvo para los amigos más íntimos, pero yo tengo la suerte de contarme entre ellos. Es una mujer alta, atractiva, elegante aunque ligeramente desgarbada, ingeniosa y muy simpática. Me dio un gran abrazo y un beso en cada mejilla.

—¿Ésta es la única forma de verte, Alex? ¿Se necesita una horrible emergencia mundial para que vengas a visitarme? ¿Y el cariño?

—Bueno, tú también puedes venir a Washington a verme a mí, ¿no? —respondí mientras nos separábamos—. Por cierto, estás estupenda.

—Sí, ¿no? —dijo Sandy—. Ven, tenemos una mesa reservada en el fondo. Te he echado muchísimo de menos. Dios, qué gusto verte. Tú también tienes un aspecto magnífico, a pesar de lo que está ocurriendo. ¿Cómo lo consigues?

La cena consistió en una mezcla de comida india y europea que no habríamos podido degustar en Estados Unidos, o por lo menos en Washington. Sandy y yo hablamos del caso durante más de una hora. Pero cuando llegó el café nos relajamos, y la conversación adquirió un cariz más personal. Me fijé en que llevaba un anillo de sello de oro y una sortija de tres bandas en el dedo meñique.

—Preciosos —dije.

—Me los regaló Katherine —dijo con una sonrisa. Sandy y Katherine Grant vivían juntas desde hacía diez años, y eran una de las parejas más felices que he conocido. Vivir para ver, pero ¿quién puede decir lo que está bien o mal? Yo, no, desde luego. Ni siquiera era capaz de encauzar mi vida.

—Veo que todavía no te has casado —dijo ella.

—¿Lo has notado?

Sandy sonrió.

—Soy detective, ya sabes. Investigadora consumada. Cuéntamelo todo, Alex.

—No hay mucho que contar —dije, y mi propia declaración se me antojó curiosa—. Salgo con alguien que me cae muy bien...

—Eh, vamos, a ti te cae bien todo el mundo —interrumpió Sandy—. Hasta Kyle Craig te caía bien. Veías algo bueno en ese cabrón psicópata y repulsivo.

—Puede que tengas razón, en general. Pero ya no me gusta Kyle. Y no encuentro absolutamente nada agradable en el coronel Geoffrey Shafer. Ni en el ruso que se hace llamar «el Lobo».

—Claro que tengo razón, cariño. ¿Y quién es esa mujer increíble que te cae tan bien y cuyo corazón romperás, si no rompe ella antes el tuyo? Será de una manera o de la otra, estoy segura. ¿Por qué no dejas de torturarte?

No pude evitar sonreír.

—Otra detective... Bueno, en realidad, es inspectora. Vive en San Francisco.

—¡Qué práctico! Es genial, Alex. ¿A cuánto está de Washington? ¿Unos tres mil kilómetros? ¿Os veis cada dos meses?

Reí.

—Veo que mantienes la lengua tan afilada como de costumbre.

—La práctica, la práctica. Así que todavía no has encontrado a la mujer perfecta. Qué pena. Es una verdadera lástima. Yo tengo un par de amigas... Bueno, mejor no sigamos por ahí. Pero deja que te haga una pregunta personal: ¿crees que has superado lo de Maria?

Como investigadora, Sandy tiene la virtud de concebir ideas que no se le ocurren a nadie más, de explorar posibilidades que otros pasan por alto. Mi esposa, Maria, había muerto asesinada en un tiroteo hacía más de diez años. Yo no había sido capaz de resolver el caso y... sí, era muy probable que no hubiese superado su muerte. Quizá, sólo quizá, lo consiguiera cuando aclarase el misterio. El caso seguía abierto. Esa idea me había atormentado durante años, y todavía me causaba mucho dolor cuando se cruzaba por mi cabeza.

—Estoy colado por Jamilla Hughes —dije—. Es lo único que sé, por el momento. Nos lo pasamos muy bien juntos. ¿Qué tiene de malo?

—Ya te oí la primera vez, Alex. Te gusta mucho. Pero no has dicho que estés locamente enamorado de ella. Y no eres la clase de persona que se conforma con estar «colado» por alguien. ¿No es cierto? Por supuesto que sí. Yo siempre tengo razón.

—Te quiero a ti —dije.

Sandy rió.

—Vale, estupendo. Entonces pasarás la noche en mi casa.

—De acuerdo. Muy bien —asentí.

Ambos reímos, pero media hora después Sandy me acompañó al hotel de la calle Victoria.

—¿Se te ha ocurrido algo? —pregunté mientras bajaba del taxi.

—Estoy en ello —respondió.

Yo sabía que podía confiar en ella, y necesitaba toda la ayuda que pudiera conseguir en Europa.

62

Henry Seymour no vivía demasiado lejos de la guarida de la Comadreja en Edgware Road, la zona comprendida entre Marble Arch y Paddington que algunos conocían por «el Pequeño Líbano». Esa mañana, el coronel Shafer fue andando hasta la casa del ex miembro del SAS, el Servicio Especial Aéreo, y en el camino se preguntó qué le había pasado a la ciudad, su ciudad, y también a su puñetero país. Qué espectáculo tan desolador.

Las calles estaban llenas de cafeterías, restaurantes y tiendas de árabes. Eran sólo las ocho de la mañana y el aire estaba impregnado ya de los aromas de la cocina oriental: tabulé, sopa de lentejas, bastela. Delante de una papelería, dos ancianos fumaban tabaco con un narguile. «¡Joder! ¿Qué coño le ha pasado a mi país?»

El piso de Henry Seymour estaba situado encima de una tienda de ropa de hombre, y la Comadreja subió directamente al tercer piso. Llamó una vez, y Seymour abrió la puerta.

Shafer se preocupó en cuanto lo vio. El hombre había perdido quince o veinte kilos desde la última vez que se habían visto, hacía sólo unos meses. Su poblada cabellera rizada había desaparecido casi por completo, y se reducía a ralos mechones de encrespado pelo gris y blanco.

De hecho, a Shafer le costó lo suyo vincular a ese hombre con su antiguo compañero del ejército, uno de los mayores expertos en demoliciones que había conocido. Habían luchado codo con codo en la Tormenta del Desierto, y más adelante como mercenarios en Sierra Leona. En la Tormenta del Desierto, Shafer y Seymour habían formado parte del Comando de Movilidad del SAS, cuya misión principal consistía en cruzar las líneas enemigas y tratar de sembrar el caos.

En ese momento, el pobre Henry no parecía muy capaz de provocar el caos, aunque a veces las apariencias engañan. Ojalá fuera así.

—¿Estás preparado para trabajar en una misión importante? —preguntó Shafer.

Henry Seymour sonrió. Le faltaban dos dientes delanteros.

—Espero que sea suicida —dijo.

—De hecho, es una idea tentadora —repuso la Comadreja.

Se sentó enfrente de Henry y le explicó su parte. Su amigo aplaudió cuando terminó de oír el plan.

—Siempre quise volar Londres —dijo—. Soy tu hombre.

—Lo sé —respondió la Comadreja.

63

El doctor Stanley Bergen, de Scotland Yard, se dirigió a nosotros en un salón de actos lleno hasta los topes de policías y demás funcionarios del gobierno. El doctor Bergen tenía por lo menos sesenta años, rondaba apenas el metro sesenta y cinco de estatura y pesaba unos cien kilos. Sin embargo, su presencia era imponente.

Habló sin guión, y durante toda su intervención nos mantuvo a todos pendientes de sus palabras. El tiempo acuciaba, y todos los presentes éramos muy conscientes de ello.

—Nos encontramos en una situación crítica y debemos tomar medidas de emergencia para proteger Londres —comenzó el doctor Bergen—. Ha asumido la responsabilidad el Foro de Resistencia de Londres. Tengo plena confianza en ellos, y ustedes también deberían tenerla.

»Bien, esto es lo que haremos: ante cualquier indicio de una catástrofe inminente, todas las emisoras de radio y las cadenas de televisión estarán a nuestra disposición. También contaremos con servicios de envío de mensajes de texto a teléfonos móviles y buscas y con métodos menos eficaces, como altavoces móviles.

»Huelga decir que, si tenemos datos con antelación, la gente sabrá que se va a cometer un atentado. El jefe de la Policía Metropolitana, o el propio ministro del Interior, transmitirán la noticia por televisión.

»Si se trata de una bomba o de un ataque químico, la policía y los bomberos de la zona se prepararán para intervenir de inmediato. En cuanto esté claro qué ha sucedido, se aislará el área afectada. A continuación, la policía y los bomberos definirán tres zonas: caliente, tibia y fría.

»Los supervivientes de la zona caliente permanecerán en su sitio hasta que pueda procederse a su descontaminación, en caso de que sea posible.

»Las ambulancias y los coches de bomberos se ubicarán en la zona tibia, donde estarán también las duchas de descontaminación.

»La zona fría se usará para investigaciones, vehículos del ejército y la carga de ambulancias.

El doctor Berger hizo una pausa y nos miró. Su rostro reflejaba inquietud, pero también compasión por la ciudad y sus habitantes.

—Algunos de ustedes habrán notado que en ningún momento he mencionado la palabra «evacuación». La razón es que esto no sería factible, a menos que empezásemos ahora mismo, y el indeseable y diabólico Lobo prometió atacar de inmediato si hacemos algo semejante.

Acto seguido se distribuyeron mapas y otros materiales. Tuve la impresión de que el estado de ánimo de los presentes no podía ser más pesimista.

Mientras echaba un vistazo a los papeles, Martin Lodge se acercó a mí.

—Hemos recibido otra llamada del Lobo —susurró—.

Se alegrará de oír esto: dice que le gusta mucho nuestro plan. Y está de acuerdo en que sería imposible evacuar Londres...

De repente se oyó una tremenda explosión en el edificio.

64

Cuando por fin llegué abajo, al lugar donde había estallado la bomba, me sobrecogió la increíble escena de caos y confusión. El famoso rótulo de Scotland Yard había volado. Donde antes había estado la entrada de la calle Broadway, ahora había sólo un agujero humeante. Los restos de una camioneta negra estaban empotrados en la acera.

Ya se había decidido que no abandonaríamos el edificio, que permaneceríamos allí. Me pareció una decisión sensata, o por lo menos valiente. Cuando llegué a la sala de crisis, dos docenas de hombres y mujeres veían ya una cinta de vídeo en penumbra. Uno de ellos era Martin Lodge.

Me senté atrás del todo y empecé a ver la película. Me miré las manos y vi que temblaban.

Las imágenes mostraban la calle Broadway esa misma mañana, con los guardias de rigor apostados en la puerta del enorme e imponente edificio. Entonces apareció una camioneta negra, conducida a gran velocidad y en dirección contraria por la calle Caxton, enfrente de la entrada principal de Scotland Yard. Cruzó Broadway haciendo un ruido infernal y chocó con la barrera de la entrada. Casi en el acto hubo una atronadora explosión, aunque la película era muda. El edificio entero se iluminó.

Oí hablar a alguien en las primeras filas. Martin Lodge había tomado la palabra.

—Nuestro enemigo es un auténtico terrorista, y es evidente que tiene un único propósito: quiere que sepamos que somos vulnerables. Creo que ya hemos recibido el mensaje, ¿no? Es curioso que esta mañana no muriese nadie, aparte del conductor del vehículo. A lo mejor el Lobo tiene corazón, después de todo.

—No tiene corazón —dijo una voz desde el fondo de la sala—. Lo que tiene es un plan.

La voz, que casi no reconocí, era la mía.

65

Trabajé en Scotland Yard durante el resto del día, y esa noche dormí allí mismo, en una cama plegable.

Me desperté a las tres de la mañana y volví al trabajo. El segundo plazo expiraría a medianoche. Nadie era capaz de imaginar siquiera lo que podía ocurrir.

A las siete de la mañana, apretujados en una furgoneta sin distintivos, nos dirigimos a una casa de Feltham, cerca del aeropuerto de Heathrow. Iba con Martin Lodge y otros tres detectives de la policía metropolitana. Acababan de concedernos un permiso especial para portar armas en esta misión. Mejor así.

Durante el trayecto, Lodge explicó la situación:

—Hay agentes nuestros y de operaciones especiales por todo Heathrow y los alrededores. También contamos con el apoyo de la policía del aeropuerto. Uno de nuestros hombres vio a un sospechoso con un lanzamisiles en el tejado de una casa particular. La tenemos vigilada. No queremos entrar por las razones que ya conocéis, y que quedaron especialmente claras ayer. Es muy probable que el Lobo esté vigilando la zona. No me cabe la más mínima duda.

—¿Alguna idea de quién está dentro de la casa, señor? —preguntó un detective—. ¿Sabemos algo al respecto?

—Es una casa alquilada. Pertenece a un promotor inmobiliario. Un paquistaní, por cierto. No sabemos quiénes son los inquilinos. La casa está situada a escasa distancia de las pistas de aterrizaje de Heathrow. ¿Necesito añadir algo más?

Miré a Lodge, que tenía los brazos firmemente cruzados alrededor del pecho.

—Este asunto es un asco —dijo—. Y me quedo corto, ¿no, Alex?

—Yo tengo la misma sensación desde hace tiempo. Desde que conocí al Lobo. Le gusta hacer daño a la gente.

—¿No tenéis la menor idea de quién puede ser? ¿Por qué se comporta de esta manera?

—Al parecer, cambia de identidad periódicamente. Ni siquiera sabemos si es un hombre o una mujer. Estuvimos a punto de atraparlo en un par de ocasiones. A lo mejor tenemos suerte esta vez.

—Más vale que lo cojamos pronto.

Llegamos a nuestro destino al cabo de unos minutos. Lodge y yo nos reunimos con el SO19, el grupo de Operaciones Especiales británico, que llevaría a cabo la redada. La policía había instalado monitores de vídeo en los edificios cercanos. Había media docena de cámaras de vigilancia filmando.

—Es como ver una película. No podemos hacer nada para influir en los acontecimientos —dijo Lodge después de estudiar las cintas durante unos minutos.

Qué embrollo imposible de resolver. No debíamos estar allí. Nos habían advertido que no hiciéramos nada. Pero ¿cómo íbamos a irnos?

Lodge tenía una lista de todos los vuelos que concluirían en Heathrow esa mañana. Durante la hora siguiente, aterrizarían más de treinta aviones. El siguiente procedía de Eindhoven, luego llegarían tres de Edimburgo y otro, de la compañía British Airways, de Nueva York. Estaban considerando seriamente la posibilidad de cancelar todos los vuelos en Heathrow y Gatwick, pero aún no habían tomado una decisión. El avión procedente de Nueva York llegaría al cabo de diecinueve minutos.

—¡Hay alguien en el tejado! —exclamó un miembro de la policía—. ¡Allí! ¡Allí!

Dos monitores mostraban el tejado desde ángulos opuestos. Había aparecido un hombre vestido de oscuro. Por una trampilla salió un segundo hombre cargando un pequeño lanzamisiles para misiles tierra-aire.

—Joder —murmuró alguien. Los ánimos estaban caldeados. Los míos también.

—¡Desvíen todos los aviones de inmediato! —ordenó Lodge—. No tenemos alternativa. ¿Tenemos a esos dos cabrones a tiro?

Nos informaron que el SO19 tenía el tejado cubierto. Entretanto, observamos como los dos hombres ocupaban posiciones. Ya no cabía duda de que pretendían derribar un avión. Y nosotros contemplábamos la aterradora escena con impotencia.

—¡Capullos! —gritó Lodge a los monitores—. No tendréis ningún objetivo al que disparar, cabrones. ¿Qué os parece?

—Parecen árabes —dijo un detective—. Desde luego, no tienen pinta de rusos.

—Aún no tenemos orden de disparar —anunció un hombre con cascos—. Seguimos esperando.

—¿Qué coño pasa? —preguntó Lodge con voz aflautada—. Tenemos que sacarlos de ahí. ¡Vamos!

De repente se oyeron disparos. Los oímos en la cinta. El hombre con el lanzamisiles al hombro fue derribado.

No se levantó, ni siquiera se movió. A continuación cayó el segundo. Dos tiros limpios en la cabeza.

—¿Qué coño pasa? —gritó alguien en la furgoneta, desde donde contemplábamos la escena. Todo el mundo chillaba y maldecía.

—¿Quién dio la orden de disparar? ¿Qué está pasando? —gritó Lodge.

Por fin nos informaron, aunque nadie podía creer lo que nos dijeron. Nuestros tiradores no eran los autores de los disparos. Habían sido otros.

Era una locura.

Una auténtica locura.

66

Aquello era un desatino que nadie podía haber imaginado. Que nadie había imaginado nunca. El último plazo expiraría al cabo de unas horas, y ningún miembro de las fuerzas policiales sabía qué estaba pasando. ¿Lo sabría el primer ministro? ¿El presidente de Estados Unidos? ¿El canciller alemán?

Con cada hora que pasaba nos sentíamos peor. Luego fueron los minutos los que empezaron a inquietarnos. No podíamos hacer nada, salvo rezar para que pagasen el soborno. Somos como soldados en Irak, pensaba yo. Observadores del absurdo.

Regresamos a Londres, y a última hora de la tarde salí a dar un paseo por los alrededores de la abadía de Westminster. Aquella zona de la ciudad era una poderosa exhibición de la historia. Las calles no estaban desiertas, pero alrededor de la plaza del Parlamento había poco tráfico y no demasiados turistas ni otros peatones. Los habitantes de Londres no sabían qué estaba ocurriendo, pero intuían que, fuera lo que fuese, no era nada bueno.

Llamé varias veces a mi casa, en Washington. Nadie respondió. ¿Se había ido Nana? Luego hablé con los niños, que estaban en Maryland con la tita Tia. Nadie sabía dónde estaba Nana. Otra preocupación. Lo que me faltaba.

No podíamos hacer nada más que esperar, y la espera resultaba angustiosa y exasperante. Aún no se sabía nada nuevo. Y no sólo en Londres; también en Nueva York, en Washington y en Francfort. Aunque no se había hecho ningún anuncio oficial, se rumoreaba que no pagarían el soborno. Al final, todo se reducía a que los gobiernos no estaban dispuestos a negociar, ¿no? No podían ceder ante los terroristas, y mucho menos sin luchar. ¿Qué vendría a continuación? ¿La lucha?

Una vez más, el plazo expiró, y yo tuve la sensación de que estábamos jugando a la ruleta rusa.

Esa noche no hubo atentados ni en Londres ni en Nueva York, ni en Washington ni en Francfort. El Lobo no se vengó de inmediato. Dejó que nos devorasen los nervios.

Volví a hablar con los niños y luego, finalmente, con Nana. Había salido a dar un paseo por el barrio con Kayla, dijo. Allí todo marchaba bien. «Un paseo por el parque, ¿verdad, Nana?»

En Londres, nos retiramos a dormir al fin a las cinco de la mañana. Si es que podíamos dormir.

Yo dormité durante unas horas, hasta que me despertó el teléfono. Era Martin Lodge.

—¿Qué pasa? —pregunté sentándome en la cama del hotel—. ¿Qué ha hecho ahora?

67

—Tranquilo, Alex, no ha pasado nada. Cálmate. Estoy aquí abajo, en el vestíbulo del hotel. No hay novedades. A lo mejor era un farol. Vístete y vamos a desayunar a mi casa. Quiero presentarte a mi familia. Mi mujer quiere conocerte. Necesitas un respiro, Alex. Como todos.

¿Cómo iba a decir que no, después de todo lo que habíamos pasado juntos en los últimos días? Al cabo de una hora, estaba en el Volvo de Martin camino de Battersea, al otro lado del río. Durante el viaje, Martin trató de prepararme para el desayuno y para su familia. Los dos llevábamos el busca, pero no nos apetecía hablar ni del Lobo ni de sus amenazas. Al menos por una hora.

—Mi esposa es checoslovaca; Klára Cernohosska, nacida en Praga, aunque ya es una auténtica británica. Escucha Virgin, XMF y todos los programas de entrevistas de la BBC. Pero esta mañana insistió en que tomásemos un desayuno checoslovaco. Quiere lucirse ante ti. Te gustará. O eso espero. No, en serio, creo que te gustará, Alex.

Yo también lo creía. Martin sonreía mientras conducía y hablaba de su familia.

—Mi hija mayor se llama Hana. ¿Adivinas quién escoge los nombres? ¿Quieres una pista? Mis hijos se llaman Hana, Daniela y Jozef. Hana está obsesionada por Trinny y Susannah, del programa de televisión *Qué no ponerse*. Tiene catorce años. La mediana, Dany, juega al hockey en Battersea Park, y le encanta el ballet. Jozef es un forofo del fútbol, del monopatín y de los videojuegos. Bueno, ya te he contado bastante, ¿no? ¿Te dije que el desayuno será a la checa?

Al cabo de unos minutos, llegamos a Battersea. Los Lodge vivían en una casa victoriana con paredes de ladrillo, tejado de pizarra y amplio jardín. Una vivienda bonita y distinguida, a tono con el vecindario. El jardín, perfectamente cuidado y lleno de color, demostraba que alguien tenía muy claras sus prioridades.

La familia entera nos esperaba en el comedor, donde estaban poniendo la comida en la mesa. Me presentaron formalmente a todo el mundo, incluido un gato llamado *Tiger*, y me sentí cómodo de inmediato, aunque al mismo tiempo me invadió una intensa nostalgia por los míos que me duró un buen rato.

Klára, la mujer de Martin, me instruyó sobre los platos mientras los colocaba sobre un aparador:

—Éstas son *koláče*: unas pastas con relleno de queso crema. *Rohlíky*: panecillos. *Turka*, café a la turca. *Párek*, dos clases de salchichas; muy buenas, son la especialidad de la casa.

Miró a su hija mayor, Hana, que era una armoniosa mezcla de papá y mamá. Alta, delgada, bonita, aunque con la nariz ganchuda de Martin.

—¿Hana?

La niña me sonrió.

—¿Cómo quiere los huevos, señor? Tenemos *vejce na měkko*. O *míchaná vejce*. *Smažená vejce*, si lo prefiere. ¿*Omeleta*?

Me encogí de hombros y respondí:

—*Míchaná vejce.*

—Excelente elección —dijo Klára—. Y una pronunciación impecable. Nuestro invitado tiene mucha facilidad para los idiomas.

—Estupendo. ¿Y qué es lo que he elegido? —pregunté.

Hana rió.

—Huevos revueltos. Perfectos con *rohlíky* y *párek.*

—Sí, pan con salchichas —dije, y las niñas aplaudieron mi fanfarronada.

Durante aproximadamente una hora pasamos un rato muy agradable: Klára me hizo un montón de preguntas informales sobre mi vida en Estados Unidos y me habló de las novelas de misterio americanas que le gustaban, así como de la última ganadora del premio Booker, *Vernon God Little*, de la que dijo:

—Es muy graciosa, y capta la locura de su país, como hizo Günter Grass con Alemania en *El tambor de hojalata.* Debería leerla, Alex.

—La vivo —repuse.

Al final de la comida los niños reconocieron que los nombres de los platos del desayuno eran prácticamente las únicas palabras en checo que conocían. Luego empezaron a recoger los platos.

—También sabemos *ty vejce jsou hnusný?* —dijo Jozef, o Joe, de ocho años.

—Casi me da miedo preguntar qué significa.

—Que los huevos estaban asquerosos —respondió Joe, riendo su propia broma con regocijo infantil.

68

No tenía nada que hacer cuando me marché de la casa de Martin y Klára, salvo atormentarme y preocuparme por dónde y cuándo se vengaría el Lobo, si es que iba a vengarse. En el hotel, dormí unas horas más y luego decidí salir a dar un paseo. Intuí que sería un largo paseo. Lo necesitaba.

Entonces me ocurrió algo extraño. Iba andando por Broadway cuando tuve la sensación de que me seguían. No estaba paranoico. Intenté ver quién era, pero o bien se trataba de un experto o a mí no se me daban bien los juegos de espías. Tal vez si hubiésemos estado en Washington... Pero en Londres me costaba precisar qué estaba fuera de lugar, aparte de mí, desde luego.

Me detuve en Scotland Yard, donde aún no tenían noticias del Lobo. Tampoco había habido represalias, al menos por el momento. En ninguna de las ciudades amenazadas. ¿Era la calma que precedía a la tormenta?

Una hora después, revigorizado por el ejercicio tras una caminata hasta Trafalgar Square, pasando por el Whitehall y el número 10 de Downing Street, regresé al hotel y volví a experimentar la inquietante sensación de que alguien me vigilaba, me seguía. ¿Quién? No vi a nadie.

Ya en la habitación, teleforneé a los niños. Luego llamé a Nana, que estaba sola en casa.

—Aquí reina una paz inusitada —bromeó—. Aunque no me importaría volver a tener un poco de jaleo. Os echo mucho de menos a todos.

—Yo también, Nana.

Volví a quedarme dormido, vestido, y no me desperté hasta que sonó el teléfono. No me había molestado en correr las cortinas, y afuera estaba oscuro. Miré el reloj. Dios, eran las cuatro de la mañana. Por lo visto, estaba recuperándome de las noches en vela.

—Alex Cross —dije al teléfono.

—Soy Martin, Alex. Acabo de salir de casa. Quiere que vayamos al Parlamento y que nos encontremos con él en la entrada de Strangers Gallery. ¿Paso a recogerte?

—No, iré más rápido andando. Nos encontramos allí.

El Parlamento a esas horas de la madrugada. Aquello no sonaba nada bien.

Al cabo de unos cinco minutos salí otra vez a la calle y caminé a toda prisa por la calle Victoria en dirección a la abadía de Westminster. Estaba convencido de que el Lobo tramaba algo gordo y de que el golpe sería demoledor. ¿Iba a atentar contra las cuatro ciudades? No me habría sorprendido. A esas alturas, nada era capaz de sorprenderme.

—Hola, Alex. Qué casualidad encontrarte aquí.

Un hombre salió de entre las sombras. No había reparado en su presencia. Yo estaba distraído, quizá medio dormido, y me había comportado con cierta imprudencia.

El hombre salió de la oscuridad y vi su pistola. Me apuntaba al corazón.

—Ya debería estar fuera del país, pero antes quería hacer un pequeño recado. Matarte. También quería que lo vieras venir. Así. He soñado muchas veces con este momento.

El que hablaba era Geoffrey Shafer. Estaba lleno de chulería y confianza, y era evidente que tenía las de ganar. Quizá por eso ni siquiera pensé en lo que debía hacer y no dudé ni un segundo. Me lancé sobre él, esperando oír un disparo ensordecedor.

Y lo oí. Aunque el tiro no me dio a mí, o al menos eso me pareció. Sospeché que se había desviado hacia un lado. No me importaba. Empujé a Shafer contra el edificio que estaba a su espalda. Vi sorpresa y dolor en sus ojos, y ésa fue la motivación que necesitaba. Además, su arma había salido volando.

Le di un buen puñetazo en el abdomen, probablemente por debajo del cinturón, y probablemente bestial. Eso esperaba. Gimió, y supe que le había hecho daño. Pero quería hacerle sufrir todavía más, por toda clase de razones. Quería matarlo allí mismo. Le di otro golpe en el estómago, y sentí cómo se hundía bajo mi puño. Luego fui por su cabeza. Le asesté un derechazo en la sien. Luego un izquierdazo en la mandíbula. Estaba hecho polvo, pero no acababa de caer.

—¿Es lo único que tienes, Cross? Pues aquí tengo yo algo para ti —gruñó.

Sacó una navaja y yo empecé a recular, pero entonces recordé que el cabrón estaba herido y que tenía que aprovechar la oportunidad. Así que lo golpeé de nuevo, esta vez en la nariz. ¡Se la rompí! Pero no cayó, sino que amagó furiosamente con el cuchillo. Cuando me cortó en el brazo, caí en la cuenta de mi propia temeridad, de la suerte que había tenido de que aún no me hubiera herido más gravemente ni me hubiera matado.

Al fin tuve ocasión de sacar el arma que llevaba en la pistolera, en la parte de atrás del cinturón.

No sé si Shafer vio el arma, pero se lanzó sobre mí. Quizá pensara que no iría armado en Londres.

—¡No! —grité. No me dio tiempo a decir otra cosa.

Le disparé directamente al pecho. Cayó contra la pared y comenzó a deslizarse lentamente hacia el suelo.

Su cara reflejaba sorpresa, tal vez porque comprendió que el tiro había sido mortal.

—Puto Cross —murmuró—. Cabrón.

Me incliné sobre él.

—¿Quién es el Lobo? ¿Dónde está?

—Vete al infierno —dijo, pero se fue él en mi lugar, porque entonces murió.

69

El puente de Londres se cae,
Se cae, se cae.

Minutos después de que la Comadreja muriera en las calles de Londres, su antiguo compañero de armas, Henry Seymour, cruzó las sombras de la noche al volante de una camioneta de once años, pensando que no tenía miedo a la muerte. Ningún miedo. De hecho, le apetecía morir.

A las cuatro y media pasadas, el tránsito era ya bastante intenso en el puente de Westminster. Seymour aparcó tan cerca como pudo, se bajó y apoyó las manos en el parapeto, mirando hacia el oeste. Le encantaba la vista del Big Ben y el Parlamento desde el antiguo y monumental puente; de hecho, le fascinaba desde que era un niño y acudía a Londres en excursiones de un día desde Manchester, donde se había criado.

Aquella mañana se fijaba en todo. En la otra orilla del Támesis vio el Ojo de Londres, una atracción que le parecía detestable. El río estaba tan oscuro como el cielo de la madrugada. El aire olía vagamente a sal y a pescado. Cerca del puente había varias hileras de autobuses rojos para turistas esperando a los primeros pasajeros del día, que llegarían en poco más de una hora.

«Pero no saldrán. No en el más grande de todos los días. No si el viejo Henry se sale con la suya esta mañana.»

Wordsworth, o al menos creía recordar que era Wordsworth, había escrito sobre el puente de Westminster: «La tierra no tiene nada más hermoso que enseñar.» Era una cita que Henry Seymour no olvidaría nunca, aunque no le iban mucho los poetas ni lo que tenían que decir.

«Que escriban un poema sobre esta mierda. Que alguien escriba un poema sobre mí. El puente, el desgraciado de Henry Seymour y todos los infelices que están conmigo esta mañana.»

Fue a buscar la camioneta.

A las cinco y treinta y cuatro minutos, el puente pareció incendiarse en el centro. De hecho, fue la camioneta de Henry Seymour que estalló. El trozo de carretera que había debajo se levantó y luego se partió en dos; los soportes del puente se tambalearon; las farolas de tres lámparas esféricas volaron por los aires como flores arrancadas y empujadas por el viento más feroz que alguien pudiera imaginar. Por un momento, mientras el espíritu de Henry se alejaba flotando, reinó un silencio absoluto, un silencio mortal. Luego, en todo Londres comenzaron a resonar las sirenas de los coches de policía.

Y el Lobo llamó a Scotland Yard para reivindicar el atentado.

—A diferencia de ustedes, señores, yo cumplo mis promesas —dijo—. Traté de construir puentes entre nosotros, pero ustedes los han derribado una y otra vez. ¿Entienden? ¿Comprenden por fin lo que digo? El puente de Londres ha desaparecido... y esto es sólo el comienzo. Es demasiado bonito para terminar... Quiero que dure eternamente.

»Paguen.

CUARTA PARTE

PARÍS,
ESCENARIO DE UN CRIMEN

70

La pista de pruebas era un establecimiento familiar, ubicado a sesenta kilómetros al sur de París. El Lobo estaba allí para probar un coche de carreras, y tenía compañía para el viaje.

A su lado se encontraba un ex agente del KGB que había trabajado en Francia y en España durante muchos años. Se llamaba Ilya Frolov y conocía al Lobo sólo de vista. Era uno de los pocos que lo conocían y seguía vivo, cosa que le producía cierta inquietud, aunque él se consideraba uno de los pocos amigos del Lobo.

—¡Qué belleza! —exclamó el Lobo mientras daban vueltas alrededor de un prototipo Fabcar rojo, con motor Porsche.

—Te encantan los coches —dijo Ilya—. Siempre te han encantado.

—Me crié en las afueras de Moscú, así que nunca imaginé que llegaría a tener un coche, un coche cualquiera. Ahora tengo tantos que a veces pierdo la cuenta. Quiero llevarte conmigo. Sube, amigo.

Ilya Frolov negó con la cabeza y levantó las dos manos.

—No, yo no —protestó—. No me gusta el ruido, ni la velocidad, ni nada que tenga que ver con estos coches.

—Insisto —dijo el Lobo.

Abrió la puerta levadiza del lado del acompañante.

—Vamos, no te morderá. Nunca olvidarás este viaje.

Ilya soltó una risita forzada y luego tosió.

—Eso es lo que me temo.

—Cuando hayamos terminado, quiero hablarte de los pasos siguientes. Estamos a punto de conseguir el dinero. Se están ablandando, y yo tengo un plan. Serás rico, Ilya.

El Lobo subió al asiento del conductor, que estaba a la derecha. Pulsó un interruptor y el tablero se iluminó al tiempo que el coche comenzaba a rugir y a temblar. El Lobo observó que su amigo empalidecía y rió con alegría. A su extraña manera, amaba a Ilya Frolov.

—Estamos sentados justo encima del motor. Pronto hará mucho calor aquí dentro. Puede que unos cincuenta y cinco grados. Por eso llevamos un «traje refrigerante». También habrá mucho ruido. Ponte el casco, Ilya. Último aviso.

Entonces arrancaron.

El Lobo vivía para aquello: la emoción, la salvaje potencia de los mejores coches de carreras del mundo. A esa velocidad tenía que concentrarse en conducir; ninguna otra cosa, no existía ninguna otra cosa mientras daba vueltas por la pista de pruebas. Allí todo era poderoso: el sonido, ya que dentro no había material para atenuar el ruido; la vibración, pues, cuanto más rígida fuese la suspensión, más rápido podía virar el coche; la fuerza G, que en algunos giros llegaba a los trescientos kilos de presión.

Dios, qué máquina más gloriosa, qué perfecta. Quienquiera que la hubiese construido era un genio.

«Aún quedamos algunas personas así en el mundo —pensó el Lobo—. Nadie lo sabe mejor que yo.»

Finalmente redujo la velocidad y sacó al temperamental vehículo de la pista. Se bajó, se quitó el casco, sacudió la melena y gritó al cielo.

—¡Ha sido bestial! Dios, qué experiencia. ¡Mejor que el sexo! He montado a mujeres y coches, y me quedo con el coche de carreras.

Miró a Ilya Frolov y vio que todavía estaba pálido y tembloroso. Pobre Ilya.

—Lo siento, amigo —dijo con suavidad—. Me temo que no tienes agallas para el próximo viaje. Además, sabes lo que pasó en París.

Disparó a su amigo en la pista de pruebas y se alejó andando, sin mirar atrás. No le interesaban los muertos.

71

Esa misma tarde, el Lobo visitó una finca situada a unos cincuenta kilómetros al sureste de la pista de pruebas. Fue el primero en llegar y se metió en la cocina, que mantenía a oscuras como si fuese una cripta. Había ordenado a Artur Nikitin que acudiese solo, y así lo hizo. Nikitin, un ex agente del KGB, siempre había sido un soldado leal. Trabajaba para Ilya Frolov, principalmente como traficante de armas.

El Lobo lo oyó acercarse por la parte trasera de la casa.

—No enciendas la luz —dijo—. Entra.

Artur Nikitin abrió la puerta y entró. Era un hombretón alto y con barba poblada, un corpulento oso ruso que guardaba cierta semejanza con el propio Lobo.

—Ahí hay una silla. Siéntate, por favor. Eres mi invitado —dijo el Lobo.

Nikitin obedeció. No demostró temor. De hecho, no temía a la muerte.

—Siempre has sido eficiente cuando has trabajado para mí. Ésta será nuestra última colaboración. Sacarás suficiente dinero para retirarte, para hacer lo que quieras. ¿Te parece bien?

—Me parece magnífico. Haré lo que tú digas. Es el secreto de mi éxito.

—París es una ciudad muy especial para mí —prosiguió el Lobo—. En una vida anterior, pasé dos años allí. Y aquí estoy otra vez. No es una coincidencia, Artur. Necesito tu ayuda. Más aún, necesito tu lealtad. ¿Puedo contar contigo?

—Desde luego. Sin duda alguna. Estoy aquí, ¿no?

—Quiero que abramos un enorme agujero en París, que causemos infinidad de problemas y nos hagamos asquerosamente ricos. ¿Aún puedo contar contigo?

Nikitin sonrió.

—Por supuesto. De hecho, los franceses me caen fatal. Bueno, como a todo el mundo, ¿no? Será un placer. La parte que más me gusta es la de hacernos «asquerosamente ricos».

El Lobo había encontrado al hombre adecuado, así que le explicó su parte del trabajo, su pieza en el rompecabezas.

72

Dos días después del atentado del puente de Westminster regresé a Washington. Durante el largo vuelo me obligué a escribir una lista exhaustiva de las cosas que el Lobo podría hacer a continuación. ¿Qué podía hacer? ¿Atacaría otra vez, poniendo bombas en distintas ciudades hasta que consiguiera el dinero?

Sólo había una cosa que me parecía obvia: el Lobo no iba a desaparecer y dejar las cosas como estaban. No claudicaría.

Antes de que el avión aterrizase, recibí un mensaje del despacho de Ron Burns. Debía dirigirme allí en cuanto llegase a Washington.

Pero en lugar de acudir al edificio Hoover, me fui a casa. Como Bartleby *el Escribiente*, decliné respetuosamente el pedido de mi jefe. No lo pensé dos veces. El Lobo seguiría allí por la mañana.

Los niños habían llegado a la ciudad con la tita Tia. Nana también estaba allí. Pasamos la noche juntos en nuestra casa, la casa donde había nacido Nana. Por la mañana, los niños se marcharían otra vez con Tia y Nana y yo nos quedaríamos en casa, en la calle Cinco. Quizá nos pareciéramos más de lo que yo estaba dispuesto a admitir.

Sobre las once de la noche, alguien llamó a la puerta. Yo estaba a unos pasos de allí, tocando el piano en la galería. Abrí y vi a Ron Burns con un par de agentes. Les ordenó que lo esperasen en el coche, y entró sin esperar que lo invitase.

De manera que el director del FBI y yo nos sentamos en la galería. Pero no toqué el piano para Burns, sino que escuché lo que tenía que decir.

La primera noticia estaba relacionada con Thomas Weir:

—No nos cabe duda de que Tom tuvo alguna relación con el Lobo cuando acababa de salir de Rusia. Es posible que conociera la verdadera identidad del ruso. Lo estamos investigando, Alex, y la CIA también. Aunque este enigma es difícil de desentrañar.

—Sin embargo, todo el mundo está cooperando —dije frunciendo el entrecejo—. Qué bonito.

Burns me miró fijamente.

—Sé que esto ha sido duro para ti. Sé que piensas que éste no es el mejor trabajo para ti, al menos por el momento. Quieres estar en medio de la acción, pero al mismo tiempo pretendes pasar más tiempo con tu familia.

Yo no podía refutar sus palabras.

—Adelante, director. Te escucho.

—En Francia pasó algo, Alex. Algo relacionado con Tom Weir y el Lobo. Ocurrió hace mucho tiempo. Fue un error, un gran error.

—¿Cuál? —pregunté. ¿Por fin teníamos alguna pista?—. Déjate de juegos. ¿Te preguntas por qué me estoy replanteando mi trabajo?

—Créeme, no sabemos qué pasó exactamente, pero estamos a punto de descubrirlo. En las últimas horas han ocurrido muchas cosas. El Lobo ha vuelto a llamar, Alex.

Solté un profundo suspiro, pero esperé, porque había prometido escucharlo.

—Como bien habías dicho tú, quiere hacernos daño, destruirnos si es posible. Dice que puede. Ha dicho que las reglas están cambiando y que el que las cambia es él. Es la única persona que tiene la solución de este enigma. Y tú eres el único que sabe algo de él.

Me vi obligado a interrumpir a Burns.

—¿De qué hablas, Ron? Dímelo con claridad. O bien estoy dentro de este asunto, o estoy fuera.

—Nos ha dado noventa y seis horas. Ha dicho que, cuando se agote el plazo, será el apocalipsis.

»Ha cambiado las ciudades. Washington y Londres siguen en la lista, pero ha añadido París y Tel Aviv. No explicó por qué. Quiere cuatro mil millones de dólares y la liberación de los presos políticos. No quiere dar ni una puñetera explicación.

—¿Es todo? ¿Cuatro ciudades amenazadas? ¿Un soborno de unos miles de millones? ¿La libertad de varios asesinos?

Burns negó con la cabeza.

—No, no es todo. Esta vez ha informado a los medios de comunicación. Cundirá el pánico en el mundo entero, pero sobre todo en las cuatro ciudades amenazadas: Londres, París, Tel Aviv y Washington. Ya se ha hecho público.

73

El domingo por la mañana, después de desayunar con Nana, partí hacia París. Ron Burns me quería en Francia. Sin rechistar.

Agotado y posiblemente deprimido, dormí durante gran parte del viaje. Luego leí un montón de informes de la CIA sobre un agente del KGB que había vivido en París hacía once años y podría haber trabajado con Thomas Weir. En teoría, el agente era el Lobo. Y había ocurrido algo. Un error. Un error muy grande, por lo visto.

No sé qué clase de acogida esperaba de los franceses, teniendo en cuenta los recientes conflictos entre nuestros respectivos países, pero todo fue como una seda. De hecho, tuve la impresión de que el centro de operaciones de París funcionaba mejor que los de Londres y Washington.

La razón se puso de manifiesto de inmediato: en París, la infraestructura era más sencilla y la organización, más pequeña.

—Aquí es fácil mantenerse informado —me explicó un agente—, porque el expediente que necesitas está en el despacho de al lado o al fondo del pasillo.

Me pusieron al día rápidamente y luego me enviaron a una reunión de los altos mandos. Un general del ejército me miró y se dirigió a mí en inglés:

—Francamente, doctor Cross, no descartamos la posibilidad de que estos actos violentos formen parte de la yihad; es decir, de los planes de los terroristas islámicos. Créame si le digo que son lo bastante listos para urdir una trama tan enrevesada como ésta. Son lo suficientemente arteros para haber creado al propio Lobo. Esto explicaría la exigencia de que liberemos a ciertos presos, ¿no?

No respondí. ¿Qué podía decir? ¿Al Qaeda detrás de todo lo que había pasado? ¿Detrás del Lobo? ¿Eso creían los franceses? ¿Por eso estaba yo allí?

—Como ya sabe, nuestros respectivos países no comparten puntos de vista acerca de la conexión entre el terrorismo islámico y la situación actual en Oriente Medio. Nosotros pensamos que la yihad no es una guerra contra los valores occidentales, sino una reacción compleja contra los líderes musulmanes que no suscriben el radicalismo islámico.

—Sin embargo, los cuatro objetivos principales del radicalismo islámico son Estados Unidos, Israel, Francia e Inglaterra —dije desde mi asiento—. ¿Y los objetivos actuales del Lobo? Washington, Tel Aviv, París y Londres.

—Por favor, procure mantener una actitud receptiva. Además, debería saber que hubo varios ex agentes del KGB que colaboraron con el régimen de Saddam Hussein en Irak y que algunos desempeñaron incluso un papel muy influyente.

Asentí.

—Vale, mantendré una actitud receptiva. Pero debo decirle que no he visto indicio alguno de que los terroristas islámicos estén detrás de esta amenaza. He tratado antes con el Lobo. Créame, no comparte los valores del islam. No es un hombre religioso.

74

Esa noche cené solo en París. De hecho, di un paseo sólo para observar de primera mano la situación de la ciudad. Había soldados armados por todas partes. Las calles estaban llenas de tanques y camiones del ejército. Casi no se veía gente. Aquellos que se habían aventurado a salir, por la razón que fuese, tenían cara de preocupación.

Entré en uno de los pocos restaurantes que aún permanecían abiertos, Les Olivades, en la avenida de Ségur. Era un sitio extremadamente tranquilo, que era justo lo que necesitaba yo en mi situación de aturdimiento y desfase horario, por no mencionar que París se encontraba en estado de sitio.

Después de cenar, di otro pequeño paseo, pensando en el Lobo y en Thomas Weir. «El Lobo mató a Weir adrede, ¿no? También ha elegido París por alguna razón. ¿Cuál? ¿Qué le pasa con los puentes? ¿Será una pista? ¿Son símbolos para él? ¿Qué representan?»

Era extraño y triste andar por París sabiendo que podía haber un atentado en cualquier momento. Yo estaba allí para buscar la manera de evitarlo, pero, francamente, nadie sabía por dónde empezar; nadie tenía la menor idea de cuál era la identidad del Lobo ni de dónde podía estar. El Lobo había vivido allí hacía once años y entonces había ocurrido algo malo. ¿Qué?

Aquella parte de París era preciosa, con amplias calles y aceras dibujando listones entre los cuidados edificios de piedra. Las titilantes luces de unos cuantos coches subían y bajaban por las avenidas. ¿La gente se marchaba de París? Y cuando menos lo esperásemos... ¡Bum! A criar malvas.

Lo más escalofriante era que el horrible final parecía inevitable. Y esa vez no sería algo más que un puente.

Nos había metido en una buena encerrona. Tenía la sartén por el mango... pero de alguna manera debíamos detenerlo.

Volví al hotel y llamé a los niños. En Maryland eran las seis de la tarde; Tia debía de estar preparando la cena y los niños quejándose de que estaban demasiado ocupados para ayudarla. Jannie atendió el teléfono.

—*Bonsoir, monsieur* Cross.

¿Era adivina?

Enseguida me hizo una docena de preguntas que tenía reservadas para mí. Entonces Damon cogió el teléfono y me interrogaron entre los dos. Creo que querían aliviar la tensión que sentíamos todos.

¿Había ido a la catedral de Notre Dame? ¿Había conocido al jorobado (ja, ja)? ¿Había visto las famosas gárgolas, como aquélla en que una figura se comía a la otra?

—Ni siquiera he tenido tiempo de subir a las torres o de ir a la Galería de Animales Fantásticos. Estoy trabajando —dije cuando me permitieron meter baza.

—Lo sabemos —repuso Jannie—. Sólo intentábamos animarte. Te echamos de menos.

—Sí, te echo de menos, papá —dijo Damon.

—*Je t'aime* —añadió Jannie.

Al cabo de unos minutos volví a quedarme solo en la habitación de un hotel lejano, en una ciudad amenazada de muerte.

«Je t'aime aussi.»

75

El reloj marcaba el paso de los minutos ruidosamente. ¿O eran los latidos de mi corazón, que estaba a punto de estallar?

A primera hora de la mañana me asignaron un compañero, un agente de la Policía Nacional francesa que se llamaba Etienne Marteau. Era un hombre pequeño y enjuto, servicial y teóricamente competente. Pero yo tenía la sensación de que no lo habían mandado a ayudarme, sino a vigilarme. Era una situación tan absurda, tan contraproducente, que me estaba volviendo loco.

Por la tarde llamé al despacho de Ron Burns y pedí permiso para volver a Estados Unidos, pero mi petición fue denegada. ¡Por Tony Woods! Ni siquiera se molestó en transmitírsela al director. Me recordó que, con toda probabilidad, Thomas Weir y el Lobo se habían conocido en París.

—No lo he olvidado, Tony —dije y colgué el auricular.

A continuación comencé a repasar los documentos y los datos que había reunido la Policía Nacional. Busqué conexiones con Thomas Weir, o incluso con la CIA. ¡Por Dios, intentaba mantener un criterio amplio con respecto a los terroristas islámicos!

El detective Marteau me ayudó un poco, pero era una

tarea larga y el francés salía a menudo a fumar o tomar café. Así no íbamos a ninguna parte, y nuevamente tuve la sensación de que la ayuda que fuese capaz de prestar se desperdiciaría en un sitio como aquél. Además, me estaba dando un dolor de cabeza horrible.

A las seis de la tarde nos reunimos en la sala de crisis. ¡El maldito reloj no se detenía! El Lobo estaba a punto de llamar otra vez, según me informaron. La atmósfera estaba cargada de nerviosismo, pero también de furia: todos éramos conscientes de que nos estaban manipulando y humillando. Yo estaba seguro de que en Washington, Londres y Tel Aviv se respiraba la misma tensión.

De repente oímos su voz por el altavoz. Distorsionada. Familiar. Obscena.

—Lamento haberles hecho esperar —dijo, y aunque no rió, su voz estaba llena de sarcasmo. Hubiese querido maldecirlo a gritos—. Aunque también me han hecho esperar a mí, ¿no? Ya sé, ya sé, es porque crear esta clase de precedente sería inaceptable para todos los gobiernos, sería una humillación pública. Lo entiendo. Lo he pillado.

»Pero ahora necesito que ustedes entiendan una cosa: este plazo es el último. Incluso les haré una concesión. Búsquenme, si creen que así se sentirán mejor. Pongan a sus investigadores a trabajar. Cójanme si pueden.

»Pero tengan muy claro esto, cabrones: esta vez deben pagar a tiempo. Quiero todo el dinero. Y liberen a los prisioneros. A todos. El plazo no se extenderá. Si no lo cumplen, aunque sólo sea por unos minutos, habrá decenas de miles de crímenes en las cuatro ciudades. Han oído bien: he dicho crímenes. Mataré de una forma que el mundo casi no conoce. Sobre todo en París. *Au revoir, mes amis.*

76

Esa noche, Etienne Marteau y yo creímos haber dado con algo útil, o quizás incluso importante. A esas alturas, cualquier pista parecía vital.

La Policía Nacional francesa había interceptado varios mensajes enviados desde el teléfono de un conocido traficante de armas que trabajaba desde Marsella. Este individuo, un especialista en armas del Ejército Rojo, traficaba en toda Europa, sobre todo en Alemania, Francia e Italia. En el pasado había vendido armas a los grupos terroristas islámicos.

Marteau y yo leímos y releímos la transcripción de una conversación telefónica entre el traficante de armas y un sospechoso de terrorismo vinculado a Al Qaeda. Hablaban en clave, pero la policía francesa había conseguido descifrar casi todas sus palabras.

TRAFICANTE DE ARMAS: ¿Cómo va el negocio, primo? [¿Estás preparado para el trabajo?] ¿Vendrás a verme pronto? [¿Puedes viajar?]

TERRORISTA: Ah, ya sabes. Tengo esposa y muchos hijos. Estas cosas son complicadas. [Tengo un grupo grande.]

TRAFICANTES DE ARMAS: Por favor, ya te he dicho

que traigas a tu mujer y a tus hijos. Deberías venir pronto. [Ven de inmediato con todo el equipo.]

TERRORISTA: Estamos muy cansados. [Nos vigilan.]

TRAFICANTE DE ARMAS: Todo el mundo está cansado. Pero esto os encantará. [Estaréis seguros.] Os lo garantizo.

TERRORISTA: De acuerdo. Mi familia y yo haremos las maletas.

TRAFICANTE DE ARMAS: Te dejaré mi colección de sellos. [Probablemente, armas especiales.]

—¿A qué se refiere con lo de la colección de sellos? —pregunté—. Es la frase clave, ¿no?

—No están seguros, Alex. Creen que son armas. Aunque no saben a ciencia cierta de qué tipo. Algo importante.

—¿Detendrán al grupo terrorista de inmediato? ¿O esperarán que entre en Francia y entonces lo vigilarán?

—Creo que el plan es dejar que vengan y ver si después nos conducen a otras personas. A los altos mandos. Ahora todo marcha con rapidez pero con serenidad.

—Tal vez con demasiada serenidad —señalé.

—Aquí hacemos las cosas de otra manera. Procura respetarlo, o incluso entenderlo, si puedes.

Asentí.

—Etienne, no creo que estas personas se pongan en contacto con ningún alto mando. El Lobo no trabaja así. Cada jugador tiene una parte que cumplir, pero ignora el plan general.

El agente me miró a los ojos:

—Transmitiré esa información —dijo.

Pero yo dudaba de que fuese a hacerlo. Entonces se me cruzó una idea difícil de aceptar: «Aquí estoy totalmente solo, ¿no? Soy el odioso americano.»

77

Regresé al hotel Relais a las dos de la mañana y me levanté a las seis y media. Los justos no descansan. Y los estúpidos tampoco. Pero el Lobo no quería que estuviésemos descansados, ¿no? Nos quería estresados, asustados y torpes.

Fui andando hacia la Préfecture de Police, pensando obsesivamente en la retorcida mente que estaba detrás de todo aquello. ¿Por qué era una mente retorcida? En teoría, el Lobo había sido agente del KGB antes de trasladarse a Estados Unidos, donde se convirtió en un importante miembro de la mafia rusa. Pasó una temporada en Inglaterra y otra en Francia. Era tan listo que aún no sabíamos nada de él, ni siquiera su nombre, y por supuesto no teníamos información de su historia personal.

Apostaba alto. Pero ¿por qué se involucraba ahora con Al Qaeda? A menos que estuviera relacionado con ellos desde el principio. ¿Cabía esa posibilidad? La sola idea me llenaba de horror, porque era tan inconcebible, tan absurda... Sin embargo, casi todo lo que pasaba en el mundo últimamente parecía absurdo.

De repente vi algo por el rabillo del ojo.

¡Súbitamente me di cuenta de que una moto negra y plateada avanzaba hacia mí por la acera! El corazón me dio un vuelco y salté hacia la calle. Extendí los brazos, haciendo equilibrio y moviéndome con rapidez hacia la izquierda y hacia la derecha, según hacia donde fuese la moto.

Pero entonces me percaté de que los demás peatones no parecían preocupados. Finalmente sonreí, porque recordé que Etienne había mencionado que las motos grandes son muy populares en Francia y que sus conductores a menudo se comportan como si llevasen un ciclomotor, subiendo a la acera para adelantar a los coches.

El motorista, vestido con americana azul y pantalones color habano, no era un asesino sino un ejecutivo parisiense. Pasó a mi lado sin mirarme siquiera. «Me estoy volviendo loco, ¿no?» Pero era comprensible. ¿Quién podía mantener la cordura en medio de tanta tensión?

A las ocho y cuarenta y cinco de la mañana me puse al frente de una sala llena de importantes miembros de la policía y el ejército franceses. Estábamos dentro del Ministerio del Interior, situado en L'Hôtel Beauvau.

Quedaban poco más de treinta y tres horas para que expirase el plazo. En la sala había una extraña mezcla de lujosos muebles del siglo XVIII y caros aparatos de tecnología punta. En los monitores de las paredes, produciendo un marcado contraste, se veían escenas de Londres, París, Washington y Tel Aviv. En su mayor parte, calles desiertas. Soldados y policías fuertemente armados por todas partes.

«Estamos en guerra —pensé—. Estamos en guerra con un loco.»

Me habían dicho que podía hablar en inglés, pero que sería conveniente que lo hiciera despacio y pronunciando las palabras con claridad. Supuse que temían que diese mi discurso en el argot callejero y que nadie se enterase de nada.

—Me llamo Alex Cross y soy psicólogo criminalista —comencé—. Antes de convertirme en agente del FBI, fui detective de homicidios en Washington D.C. Hace menos de un año, trabajé en un caso que me puso en contacto con la mafia rusa, la Mafiya Roja. En concreto, traté con un ex agente del KGB conocido exclusivamente por el apodo de «el Lobo». De él hablaré en esta ocasión.

Podría haber contado el resto dormido. Durante los veinte minutos siguientes hablé del ruso, pero incluso cuando hube terminado y comenzó el turno de preguntas, tuve claro que, aunque los franceses estaban dispuestos a escucharme, seguían empeñados en creer que detrás de la amenaza a las cuatro ciudades estaban los terroristas islámicos. O bien el Lobo formaba parte de Al Qaeda o trabajaba con ellos.

Yo procuraba mantener una actitud receptiva, pero si su teoría era acertada, a mí me fallaba la cabeza. No me lo tragaba. El Lobo pertenecía a la mafia rusa.

Sobre las once de la mañana, volví a mi pequeño despacho y descubrí que tenía una compañera nueva.

78

¿Una compañera nueva? ¿A esas alturas?

Todo iba demasiado deprisa y me sentía confundido, incapaz de entender nada. Di por sentado que el FBI había utilizado sus influencias. Alguien lo había hecho. Mi nueva compañera, una *agent de police* llamada Maud Boulard, me informó rápidamente que trabajaríamos «a la manera de la policía francesa», lo que quiera que signifique eso.

Físicamente, se parecía bastante a Etienne Marteau: delgada, con nariz aguileña y facciones angulosas, pero también tenía una brillante cabellera caoba. Se tomó la molestia de contarme que había visitado Nueva York y Los Ángeles y que ninguna de las ciudades le había impresionado en lo más mínimo.

—El plazo se agota —le dije.

—Ya lo sé, doctor Cross. Todo el mundo lo sabe. Trabajar deprisa no equivale a trabajar con inteligencia.

Lo que ella definió como «nuestra vigilancia de la mafia rusa» comenzó cerca del parque Monceau, en el distrito octavo. A diferencia de lo que ocurría en Estados Unidos, donde la mafia rusa solía rondar los barrios modestos, como Brighton Beach en Nueva York, aquí trabajaba en las zonas más caras de la ciudad.

—A lo mejor es porque conocen mejor París, ya que llevan más tiempo trabajando aquí —sugirió Maud—. Sí, creo que sí. Hace mucho que conozco a los matones rusos. A propósito, ellos no creen en el Lobo. Créame, he estado haciendo averiguaciones.

Precisamente, durante la hora siguiente nos dedicamos a preguntar por el Lobo a los matones rusos que conocía Maud. Hacía una mañana preciosa, con un límpido cielo azul, y eso me impacientó aun más: ¿qué hacía allí?

A la una y media, Maud dijo con tranquilidad:

—Vayamos a comer. Con los rusos, claro. Conozco el lugar ideal.

Me llevó a Le Daru, «uno de los restaurantes rusos más antiguos de París», según dijo. Las paredes del comedor estaban forradas de cálida madera de pino, y era como estar en la dacha de un moscovita rico.

Yo estaba enfadado, aunque intentaba disimularlo. No teníamos tiempo para sentarnos a comer.

Pero comimos. Por más que yo hubiera deseado estrangularlos a ella, al obsequioso camarero y a cualquiera que se hubiese cruzado en mi camino en ese momento. Estoy seguro de que Maud no tenía ni idea de lo furioso que estaba. ¡Vaya detective!

Cuando estábamos terminando, noté que dos hombres nos miraban desde una mesa cercana. O puede que mirasen a Maud, con su brillante cabello rojo.

Advertí a mi compañera, pero ella se encogió de hombros y dijo con desdén:

—Así son los hombres en París. Unos cerdos. Veamos si nos siguen —añadió mientras salíamos del restaurante—. Aunque lo dudo mucho. No los conozco. Y aquí conozco a todo el mundo. Menos a su Lobo, desde luego.

—Han salido detrás de nosotros —dije.

—Hacen bien. Al fin y al cabo, es la salida.

La corta calle Daru acababa en la calle Faubourg Saint-Honoré, que según me explicó Maud estaba flanqueada por magníficos escaparates que se sucedían hasta la plaza Vendôme. Apenas habíamos recorrido una manzana cuando una limusina blanca Lincoln se detuvo a nuestro lado.

Un hombre de barba oscura abrió la portezuela trasera y se asomó.

—Suban al coche, por favor. No hagan una escena —dijo en inglés con acento ruso—. Suban de inmediato. No bromeo.

—No —respondió Maud—. No subiremos. Salga usted y hablaremos aquí. ¿Quién es usted? ¿Quién demonios se cree que es?

El barbudo desenfundó una pistola y disparó dos veces. Yo no podía creer lo que acababa de ocurrir en una calle de París.

Maud Boulard estaba tendida en la acera, y parecía muerta. La sangre manaba por un horripilante agujero en el centro de su frente. La cabellera roja estaba abierta en todas las direcciones. Tenía los ojos abiertos, fijos en el cielo azul. En la caída se le había salido un zapato, que había ido a parar al medio de la calle.

—Suba al coche, doctor Cross. No se lo pediré otra vez. Estoy cansado de ser amable —dijo el ruso, apuntándome a la cara—. Suba o le meto un tiro en la cabeza a usted también. Sería un placer.

79

—Bueno, ha llegado la hora de «enseñar y decir» —dijo el hombre de barba negra cuando subí a la limusina—. ¿No es así como lo llaman en los colegios americanos? Usted tiene dos hijos en edad escolar, ¿no? En fin, yo le enseño cosas importantes y le digo lo que significan. Le dije a la detective que subiese al coche y ella se negó. Se llamaba Maud Boulard, ¿no? Pues bien, Maud Boulard quiso hacer el papel de poli dura. Y ahora es una poli muerta, lo que demuestra que, al fin y al cabo, no era tan dura.

El coche se alejó a toda velocidad del escenario del crimen, dejando a la policía francesa muerta en la calle. A unas manzanas de allí cambiamos la limusina por un Peugeot, un vehículo mucho menos llamativo. Por las dudas, yo memoricé las dos matrículas.

—Ahora iremos a dar un paseo por el campo —dijo el ruso, que parecía estar pasándoselo bien.

—¿Quién es usted? ¿Qué quiere de mí? —pregunté.

Era un hombre alto, de unos dos metros de estatura, y corpulento. Coincidía con las descripciones que había oído del Lobo. Me apuntaba a la sien con una Beretta. Su mano permanecía firme como una roca, lo que me indicaba que estaba acostumbrado a usar armas.

—Mi identidad no tiene la más mínima importancia. Busca al Lobo, ¿no? Pues lo llevaré a verlo. —Me lanzó una mirada hostil y me alargó un saco de lona—. Póngase esto en la cabeza, y a partir de ahora haga todo lo que le ordene. Recuerde: «Enseñar y decir.»

—Lo recuerdo.

Me puse la capucha. Nunca olvidaría el asesinato a sangre fría de la detective Boulard. El Lobo y sus secuaces mataban sin el menor escrúpulo, ¿no? ¿Qué significaba eso para las cuatro ciudades amenazadas? ¿Matarían a miles y miles de personas con la misma facilidad? ¿Así planeaban demostrar su poder? ¿Vengarse del misterioso crimen del pasado?

No sé cuánto tiempo estuvimos dando vueltas en el Peugeot, pero debió de ser más de una hora, al principio lentamente, como si circulásemos por la ciudad, y luego a velocidad de autopista.

Por último volvimos a ir despacio, como si pasásemos por un camino de tierra. Los baches y el traqueteo me sobresaltaron y me destrozaron la espalda.

—Ya puede quitarse la capucha —dijo Barba Negra—. Estamos llegando, doctor Cross. Aunque por aquí no hay mucho que ver.

Me quité la capucha y vi que estábamos en el campo, descendiendo por un camino flanqueado por altos pastos. No había señales ni carteles a la vista.

—¿Vive por aquí? —Me pregunté si de verdad me estarían llevando a ver al Lobo. ¿Por qué?

—Temporalmente, doctor Cross. Pronto se marchará. Ya sabe que viaja mucho. Es como un fantasma, como una aparición. Lo entenderá dentro de unos minutos.

El Peugeot se detuvo delante de una pequeña casa de campo. Dos hombres armados acudieron a nuestro encuentro. Me apuntaban a la cabeza y al pecho con sendas armas automáticas.

—Entre —dijo uno. Tenía barba blanca, pero era casi tan corpulento y musculoso como el hombre que me había llevado hasta allí.

Era evidente que estaba jerárquicamente por encima de Barba Negra, que hasta el momento me había parecido el jefe.

—¡Entre! —repitió—. ¡Deprisa! ¿No me ha oído, doctor Cross?

—Éste es un animal —me dijo luego Barba Blanca—. No debería haber matado a esa mujer. Yo soy el Lobo, doctor Cross. Me alegro de conocerle al fin.

80

—A propósito, no se haga el héroe, porque entonces tendré que matarlo y buscar otro mensajero —dijo mientras entrábamos en la casa.

—¿Ahora soy un mensajero? ¿Para qué? —pregunté.

El ruso me respondió con un ademán desdeñoso, como si yo fuese un molesto moscardón revoloteando alrededor de su peluda cara.

—El tiempo vuela. ¿No pensó en ello cuando estaba con la detective francesa? Los franceses sólo pretendían mantenerlo al margen. ¿No se dio cuenta?

—Pues sí, esa idea se me cruzó por la cabeza —dije.

Pero no podía creer que aquél fuese el Lobo. No le creí. Pero ¿quién era entonces? ¿Por qué me habían llevado allí?

—Claro que se le cruzó; usted no es idiota.

Habíamos entrado en una habitación pequeña y oscura, con una chimenea de piedra, aunque no estaba encendida. El lugar estaba atestado de muebles de madera, revistas viejas y periódicos amarillentos. Los postigos estaban cerrados. Allí faltaba el aire, y la única luz que había procedía de una lámpara de pie.

—¿Qué hago aquí? ¿Por qué me permite verlo ahora? —pregunté por fin.

—Siéntese —respondió el ruso.

—De acuerdo. Seré el mensajero —dije mientras me sentaba.

Asintió con la cabeza.

—Sí. El mensajero. Es importante que todo el mundo entienda de una vez por todas la gravedad de la situación. Ésta es su última oportunidad.

—Lo entendemos —dije.

Casi antes de que hubiese terminado de pronunciar esas palabras, se lanzó sobre mí y me dio un puñetazo en la mandíbula.

La silla se inclinó hacia atrás, se tambaleó, y caí, dando con la cabeza contra el suelo de piedra. Debí de haber perdido el conocimiento durante un par de segundos.

Pero un par de hombres me levantaron. La cabeza me daba vueltas y la boca me sangraba.

—Quiero dejar algo muy claro —dijo el ruso. Fue como si golpearme hubiese sido simplemente una pausa necesaria en la conversación—. Usted será el mensajero. Y hasta ahora, nadie ha entendido la gravedad de la situación. Como al parecer tampoco entienden que van a morir, y no lo entenderán de verdad hasta que llegue el momento... Como esa idiota en París esta tarde, ¿no? ¿Cree que entendió algo antes de que una bala le hiciera un boquete en el cerebro? Esta vez deben pagar, doctor Cross. Hasta el último centavo. En las cuatro ciudades. Y deben soltar a los prisioneros.

—¿Por qué los prisioneros? —pregunté.

Me asestó otro puñetazo, pero esta vez no me caí. Luego se giró y salió de la habitación.

—¡Porque lo digo yo!

Al cabo de unos instantes, regresó con un maletín negro y lo dejó en el suelo, delante de mí.

—Éste es el lado oscuro de la Luna —dijo, y abrió el maletín para que yo viese lo que contenía—. Lo llaman «dispositivo nuclear táctico» o, más sucintamente, «bomba de maletín». Produce una explosión terrorífica. A diferencia de las cabezas nucleares convencionales, funciona a nivel del suelo. Es fácil de disimular y de transportar. Sin líos ni complicaciones. Habrá visto fotos de Hiroshima, ¿no? Claro que sí, todo el mundo las ha visto.

—¿Qué pasa con Hiroshima?

—Este maletín tiene aproximadamente el mismo poder destructivo. Devastador. Nosotros, la Unión Soviética, fabricamos montones de bombas como ésta.

»¿Quiere saber dónde hay otras ahora mismo? Bien, hay una o más en Washington D.C., Tel Aviv, París y Londres. Por lo tanto, como verá, hay un nuevo miembro en la exclusiva «comunidad nuclear». Nosotros somos ese miembro.

Volví a sentir frío. ¿De verdad había una bomba en el maletín?

—¿Es ése el mensaje que quiere que transmita yo?

—Los demás reactores están preparados. Y para demostrarles mi buena fe, usted se llevará éste. Que sus compinches le echen un vistazo. Pero dígales que se den prisa.

»En fin, es posible que ahora haya entendido. Largo de aquí. Para mí, usted es un mosquito, pero al menos es algo. Llévese el arma. Considérela un regalo. Luego no digan que no les advertí de lo que pasaría. Ahora váyase. Deprisa, doctor Cross.

81

A partir de ese momento, la tarde pasó como en un sueño. Supuse que la capucha no había sido más que un recurso efectista, porque en el viaje de regreso no me la pusieron, gracias a lo cual se me hizo mucho más corto que el de ida.

Pregunté varias veces a los secuestradores adónde me llevaban con el arma, pero no me contestaron. Ni siquiera me dirigieron la palabra. Entre ellos, sólo hablaron en ruso durante todo el trayecto.

«Para mí, usted es un mosquito... Llévese el arma...»

Poco después de entrar en París, el Peugeot se detuvo en el abarrotado aparcamiento de un centro comercial. Mis secuestradores me apuntaron a la cara con una pistola y me esposaron al maletín.

—¿Qué hacen? —pregunté, pero no obtuve respuesta.

Al cabo de un rato, el Peugeot paró otra vez, ahora en la plaza Igor Stravinsky, una de las zonas más concurridas de París, aunque ahora estaba semidesierta.

—Baje —me dijeron. Eran las primeras palabras en inglés que había oído en una hora.

Bajé del coche con la bomba, despacio y con cuidado. Me sentía algo mareado. El Peugeot se alejó a toda velocidad.

Noté cierta fluidez en el aire, como si realmente pudiera percibir las partículas, los átomos. Permanecí inmóvil cerca de la inmensa plaza del Centre National d'Art et de Culture Georges Pompidou, esposado a un maletín que pesaba al menos veinticinco kilos.

En teoría, contenía una bomba nuclear equivalente a las que Harry Truman había ordenado lanzar sobre Japón. Mi cuerpo estaba empapado en sudor frío, y me sentía como si me viese a mí mismo en un sueño. ¿Era posible que todo terminase de esa manera? Por supuesto que sí. Las apuestas se habían cerrado, y sobre todo las apuestas por mi supervivencia. ¿Estaba a punto de volar por los aires? Y en caso negativo, ¿sufriría las secuelas de la radiactividad?

Vi a dos policías cerca de la tienda de discos Virgin y me dirigí hacia ellos. Les expliqué quién era y les pedí que llamasen al director de la *sécurité publique*.

No le dije a los policías lo que contenía el maletín, pero informé de ello al director de seguridad en cuanto se puso al teléfono.

—¿Es una amenaza real, doctor Cross? —quiso saber—. ¿La bomba está activada?

—No lo sé. ¿Cómo iba a saberlo? Pero, por favor, actúe como si lo estuviese.

«Mande a un grupo de artificieros de inmediato. ¡Ahora mismo! ¡Cuelgue el auricular!»

En unos minutos evacuaron todo el distrito de Beaubourg, salvo por una docena de guardias urbanos, la policía militar y varios expertos en explosivos. Al menos yo esperaba que fuesen expertos, los mejores de Francia.

Me ordenaron que me sentase en el suelo, y obedecí. Junto al maletín negro, desde luego. Hice todo lo que me dijeron, porque no tenía alternativa. Sentía náuseas, y sentarme me alivió un poco, aunque no mucho. Al menos el mareo comenzaba a remitir.

Primero enviaron a un perro para que nos olfatease a mí y al maletín. El joven y elegante pastor alemán, el *chien explo*, se acercó con cautela, mirando el maletín como si se tratase de un perro rival, de un enemigo.

Cuando llegó a unos cinco metros de nosotros, se quedó paralizado. Un suave rugido salió de su pecho. Se le erizaron los pelos del cuello. «Mierda», pensé yo.

El perro continuó gruñendo hasta que se aseguró del contenido radiactivo del maletín; luego corrió hacia sus criadores. Muy listo. Volví a quedarme solo. No había pasado tanto miedo en toda mi vida, ni por asomo. La idea de que uno puede estallar, quizás evaporarse en el aire, no es en absoluto agradable. Es difícil de concebir.

Después de un tiempo que se me antojó una eternidad, aunque no habían pasado más que unos minutos, dos artificieros vestidos con trajes protectores se aproximaron con prudencia. Observé que uno de ellos llevaba unos alicates. ¡Bendito fuera! Fue un momento increíblemente surrealista.

El tipo de los alicates se arrodilló a mi lado.

—Tranquilo, todo irá bien —murmuró. Luego cortó con cuidado las esposas—. Ahora puede irse. Levántese despacio.

Lo hice, frotándome la muñeca, pero alejándome ya del maletín.

Mis escoltas, que parecían extraterrestres, me llevaron rápidamente fuera de la zona de peligro, donde había aparcados dos furgones de la brigada de explosivos. Naturalmente, la zona seguía siendo peligrosa. Si la bomba explotaba, desaparecería al menos un kilómetro cuadrado de París.

Desde el interior de uno de los furgones, observé a los técnicos que desactivaban la bomba. O al menos lo intentaban. Ni siquiera pensé en la posibilidad de largarme de allí, pero los minutos siguientes fueron los más largos de mi vida. En el vehículo nadie hablaba; todos contenían el aliento. La idea de morir de esta manera, tan repentinamente, era casi inconcebible.

Llegó información de los artificieros.

—Han abierto el maletín.

Luego, menos de un minuto después:

—Contiene material nuclear. Es real. Y parece estar en buen estado, por desgracia.

La bomba era auténtica. No había sido una amenaza falsa. El Lobo seguía cumpliendo con su palabra, ¿no? Ese sádico cabrón era todo lo que decía ser.

Entonces vi que uno de los artificieros levantaba la mano. En el vehículo hubo una ovación. Al principio no entendí qué ocurría, pero era evidente que eran buenas noticias. Nadie me explicó nada.

—¿Qué ha pasado? —pregunté en francés.

Uno de los técnicos me miró.

—¡No había disparador! No podía explotar. No querían que explotase, gracias a Dios. Sólo pretendían que nos cagásemos de miedo.

—Pues lo consiguieron, ¿no?

82

Durante las dos horas siguientes se descubrió que la bomba tenía todo lo necesario para provocar una explosión nuclear, salvo una pieza: un emisor de neutrones pulsados, o el disparador. Todos los elementos peligrosos estaban allí. Esa noche fui incapaz de probar bocado y también de concentrarme. Aunque ya me habían sometido a pruebas médicas, no podía quitarme de la cabeza la idea de que la radiactividad me afectaría al cerebro.

Tampoco podía quitarme de la cabeza a Maud Boulard: su cara, el sonido de su voz, nuestra absurda comida juntos, su obcecación e ingenuidad, la alborotada melena roja sobre la acera. Y la brutalidad del Lobo y sus secuaces.

No conseguía dejar de pensar en el ruso que me había golpeado en la casa de campo. ¿Sería el Lobo? ¿Por qué había permitido que lo viese? Y por otra parte, ¿por qué no?

Regresé al Relais y de repente deseé no haber pedido una habitación con vistas a la parte delantera. Sentía el cuerpo entumecido, agotado, pero mi mente estaba desbocada. El ruido procedente de la calle era una molestia que ahora se me antojaba insoportable. «Tienen armas nucleares. No era un farol. Lo van a hacer. Será un genocidio.»

Decidí llamar a mis hijos a eso de las seis de la tarde de allí. Les hablé de todas las cosas que no había visto ese día, pero no mencioné lo que había ocurrido. De momento, los medios de comunicación no habían divulgado la noticia, pero lo harían.

Después telefoneé a Nana. A ella le dije la verdad; le expliqué cómo me había sentido sentado en la acera, esposado a una bomba. Siempre le contaba los incidentes de los días malos, y aquél había sido el peor de mi vida.

83

Cuando llegué a mi pequeño despacho en la Préfecture me llevé otra sorpresa: Martin Lodge me esperaba allí. Eran las siete y cuarto de la mañana y faltaban diez horas y cuarenta y cinco minutos para el apocalipsis.

Estreché la mano de Martin y le dije cuánto me alegraba de verlo.

—No queda mucho tiempo, ¿no? ¿A qué has venido?

—A decir mis últimas palabras, supongo. Debo informar de los últimos acontecimientos en Londres. Y también en Tel Aviv. Bueno, al menos explicar las cosas desde nuestro punto de vista.

—¿Y?

Martin sacudió la cabeza.

—No querrás oír la misma historia dos veces, ¿no?

—Sí que quiero.

—No, ésta no. Joder, es un auténtico follón, Alex. Pensé que el Lobo tendría que hacer volar una ciudad entera para conseguir que actuasen. Así de mal están las cosas. Lo peor es Tel Aviv. Me parece que allí no hay solución. No negocian con terroristas. Bueno, tú has preguntado.

La reunión informativa de la mañana empezó a las ocho en punto e incluyó un breve resumen de la bomba del maletín, presentado por los artificieros que la habían desarmado. Dijeron que la bomba era real, pero que le faltaba el emisor de neutrones pulsados, o sea, el disparador, y posiblemente no tuviese suficiente material radiactivo.

Un general del ejército habló de la situación en París: la gente estaba asustada y no salía a la calle, pero sólo un pequeño porcentaje había abandonado la ciudad. El ejército estaba preparado para declarar la ley marcial a las seis de la tarde, la hora en que expiraba el plazo.

Entonces le tocó el turno a Martin. Se puso al frente de la sala y habló en francés.

—Buenos días. ¿No es increíble lo que puede suceder cuando nos adaptamos a una nueva realidad? La población de Londres se ha comportado maravillosamente, al menos la mayoría. Ha habido algunos disturbios. No demasiados, para lo que habría podido pasar. Sospecho que los que crearon más problemas deben de haber salido ya de la ciudad. En Tel Aviv, por otra parte, están tan acostumbrados a las crisis y a vivir amenazados que... bueno, digamos que lo llevan bastante bien.

»Bien, hasta ahí las buenas noticias. La mala es que hemos reunido la mayor parte del dinero, pero no todo. Eso en Londres. ¿En Tel Aviv? Que yo sepa, no van a negociar. Sin embargo, los israelíes están siendo extremadamente discretos, así que no estamos muy seguros de lo que piensan hacer.

»Naturalmente, estamos presionando, al igual que Washington. Sé que se ha solicitado a personas particulares que paguen el soborno en su totalidad. Todavía puede ocurrir, pero no está claro que el gobierno vaya a aceptar el dinero. Se niegan en redondo a aceptar las exigencias de los terroristas.

»Quedan menos de diez horas —prosiguió Martin Lodge—. Con perdón, no tenemos tiempo para gilipolleces. Alguien tiene que presionar a los que se resisten a pagar.

Un agente de policía se acercó a mí y me dijo al oído:

—Perdón, pero lo necesitan, doctor Cross.

—¿Qué pasa? —pregunté, también en murmullos. No quería perderme nada de lo que dijesen en la reunión.

—Venga, por favor. Es una emergencia. Deprisa.

84

Yo sabía que, a esas alturas, una «emergencia» sólo podía ser buenas noticias. A las ocho y media estaba en un coche de la policía, el ensordecedor sonido de la sirena turbando la paz a nuestro paso.

¡Dios santo! Las calles se veían inhóspitas y desiertas. Salvo por la presencia de la policía y el ejército, desde luego. Durante el trayecto, me explicaron que tendría que intervenir en un interrogatorio.

—Hemos detenido a un traficante de armas, doctor Cross. Tenemos motivos para pensar que ayudó a conseguir las bombas. Es probable que sea uno de los hombres que vio usted en el campo. Es ruso y tiene una barba blanca.

Al cabo de unos minutos llegamos a la Brigade Criminelle, un oscuro edificio del siglo XIX, situado en un tranquilo barrio junto al Sena. De hecho, aquélla era la infame «La Crim», de tantas películas francesas y novelas de misterio, incluidas varias del inspector Maigret que me había leído Nana cuando era pequeño. Como suele decirse, la vida imita al arte.

Una vez dentro de La Crim, me condujeron por una escalera desvencijada hasta el último piso, el cuarto. Allí estaban llevando a cabo el interrogatorio.

Recorrimos un estrecho pasillo hasta la habitación 414.
El brigada que me escoltaba llamó una vez y entró.

Reconocí al traficante de armas ruso en el acto.

Habían pillado a Barba Blanca, el hombre que decía ser el Lobo.

85

La habitación, pequeña y llena de trastos, estaba situada justo debajo del alero. Tenía el techo bajo y en pendiente, con manchas de humedad, y una claraboya diminuta. Consulté mi reloj de pulsera. Las ocho y cuarenta y cinco. Tictac, tictac, tictac.

Me presentaron rápidamente al equipo de interrogatorios, el capitán Coridon y el teniente Leroux, y al preso, Artur Nikitin. Naturalmente, yo ya conocía a Nikitin. No llevaba camisa ni zapatos y estaba esposado, con las manos a la espalda. Sudaba profusamente. Sin duda alguna, era el ruso de la casa de campo.

Durante el viaje me habían informado de que este mafioso ruso había ganado millones haciendo negocios con Al Qaeda. Creían que estaba involucrado en el asunto de las bombas, que sabía cuántas se habían vendido y quién las había comprado.

—¡Cobardes! —gritó a los policías franceses cuando entramos en la habitación—. Cobardes de mierda. No podéis hacerme esto. Yo no he hecho nada malo. Los franceses pretendéis pasar por liberales, pero no sois nada parecido.

Me miró y fingió no conocerme. Sus pésima actuación me hizo sonreír.

—Habrás notado que te hemos traído a la Préfecture de Police, en lugar de a las dependencias de la DST —dijo el capitán Coridon—. Es porque no se te acusa de tráfico ilegal de armas. Se te acusa de asesinato. Somos detectives de homicidios. Créeme, no hay ningún liberal en esta habitación, a menos que lo seas tú.

Los ojos color castaño de Nikitin permanecieron llenos de furia, aunque detecté también indicios de confusión, sobre todo al verme allí.

—¡Mentira podrida! No les creo. Yo no he hecho nada malo. ¡Soy un empresario! Un ciudadano francés. ¡Quiero hablar con mi abogado!

Coridon me miró.

—Inténtelo usted.

Me aproximé y le di un puñetazo en la barbilla al ruso. Su cabeza cayó hacia atrás.

—Aún falta mucho para que estemos en paz —dije—. ¡Nadie sabe que estás aquí! Te juzgarán como terrorista y te ejecutarán. Y a nadie le importará un pimiento, sobre todo después de mañana. Después de que tus bombas ayuden a matar a miles de parisienses.

—¡Repito que no hice nada! —exclamó el ruso—. No podéis arrestarme. ¿Qué armas? ¿Qué bombas? ¿Quién creéis que soy, Saddam Hussein? No podéis hacerme esto.

—Podemos y te ejecutaremos —gritó el capitán Coridon—. En cuanto salgas de esta habitación, serás hombre muerto, Nikitin. Tenemos que hablar con otras alimañas como tú. El primero que nos ayude será el primero al que ayudaremos.

»Lleváoslo de aquí —dijo por fin—. Estamos perdiendo el tiempo con este cabrón.

El brigada cogió a Nikitin por los pelos y por la parte

trasera del cinturón y lo arrojó hacia la otra punta de la habitación. El ruso se dio con la cabeza contra la pared, pero consiguió levantarse. Tenía los ojos desorbitados y llenos de temor. Quizá comenzaba a entender que las reglas del interrogatorio habían cambiado.

—Es tu última oportunidad para hablar —dije—. Recuerda que para nosotros no eres más que un mosquito.

—¡Aquí en Francia no le vendí nada a nadie! —exclamó Nikitin—. Yo trabajo en Angola, a cambio de diamantes —dijo Nikitin.

—¡No me importa y no te creo! —gritó Coridon con todas sus fuerzas—. Sacadlo de aquí.

—¡Sé algo! —dijo de repente Nikitin—. Los maletines con las bombas. Son cuatro. El responsable es Al Qaeda. ¡Sí, Al Qaeda lo planeó todo! Son los que mandan. Quieren la liberación de los presos de guerra... todo.

Me volví hacia el policía francés y cabeceé.

—Nos lo ha entregado el Lobo. Y su «interpretación» no le gustará nada. Lo matará por nosotros. No creo ni una palabra de lo que acaba de decir.

Nikitin nos miró a los tres y escupió.

—¡Al Qaeda! Que os den por el culo si no os gusta o si no me creéis.

Lo miré.

—Demuéstranos que dices la verdad. Convéncenos. Convénceme, porque yo no te creo.

—Vale —respondió Nikitin—. Puedo hacerlo. Puedo convenceros a todos.

86

Cuando llegué a la Préfecture, Martin Lodge salió a mi encuentro.

—¡Vamos! —dijo, tirando de mí.

—¿Qué? ¿Adónde? —Miré el reloj, cosa que últimamente hacía cada dos minutos. Eran las diez y veinticinco.

—Dentro de un momento habrá una redada. La guarida que os sopló el ruso es auténtica.

Martin y yo subimos a la sala de crisis del cuartel general de la policía. Mi anterior compañero, Etienne Marteau, se reunió con nosotros y nos guió hasta una serie de monitores preparados para ver la operación. Por una vez, todo sucedía con sorprendente celeridad. Tal vez demasiado rápido, pero ¿qué alternativa teníamos?

—Confían en que saldrá bien, Alex —dijo Marteau—. Se han puesto de acuerdo con la central eléctrica, la EDF-GDF. Cortarán la corriente, y entonces entrarán nuestros hombres.

Asentí con la cabeza, mirando los monitores. Me resultaba extraño estar lejos de la acción. De repente, los acontecimientos se precipitaron. Docenas de soldados franceses aparecieron de la nada. Vestían chaquetas con las siglas RAID: *Recherche, Assistance, Intervention et Dissuasion*. Llevaban fusiles de asalto.

Los soldados corrieron hacia una pequeña casa que parecía totalmente inofensiva. Derribaron la puerta principal. Todo sucedió en cuestión de segundos.

Apareció un UBL, la versión francesa del todoterreno Hummer, y se empotró contra la valla de madera del fondo. Del vehículo saltaron más soldados.

—Ahora veremos qué pasa —le dije a Martin—. ¿Los RAID son buenos en lo suyo?

—Sí, se les da bien destruir y matar.

Un par de policías franceses llevaban micrófonos y cámaras, de manera que pudimos ver y oír lo que ocurría. Se abrió violentamente una puerta, alguien disparó desde dentro y de inmediato se vio la llamarada de la represalia.

Oímos un grito agudo y el sonido de un cuerpo contra el suelo de madera.

Dos hombres aparecieron corriendo por un estrecho pasillo. Ambos iban en calzoncillos. Los mataron antes de que pudieran entender lo que ocurría.

Una mujer en paños menores recibió un tiro en la garganta.

Llegó un helicóptero Cougar y de él descendieron más hombres. En el interior de la casa, los soldados irrumpieron en un dormitorio y se lanzaron sobre un hombre que estaba en la cama. Gracias a Dios, lo cogieron con vida.

Otros terroristas se rendían, con las manos en alto.

Entonces se oyeron nuevos disparos, esta vez fuera de cámara.

Empujaron a un sospechoso por el pasillo, amenazándolo con una pistola en la cabeza. Era un hombre de mediana edad. ¿El Lobo? El policía que le apuntaba sonreía como si hubiese pillado a un pez gordo. Desde luego, la operación fue rápida y eficaz. Habían capturado con vida a por lo menos cuatro terroristas.

Esperamos pacientemente las noticias. En el lugar de la redada, apagaron las cámaras. Seguimos esperando.

Finalmente, a eso de las tres de la tarde, un coronel del ejército se puso al frente de la sala de crisis. Todos los asientos estaban ocupados y tampoco había sitio libre entre los que permanecían de pie. La tensión era casi insoportable.

—Hemos identificado a los presos vivos —comenzó el coronel—. Hay un iraní, un saudí, un marroquí y dos egipcios. Formaban parte de una célula de Al Qaeda. Sabemos quiénes son. No creemos haber capturado a Lobo. También dudamos que estos terroristas estuvieran implicados en la amenaza a París. Lamento mucho daros malas noticias a estas alturas. Lo siento.

87

El terrible plazo, el plazo «definitivo» expiraría muy pronto y nadie tenía la menor idea de lo que sucedería a continuación. Parecía que nos habíamos quedado sin recursos para detener al Lobo.

A las cinco y cuarenta y cinco, yo estaba entre los numerosos hombres y mujeres que bajaron de los Renault negros y se dirigieron a paso rápido a las puertas de hierro del Ministère de l'Intérieur para una reunión con la DGSE, el equivalente francés de la CIA. Las puertas principales eran inmensas. Al cruzarlas, parecíamos pequeños e insignificantes, como suplicantes entrando en una catedral. Al menos yo me sentí pequeño e insignificante, así como a la merced de fuerzas superiores, y no sólo la de Dios.

En la entrada había un enorme patio, una amplia extensión de piedra que me recordó a los coches de caballos que antaño debían de cruzar esas mismas puertas. ¿Había progresado mucho el mundo desde entonces? Ese día no me lo pareció.

Con otros agentes de policía, ministros y dirigentes, entré en un majestuoso vestíbulo con suelo de mármol blanco y rosa. Guardias armados flanqueaban la escalera. Casi nadie habló mientras subíamos. Sólo se oía el ruido sordo de nuestros pasos y algún que otro carraspeo de nervios. Era probable que en menos de una hora estallaran bombas en París, Londres, Tel Aviv y Washington y que muriesen miles de personas. El número de heridos sería aún más grande. Centenares de miles.

«¿Todo esto a causa de un mafioso ruso? ¿Un hombre con misteriosas relaciones con Al Qaeda? Estamos a su merced, ¿no? Qué increíble.»

La reunión era en la Salle des Fêtes, y una vez más no pude evitar preguntarme qué hacía allí. Era el representante americano en Francia porque el FBI me quería allí, porque había una posibilidad de que mi experiencia como psicólogo y detective de homicidios tuviese alguna utilidad, porque al Lobo le había ocurrido algo trágico en París hacía mucho tiempo. Aún no habíamos conseguido descubrir de qué se trataba.

En el interior del salón principal habían formado una U con varias mesas cubiertas con manteles blancos. En diversos caballetes había mapas laminados de Europa, Oriente Medio y Estados Unidos. Las ciudades amenazadas estaban señaladas con gruesos círculos rojos. Un método simple, pero eficaz.

Habían instalado una docena de monitores, que estaban todos encendidos, y un moderno sistema de videoconferencias. Se veían más trajes grises y azules que de costumbre, más gente importante, o una exhibición más clara del poder. Por alguna razón, me fijé en varios pares de gafas con monturas al aire de titanio... Los franceses y su obsesión por la moda.

En los monitores de televisión, montados en la pared, se veían escenas en directo de Londres, Washington, París y Tel Aviv. Las ciudades parecían tranquilas. La mayoría de los miembros de la policía y el ejército estaban en el interior de las casas. Etienne Marteau se sentó a mi lado. Martin Lodge había regresado a Londres.

—¿Qué posibilidades cree que tenemos en París, Alex? —preguntó Etienne.

—No sé lo que está pasando en realidad, Etienne. Nadie lo sabe. Puede que hace un rato hayamos detenido a la célula terrorista más importante. Sospecho que los acontecimientos de hoy son el resultado de todo lo que sucedió antes. Creo que el Lobo sabía lo difícil que resultaría llevar a cabo su plan. Algo le ocurrió aquí, en París. Aún no sabemos qué fue. ¿Qué puedo decir? El tiempo está acabado. Estamos perdidos.

De repente, Etienne se enderezó en la silla.

—Dios mío, el presidente Debauney.

88

Aramis Debauney, el presidente francés, aparentaba unos cincuenta y cinco años y estaba vestido para la ocasión, elegante y formal. Era un hombre corpulento, con el cabello cano peinado hacia atrás, un finísimo bigote y gafas de montura metálica. Parecía sereno y dueño de sí mismo mientras caminaba hacia la parte delantera de la sala para dirigirse a nosotros. Habría podido oírse el vuelo de una mosca.

—Como todos ustedes saben, durante muchos años yo mismo trabajé en las trincheras, en primera línea de la seguridad nacional. Por lo tanto, quería hablar con ustedes y estar a su lado en estos minutos previos al vencimiento del plazo.

»Tengo noticias. Hemos reunido el dinero. En París, en Londres y en Washington. Y también en Tel Aviv, con la ayuda de muchos amigos de Israel en todo el mundo. La suma total será transferida dentro de tres minutos y medio, aproximadamente cinco minutos antes de que expire el plazo.

»Deseo manifestar mi gratitud a todos los presentes, y a quienes representáis, por las innumerables horas de trabajo, los sacrificios personales, el heroico esfuerzo y el asombroso valor de tantos. Hemos hecho cuanto estuvo en nuestras manos, y lo más importante es que sobreviviremos a esta crisis. Tarde o temprano acabaremos con esos canallas desalmados. ¡Con todos ellos! Atraparemos al Lobo, el más desalmado de todos.

Detrás del presidente había un reloj dorado estilo imperio. Todos lo mirábamos con atención. ¿Cómo evitarlo?

A las cinco cincuenta y cinco minutos, hora de París, el presidente Debauney dijo:

—En estos momentos se está realizando la transferencia. Será cuestión de segundos... Bien. Ya está. Todo debería haber terminado. Estaremos bien. Enhorabuena a todos. Gracias.

En la enorme sala se oyó un suspiro de alivio colectivo y hubo sonrisas, estrechamientos de mano y algunos abrazos.

Luego seguimos esperando, como por reflejo.

Esperábamos una llamada del Lobo.

Alguna noticia de las ciudades amenazadas: Washington, Londres, Tel Aviv.

Los últimos sesenta segundos previos al vencimiento del plazo fueron asombrosamente tensos y dramáticos, aunque el dinero ya se había entregado. Yo no podía apartar los ojos de la manecilla del segundero del reloj. Finalmente recé una oración por mi familia, por los habitantes de las cuatro ciudades, por el mundo en que vivimos.

Entonces dieron las seis en París y Londres; las doce en Washington; las siete en Tel Aviv.

El plazo había expirado. Pero ¿qué significaba eso? ¿Estábamos verdaderamente a salvo?

Ningún monitor reveló cambios significativos; no hubo disturbios ni explosiones.

Nada.

Tampoco una llamada del Lobo.

Pasaron dos minutos más.

Luego, diez.

Y entonces una portentosa explosión sacudió la sala...

Y el mundo entero.

Quinta parte

LÍBRANOS DEL MAL

89

La bomba, o mejor dicho las bombas, que no eran nucleares pero sí lo bastante potentes para causar enormes destrozos, estallaron en el primer *arrondissement*, cerca del Louvre. Toda la zona, un laberinto de callejuelas y callejones sin salida, quedó prácticamente arrasada. Casi mil personas murieron de inmediato, o al menos en unos segundos. Las múltiples explosiones se oyeron y se sintieron en todo París.

El Louvre sólo sufrió daños menores, pero las tres manzanas comprendidas entre las calles Marengo, l'Oratoire y Bailleul quedaron prácticamente destruidas. Lo mismo sucedió con un pequeño puente cercano que cruzaba el Sena.

Un puente. Otro puente. Esta vez en París.

Del Lobo no supimos ni una palabra, ni una explicación. No reivindicó aquel acto gratuito y despreciable, pero tampoco negó su autoría.

No necesitaba explicar sus actos, ¿no?

Algunos miembros sorprendentemente arrogantes de nuestro gobierno, en Washington, y otros de los medios de comunicación, creen que pueden predecir con bastante exactitud lo que sucederá en el futuro porque saben, o creen saber, lo que sucedió en el pasado. Creo que ocurre lo mismo en París, Londres, Tel Aviv y cualquier otra ciudad del mundo. En todas partes hay personas inteligentes, quizás incluso bienintencionadas, que proclaman: «Eso no puede pasar»; o bien: «Esto es lo que pasará en realidad.» Como si lo supieran. Pero no lo saben. Nadie lo sabe.

Hoy día no hay apuestas seguras. Puede ocurrir cualquier cosa y, tarde o temprano, probablemente ocurrirá. No parece que nos estemos convirtiendo en una especie más inteligente, sino acaso en una más y más loca. O, por lo menos, mucho más peligrosa. Asombrosamente, insufriblemente más peligrosa.

A lo mejor era sólo mi estado de ánimo mientras regresaba a Washington desde París. Al fin y al cabo, allí se había producido una terrible tragedia. El Lobo había ganado, si a eso se le podía llamar ganar, y ni siquiera lo había hecho por los pelos.

Un mafioso ruso ávido de poder había utilizado las tácticas del terrorismo, o eso parecía. Era mejor que nosotros: más organizado, más astuto y mucho más cruel cuando necesitaba resultados. Ni siquiera podía recordar nuestra última victoria frente al Lobo y sus secuaces. Él era más listo. Recé para que todo hubiese terminado. ¿Sería así? ¿O sólo estábamos en otro período de calma antes de la tormenta? No quería ni pensar en esa posibilidad.

Llegué a casa un jueves por la tarde, poco antes de las tres. Los niños habían regresado y Nana nunca había abandonado la casa de la calle Cinco. Cuando llegué, insistí en preparar la cena. Era lo que necesitaba: cocinar una buena comida, conversar con Nana y mis hijos de cualquier tema y recibir muchos abrazos. No pensar ni por un instante en lo que había pasado en París, ni en el Lobo, ni en el trabajo policial.

Así que preparé mi propia versión de una cena francesa, e incluso hablé en francés con Damon y Jannie mientras lo hacía. Jannie puso la mesa del comedor con los cubiertos de plata de Nana, un mantel que usábamos sólo en ocasiones especiales y servilletas de tela. ¿El menú? *Langoustines rôites brunoises de papaye, poivrons et oignons doux*: cigalas con papaya, pimientos y cebolla. Como plato principal, pollo con salsa de vino tinto dulce. Acompañamos la cena con pequeñas copas de un delicioso Minervois y comimos con fruición.

De postre, sin embargo, serví *brownies* con helado. Al fin y al cabo, había vuelto a Estados Unidos.

Estaba en casa, gracias a Dios.

90

De nuevo en casa, de nuevo en casa.

Al día siguiente no fui a trabajar y los chicos faltaron a clase. Nos pareció lo mejor a todos, incluso a Nana, que nos animó a hacer campana. Llamé a Jamilla un par de veces, y hablar con ella me sentó bien, como siempre, aunque nuestra relación parecía haberse enfriado.

Aprovechando el día libre, llevé a los niños de excursión a St. Michaels, en la bahía de Chesapeake, Maryland. El pueblo resultó ser una alegre exhibición de pintoresco encanto costero: un puerto floreciente, un par de tabernas con mecedoras en el porche e incluso un faro. Y el Museo Marítimo, donde vimos a un carpintero restaurando un pequeño atunero. Fue como volver al siglo XIX, lo cual no era mala idea.

Después de comer en el Crab Claw, dimos un paseo en un atunero de verdad. Nana Mama había llevado a sus alumnos allí muchas veces, pero esta vez se quedó en casa, aduciendo que tenía muchas cosas que hacer. Yo sólo esperaba que se encontrase bien. Todavía recordaba las clases que daba a los niños en esos viajes, así que me erigí en profesor invitado.

—Jannie, Damon, ésta es la última generación de veleros de Norteamérica. ¿Podéis creerlo? Estos barcos no tienen cabrestante, sino sólo poleas y aparejos. A los pescadores les llaman barqueros —dije, como solía decir Nana a sus alumnos hacía muchos años.

A bordo del *Mary Merchant*, hicimos un crucero de dos horas al pasado.

El capitán y su oficial nos enseñaron a izar las velas con el sistema de poleas y navegamos empujados por el viento, oyendo los rítmicos chasquidos del agua contra el casco. ¡Qué tarde! El mástil de sesenta pies de altura estaba hecho con un solo tronco traído de Oregón. El aire olía a sal, a aceite de linaza y a ostras. La proximidad de mis dos hijos mayores, sus miradas de confianza y de amor... Al menos la mayor parte del tiempo.

Pasamos junto a bosquecillos de pinos, campos donde los arrendatarios habían sembrado maíz y soja y grandes casas blancas con columnas que antes habían formado parte de plantaciones. Era como si hubiésemos retrocedido a otro siglo, un agradable respiro, un más que necesario momento de descanso y relajación. Sólo pensé en mi trabajo en un par de ocasiones, pero enseguida me obligué a distraerme otra vez.

Escuché a medias al capitán mientras explicaba que «sólo los barcos de vela» pueden pescar ostras, salvo dos veces por semana, cuando permiten navegar a las yolas con motor. Me pareció una estrategia de preservación inteligente hacer que los pescadores tuvieran que esforzarse mucho para conseguir las ostras; de lo contrario, este molusco acabaría extinguiéndose.

¡Qué bonito día! Mientras el barco viraba a estribor, la botavara se levantó, la vela mayor y el foque se hincharon con un fuerte chasquido y Jannie, Damon y yo contemplamos la puesta de sol con los ojos entornados. Entonces comprendimos, al menos durante un rato, que así debía vivirse la vida, y también que era preciso celebrar y atesorar los momentos como aquél.

—Es el mejor día de mi vida —dijo Jannie—. Y no exagero demasiado.

—El mío también —repuse—. Y no exagero nada.

91

Cuando regresamos, al atardecer, vi una furgoneta blanca llena de arañazos aparcada delante de casa. De inmediato reconocí el rótulo color verde vivo: PROGRAMA DE ASISTENCIA DOMICILIARIA. ¿Qué pasaba? ¿Qué hacía allí la doctora Coles?

Me preocupó que pudiera haberle pasado algo a Nana mientras los niños y yo estábamos de excursión. Últimamente pensaba mucho en su delicada salud y en el hecho de que tenía ochenta y tantos años, aunque ella se negaba a decir cuántos exactamente; o, más bien, mentía al respecto. Me apresuré a bajar del coche y subí los escalones del porche unos pasos antes que los niños.

—Estoy con Kayla —gritó Nana cuando abrí la puerta. Jannie y Damon me alcanzaron—. Estamos aquí pasando el rato, Alex. No tienes por qué alarmarte. No corras.

—¿Quién se alarma? —pregunté y aflojé el paso antes de entrar en el salón, donde estaban las dos «pasando el rato» en el sofá.

—Tú, don Angustias. Viste la furgoneta de atención domiciliaria en la puerta y ¿en qué pensaste? En una enfermedad —dijo Nana.

Ella y Kayla rieron con despreocupación y tuve que

sonreír, que burlarme también de mí mismo. Pero antes protesté débilmente:

—No es verdad.

—Entonces, ¿por qué subiste los peldaños corriendo, como si te hubieran metido un petardo en los pantalones? Eh, venga, Alex —dijo Nana, todavía riendo—. Luego agitó una mano como para espantar mi indeseable pesimismo de la habitación—. Ven, siéntate con nosotras unos minutos. ¿Puedes? Cuéntamelo todo. ¿Cómo está St. Michaels? ¿Ha cambiado mucho?

—No, creo que sigue igual que hace cien años.

—Lo cual es bueno —dijo Nana—. Hay que dar gracias a Dios por las pequeñas gracias de la vida.

Me acerqué y saludé a Kayla con un beso en la mejilla. Había atendido a Nana hacía un tiempo, cuando ésta estaba enferma, y ahora pasaba a visitarnos de tarde en tarde. De hecho, yo la conocía desde la infancia, pues nos habíamos criado en el mismo barrio. Era una de las personas que se marchó de casa, estudió y regresó a devolver lo que había recibido. El Programa de Asistencia Domiciliaria llevaba a los médicos a la casa de los enfermos de la zona sureste de la ciudad. Kayla lo había puesto en marcha y lo mantenía funcionando con mucho esfuerzo, incluso recaudando fondos para financiarlo, cosa que hacía prácticamente sin ayuda.

—Tienes un aspecto estupendo —dije. Las palabras salieron espontáneamente de mi boca.

—Sí, he perdido unos kilos, Alex —respondió. Enarcó una ceja—. Es de tanto ir de aquí para allá. Hago todo lo que puedo para mantener mi peso, pero adelgazo igual. Maldita sea.

Naturalmente, yo había notado que Kayla medía cerca de un metro ochenta, pero nunca la había visto tan delgada y esbelta, ni siquiera cuando era una adolescente. Siempre había tenido un rostro dulce y bonito y una actitud acorde con él.

—También es un buen ejemplo para mis pacientes —añadió—. En esta zona hay demasiadas personas con sobrepeso. Muchos obesos, incluso entre los niños. Creen que es genético. —Kayla rió—. Y debo reconocer que adelgazar ha mejorado mi vida social, mi actitud ante las cosas, todo. Todo.

—Bueno, a mí siempre me has gustado —dije, metiendo la pata otra vez.

Kayla alzó la vista al techo y le dijo a Nana:

—Miente tan bien... Se le da de maravilla. —Volvieron a reír—. Bueno, gracias de todos modos por el cumplido, Alex. Sabré apreciarlo. No lo tomaré como un acto de caridad.

Decidí que sería mejor cambiar de tema.

—Así que Nana está bien y vivirá hasta los cien años, ¿no?

—Eso espero —respondió Kayla.

Pero Nana frunció el entrecejo.

—¿Por qué quieres deshacerte de mí tan pronto? —preguntó—. ¿Qué te hecho?

—Darme la lata constantemente, ¿no? ¿Sabes que lo haces?

—Por supuesto que lo sé —respondió Nana—. Es mi función en la vida. Atormentarte es mi razón de ser. ¿Aún no te habías dado cuenta?

Cuando le oí decir esas palabras, tomé conciencia de que por fin estaba en casa, verdaderamente en casa, y había dejado atrás la guerra. Llevé a Nana y a Kayla a la galería y toqué *Un americano en París* para ellas. Eso había sido yo no hacía mucho; nada más que eso.

Sobre las once acompañé a Kayla hasta el coche. Nos quedamos charlando un rato en el porche.

—Gracias por venir a verla —dije.

—No tienes por qué agradecérmelo —respondió—. Lo hago porque me apetece. La verdad es que quiero a tu abuela. La quiero muchísimo. Es una de mis guías espirituales, de mis mentores, y lo ha sido durante años.

De repente Kayla se inclinó y me besó. Mantuvo el beso durante unos segundos. Cuando se apartó, vi que reía.

—Hacía mucho tiempo que quería hacer esto.

—¿Y? —pregunté, muy sorprendido por lo que acababa de suceder.

—Ahora lo he hecho, Alex. Es curioso.

—¿Curioso?

—Tengo que irme pitando. —Riendo para sí, corrió hacia la furgoneta.

Curioso.

92

Después del merecidísimo descanso regresé al trabajo y descubrí que seguía asignado al caso de terrorismo y extorsión, que ahora, por lo visto, suponía perseguir a quienquiera que fuese el responsable, a quienquiera que tuviese el dinero. Dijeron que me habían escogido porque soy implacable.

En cierto modo, me alegraba de que aquello no hubiese terminado. Seguía en contacto con varias personas que habían colaborado en el caso: Martin Lodge, en Londres; Sandy Greenberg, de la Interpol, y Etienne Marteau, en París; pero también con la policía y los servicios de inteligencia en Tel Aviv y Francfort. Todo el mundo parecía tener pistas, pero ninguna certera, ni siquiera encaminada.

El Lobo, o quizás Al Qaeda, o algún otro cabrón homicida tenía ahora en sus arcas casi dos mil millones de dólares. Entre otras cosas, tres manzanas de París habían quedado arrasadas. Se había liberado a varios presos políticos. Debían de haber cometido algún descuido, lo que nos ayudaría a encontrarlos, o al menos a descubrir quiénes eran.

Al día siguiente, la analista Monnie Donnelley y yo establecimos una conexión sobre el papel que me interesó lo suficiente como para coger el coche y viajar hasta Lexington, Virginia. Una vez allí, me dirigí a una moderna casa de dos pisos en una callejuela llamada Red Hawk Lane. En el camino particular había un Dodge Durango. Un par de caballos pastaban en un campo cercano.

Joe Cahill abrió la puerta. El ex agente de la CIA era todo sonrisas, tal como lo recordaba de las antiguas reuniones donde tratábamos el tema del Lobo. Joe me había dicho por teléfono que estaba dispuesto a colaborar en todo lo posible con la investigación. Me invitó a pasar a su estudio, donde tenía preparados café y un pastel comprado en el supermercado. Desde la habitación se veían prados, un lago y, a lo lejos, las montañas Blue Ridge.

—Supongo que te habrás dado cuenta de que echo de menos el trabajo —dijo Joe—. Al menos de vez en cuando. ¿Te gusta pescar, Alex? ¿Y cazar?

—He llevado a los niños de pesca un par de veces —respondí—. Y he cazado algo, sí. Pero a quien me gustaría cazar ahora mismo es al Lobo. Necesito tu ayuda, Joe. Quiero hurgar en un asunto del pasado. Me parece que he encontrado algo.

93

—Vale; quieres hablar de él otra vez. ¿Sobre cómo lo sacamos de Rusia? ¿De lo que ocurrió cuando llegó a Estados Unidos? ¿Y cómo desapareció después? Es una historia triste pero bien documentada, Alex. Ya has visto el expediente. Sé que lo has visto.

—No entiendo cómo es que nadie parece conocer su identidad, Joe. Nadie sabe qué aspecto tiene. Ni su verdadero nombre. Es la versión que me vienen contando desde hace más de un año, pero ¿cómo es posible? ¿Cómo es que colaboramos con Inglaterra para sacar de la Unión Soviética a un importante agente del KGB y, sin embargo, no sabemos de quién se trata? Parece que en París le ocurrió algo malo, pero nadie sabe qué es. ¿Cómo es posible? ¿Qué se me escapa? ¿Qué es lo que se le ha escapado a todo el mundo hasta el momento?

Joe Cahill extendió los brazos, con las palmas de sus grandes y curtidas manos hacia arriba.

—Mira, es evidente que yo tampoco tengo todas las piezas del rompecabezas. Sé que fue agente secreto en Rusia. Al parecer, entonces era muy astuto pero también muy joven, de manera que ahora ha de tener poco más de cuarenta años. Sin embargo, también he leído informes que dicen que es un cincuentón, o incluso que ronda los sesenta. Que ocupaba un alto cargo del KGB cuando desertó. También he oído que es una mujer. Creo que él mismo hace correr todos estos rumores. Estoy convencido de ello.

—Cuando llegó a Estados Unidos, tú y tu compañero erais sus contactos.

—Sí, y nuestro jefe era Tom Weir, que por entonces aún no era el director. De hecho, en el equipo había otras tres personas: Maddock, Boykin y Graebner. Tal vez deberías hablar con ellos.

Cahill se levantó del sillón y abrió una puerta que comunicaba con un patio de piedra. Una brisa fresca sopló en la habitación.

—Yo no lo conocí, Alex. Y Corky Hancock, mi compañero, tampoco. Ni el resto del equipo: Jay, Sam, Clark. Se organizó así desde el principio. Fue el trato que hizo al salir de Rusia. Él debía ayudarnos a terminar con el viejo KGB, dando nombres de agente en la Unión Soviética o en Estados Unidos. Pero nadie llegó a verlo. Créeme, nos pasó información que ayudó a terminar con el «imperio del mal».

Asentí.

—De acuerdo, cumple sus promesas. Pero ahora anda suelto y ha creado su propia organización criminal... entre otras muchas cosas.

Cahill tomó un bocado de pastel y habló con la boca llena:

—Sí, eso es exactamente lo que ha hecho, por lo visto. Claro que nosotros no sospechábamos que nos saldría rana. Ni los británicos tampoco. Puede que Tom Weir lo supiera. No tengo ni idea.

Yo necesitaba aire, así que me levanté y fui hacia las puertas del patio. Vi un par de caballos junto a una valla de madera blanca, a la sombra de unos robles. Me volví a mirar a Joe Cahill.

—De acuerdo, no puedes ayudarme con el Lobo. ¿Con qué puedes ayudarme entonces, Joe?

Cahill frunció el entrecejo y pareció confundido.

—Lamento no serte de gran ayuda, Alex. Ahora soy un caballo de tiro; no sirvo para mucho. El pastel está bueno, ¿no?

Negué con la cabeza.

—La verdad es que no, Joe. Créeme, los pasteles comprados nunca son como los caseros.

A Cahill se le ensombreció la cara, y aunque enseguida sonrió, sus ojos permanecieron serios.

—Bien, parece que vamos a ser sinceros. ¿Qué diablos haces aquí? ¿De qué se trata? Cuéntaselo al tío Joe. Estoy confundido. No sé adónde quieres ir a parar.

Volví a entrar en la habitación.

—Oh, se trata del Lobo, Joe. Verás, creo que tú y tu ex compañero podríais ayudarnos mucho, aunque no lo hayáis conocido personalmente, cosa que no me queda del todo clara.

Cahill levantó las manos con un gesto de impotencia.

—Esto es una locura, Alex, ¿sabes? Tengo la impresión de que estamos dando vueltas y vueltas sobre lo mismo. Soy demasiado mayor para estas gilipolleces. Sí, las dos últimas semanas han sido difíciles para todos. Hemos estado rodeados de locuras. Y tú no sabes ni la mitad.

Pero yo ya había tenido bastante con el rollo del «tío» Joe. Le enseñé una fotografía.

—Mírala bien. Esta es la mujer que mató al director de la CIA en el edificio Hoover.

Cahill sacudió la cabeza.

—Vale, ¿y qué?

—Se llamaba Nikki Williams y en un tiempo perteneció al ejército. Luego fue mercenaria durante una temporada. Una excelente tiradora. Muchos contratos privados en su currículum. Sé lo que vas a decir, Joe, así que...

—¿Qué?

—En una ocasión trabajó para ti y para Hancock, tu compañero, Joe. Tu agencia nos pasó los expedientes, Joe. Estamos en una nueva etapa de cooperación. Y aquí viene lo más sorprendente: creo que tú la contrataste para matar a Weir. Puede que lo hicieses a través de Geoffrey Shafer, pero, sea como fuere, estuviste implicado. Pienso que trabajas para el Lobo. Quizá lo hicieras siempre... quizá también eso formase parte del trato.

—¡Estás loco! ¡Y totalmente equivocado! —Joe Cahill se levantó y se sacudió las migas del pantalón—. ¿Sabes? Será mejor que te largues. Lamento muchísimo haberte invitado a mi casa. Nuestra pequeña charla ha concluido.

—No, Joe —repliqué—. De hecho, acaba de empezar.

94

Hice una llamada por el móvil. Al cabo de unos minutos, una multitud de agentes de la policía de Langley y de Quantico irrumpieron en la propiedad y arrestaron a Joe Cahill. Lo esposaron y lo sacaron de su bonita y tranquila casa de campo.

Ahora teníamos una pista, y podía ser muy buena.

Se llevaron a Joe Cahill a una propiedad de la CIA en Alleghenis. El terreno y la casa tenían un aspecto de lo más normal: un edificio de piedra de dos plantas, rodeado de parras y árboles frutales y con una gran mata de glicinas en la entrada. Pero aquél no sería un lugar seguro para el tío Joe.

El ex agente estaba atado y amordazado en una pequeña habitación, donde lo habían dejado a solas durante varias horas.

Para que pensase en su futuro... y en su pasado.

Llegó un médico de la CIA: uno individuo alto, desgarbado y barrigón. Se llamaba Jay O'Connell, y nos dijo que lo habían autorizado a administrar a Cahill un suero de la verdad experimental. Nos explicó que varias versiones de este preparado se están administrando ya a terroristas en distintas prisiones.

—Es un barbitúrico, como el amital sódico o el metohexital —dijo—. Primero el sujeto se sentirá como si estuviera borracho, con una disminución de la agudeza sensorial. Después será incapaz de defenderse bien ante un interrogatorio intenso. Al menos eso esperamos. Distintas personas reaccionan de manera diferente. Veremos qué pasa con este tipo. Es bastante mayor, así que confío en que podamos doblegarlo.

—¿Qué es lo peor que puede pasar? —pregunté a O'Connell

—Una parada cardiaca. Eh, vamos, era una broma. Bueno, no, supongo que no lo era.

A primera hora de la mañana, sacaron a Joe Cahill del cuartucho donde lo tenían y lo llevaron a uno más amplio pero sin ventanas, en el sótano. Le quitaron la venda de los ojos y la mordaza, aunque le dejaron las esposas.

Cahill parpadeó varias veces antes de percatarse de dónde se encontraba y de quién estaba con él.

—Las técnicas de desorientación no funcionarán conmigo —dijo—. Qué tontería. Son una gilipollez. Una bobada.

—Estamos de acuerdo —dijo el doctor O'Connell. Se volvió hacia Larry Ladove, un agente—. Arremánguelo, por favor. Allá vamos. Sentirá un pinchazo y luego un ligero picor. Y finalmente desembuchará hasta las tripas.

95

Durante las tres horas y media siguientes, Cahill far-fulló y se comportó como un hombre que había bebido media docena de copas y aún quería más.

—Ya sé lo que estáis haciendo —dijo, sacudiendo un dedo ante las tres personas que nos encontrábamos en la habitación.

—Nosotros también sabemos lo que estás haciendo tú —respondió Ladove, el agente de la CIA—. Y lo que has hecho.

—No he hecho nada. Soy inocente hasta que se demuestre lo contrario. Además, ¿qué queréis de mí si sabéis tanto?

—¿Dónde está el Lobo, Joe? —le pregunté—. ¿En qué país? Dinos algo.

—No lo sé —respondió, y rió como si hubiese dicho algo muy gracioso—. Después de tantos años. No sé. No sé.

—Pero lo conociste, ¿no?

—No lo vi nunca. Ni una sola vez, ni siquiera al principio. Es un tío astuto, muy listo. Tal vez paranoico. Pero no se le escapa una. Quizá le vieran los de la Interpol durante el traslado. O Tom Weir. Puede que los británicos. Lo tuvieron un tiempo con ellos antes que nosotros.

Ya habíamos hablado con Londres, pero allí no tenían datos relevantes sobre la deserción del Lobo. Y no sabían nada del error de París.

—¿Cuánto hace que trabajas con él? —pregunté a Cahill.

Buscó la respuesta en el techo.

—¿Que trabajo para él, quieres decir?

—Sí. ¿Cuánto hace?

—Mucho tiempo. Casi desde el principio. Dios, cuánto tiempo. —Cahill empezó a reír otra vez—. Nos vendimos muchos... de la CIA, el FBI, la DEA. O eso dice él. Y yo le creo.

—Te ordenó que mandases matar a Thomas Weir, como has confesado ya. —En realidad, no había confesado nada por el estilo.

—Vale, si lo hice, lo hice. Lo que digáis.

—¿Por qué quería eliminar a Thomas Weir? —continué—. ¿Por qué Weir? ¿Qué había pasado entre ellos?

—La cosa no funciona así. Uno sólo sabe cuál es su trabajo. Nunca llegas a conocer el plan entero. Pero entre él y Weir había algo... no se tragaban. Sea como fuere, siempre se cuidó muy bien de no tratar directamente conmigo. Lo hacía a través de mi compañero, Hancock. Fue él quien lo sacó de Rusia. Corky, los alemanes, los británicos. Ya lo he dicho, ¿no? —Cahill hizo un guiño—. Esta mierda que me habéis puesto es la hostia. El suero de la verdad. Bebed el zumo de la uva, hermanos. —Miró a O'Connell—. Tú también, doctor Mengele. Bebed el zumo de la uva y la verdad os hará libres.

96

¿Le habíamos arrancado la verdad a Joe Cahill? ¿Había algo de cierto en sus divagaciones inducidas por el fármaco?

¿Corky Hancock? ¿Los alemanes? ¿Los británicos? ¿Thomas Weir?

Alguien tenía que saber algo sobre el Lobo. Dónde estaba. Quién era. Qué haría a continuación.

De manera que volví a la carretera, a buscar pistas del Lobo. El compañero de Joe Cahill se había retirado anticipadamente y vivía en las Rockies de Idaho. Tenía una casa en las afueras de Hailey, en la cuenca de Wood River, a unos veinte kilómetros de Sun Valley. No era una mala vida para un ex agente secreto.

Mientras conducíamos desde el aeropuerto a Hailey, atravesamos lo que el agente del FBI describió como «el alto desierto». Por lo visto, Hancock era un amante de la caza y de la pesca, igual que Joe Cahill. Muy cerca de allí estaba el parque natural de Silver Creek, una zona de pesca con devolución conocida internacionalmente.

—No vamos a lanzarnos sobre Hancock. Lo mantendremos vigilado, para ver qué hace. Ahora mismo está de caza en las montañas. Entraremos en su casa y echaremos un vistazo —dijo el agente al cargo del caso, un joven innovador llamado Ned Rust—. A propósito, Hancock es un experto con el rifle. Me pareció que debía advertiros.

Subimos por las colinas, donde las casas más grandes parecían erigidas sobre terrenos de entre dos y cuatro hectáreas. Algunas tenían jardines magníficamente cuidados que se me antojaban artificialmente verdes en comparación con las cenicientas colinas, que sí eran naturales, desde luego.

—Últimamente ha habido aludes en la zona —dijo Rust mientras conducía. Era una fuente inagotable de información—. Puede que vea caballos salvajes. O a Bruce Willis. A Demi, Ashton y las niñas. Bueno, ahí arriba está la casa de Hancock. Las paredes son de piedra del río. Algo muy popular por aquí. Mucha casa para un ex agente sin familia.

—Seguramente tendrá dinero para gastárselo en sí mismo —dije.

En efecto, la casa era grande y bonita, con vistas espectaculares en tres direcciones. Había un granero más grande que mi casa, cerca del cual pastaban un par de caballos. Pero no había señales de Hancock. Estaba de caza.

Igual que yo.

Durante los días siguientes no sucedió gran cosa en Hailey. El agente que llevaba el caso, un tal William Koch, me mantenía informado. La CIA también había mandado a un pez gordo de Washington: Bridget Rooney. Hancock regresó de su excursión de caza, y vigilamos todos sus movimientos. Un grupo de operaciones especiales, llegado de Quantico, montó un sistema de vigilancia estática. También había un equipo móvil para cuando Hancock salía de la casa. Nos tomamos aquel asunto muy en serio. Al fin y al cabo, el Lobo estaba suelto con cerca de dos mil millones de dólares. Contantes y sonantes.

Pero tal vez hubiésemos dado con la manera de localizarlo: el agente de la CIA que lo había sacado de Rusia. Y quizá todo estuviera relacionado con lo que fuese que sucediera entre el Lobo y Thomas Weir.

El error en París.

97

No sucedería de la noche a la mañana. Ni la noche siguiente. Ni la inmediatamente posterior.

El viernes me dieron permiso para ir a Seattle a visitar a mi hijo pequeño. Llamé a Christine, que dio su consentimiento y dijo que Alex se alegraría de verme... y ella también. Reparé en que últimamente la tensión había desaparecido de la voz de Christine, y a veces hasta era capaz de recordar cómo habían sido las cosas entre nosotros. Aunque no estaba seguro de que eso fuese bueno.

Llegué a su casa a última hora de la mañana, y nuevamente me fijé en lo cálido y encantador que era aquel sitio. La casa y el jardín tenían un estilo que iba mucho con Christine: acogedor y luminoso, con la típica valla de madera blanca y barandillas a juego en la escalera que conducía a la puerta principal. En el huerto había plantas de romero, tomillo y hierbabuena. Todo era perfecto.

Christine abrió la puerta, con Alex en brazos. Muy a mi pesar, pensé en cómo podrían haber sido las cosas si yo no hubiese trabajado en Homicidios y mi vida de policía no nos hubiera separado.

Me sorprendió verla en casa, y ella debió de ver la sorpresa en mis ojos.

—No te morderé, Alex, lo prometo. He ido a buscar a Alex a la guardería para que pase un rato contigo.

Entonces me entregó al niño, y yo sólo quise pensar en él por el momento.

—Hola, papi —dijo, y rió con timidez, como suele hacer al principio.

Yo le devolví la sonrisa. Una conocida de Washington asegura que soy un santo, pero no lo dice como cumplido. No lo soy, ni de lejos, pero he aprendido a apreciar las pequeñas cosas. Sospecho que ella, no.

—Qué mayor estás —dije, expresando sorpresa y supongo que también satisfacción y orgullo—. ¿Cuántos años tienes ya? ¿Seis? ¿Ocho? ¿Doce?

—Tengo dos, casi tres —respondió, riendo mi chiste. Siempre los pilla. O eso parece, al menos.

—No ha parado de hablar de ti en toda la mañana, Alex. Decía: «Hoy es el día de papá» —contó Christine—. Bueno, divertíos.

Entonces hizo algo que me dejó boquiabierto: se acercó y me besó en la mejilla. Me pilló desprevenido. Puede que sea cauto, quizás incluso paranoico, pero no soy de piedra. Primero Kayla Coles y ahora Christine. A lo mejor tenía pinta de necesitar un poco de cariño. Sí, debía de ser eso.

Bueno, Alex y yo lo pasamos en grande. Primero fuimos en coche a Fremont, donde hacía unos años había ido a visitar a un detective retirado amigo mío. La zona está llena de edificios antiguos, tiendas de ropa de segunda mano y antigüedades y carácter, si este preciado atributo puede calificar la arquitectura y el estilo. Mucha gente parece pensar que sí, pero yo no estoy seguro.

Cuando llegamos allí, el pequeño Alex y yo compartimos un bollito con mantequilla y mermelada de arándanos de la panadería Touchstone. Dimos un paseo a pie y observamos con atención el cohete de diecisiete metros de altura montado sobre una tienda local. Luego compré una cometa teñida a mano y fuimos a probarla al Gas Works Park, con vistas al lago Union y a la parte sur de Seattle. Esta ciudad tiene un montón de parques; es una de las cosas que más me gusta de ella. Me sorprendí pensando en si sería capaz de vivir allí e imaginé que lo hacía, pero entonces me pregunté a santo de qué estaba alimentado esa clase de fantasía. ¿Porque Christine me había dado un beso rápido en la mejilla? ¿Estaba hambriento de amor? ¡Qué penoso!

Seguimos explorando la zona y fuimos a visitar el jardín de esculturas y el Troll de Fremont, una figura enorme que me recordó a Joe Cocker con un escarabajo Volkswagen en la mano. Finalmente comimos; alimentos de cultivo orgánico, por supuesto: verduras asadas y pan esenio con mantequilla de cacahuete y mermelada. Donde fueres, haz lo que vieres.

—La vida es muy agradable por aquí, ¿no, colega? —dije mientras comíamos—. Esto es lo mejor, pequeño.

Alex asintió, pero enseguida me miró con sus grandes ojos llenos de inocencia y preguntó:

—¿Cuándo volverás a casa, papá?

«Ay, caramba, ¿cuándo volveré a casa?»

98

Christine me había pedido que llevase a Alex a casa antes de las seis, y yo obedecí. Soy tan responsable, tan Alex, que a veces me enfado conmigo mismo. Ella nos esperaba en el porche, con un vestido azul eléctrico y tacones, y se comportó como yo esperaba que lo hiciera. Sonrió con alegría cuando nos vio y apretó a Alex contra sus largas piernas cuando él corrió hacia ella, gritando «¡Mami!».

—Parece que os habéis divertido —dijo, acariciando la cabeza del niño—. Eso está muy bien. Sabía que sería así. Alex, ahora papá tiene que volver a su casa en Washington D.C. Y tú y yo nos iremos a cenar a casa de Theo.

Los ojos de mi hijo se llenaron de lágrimas.

—No quiero que papi se vaya —protestó.

—Lo sé, pero tiene que irse, cariño. Papá tiene que ir a trabajar. Dale un abrazo. Pronto vendrá a verte otra vez.

—Lo haré. Claro que sí —dije, preguntándome quién era Theo—. Siempre vendré a verte.

Alex se echó en mis brazos y me gustó tanto tenerlo cerca que me costó dejarlo ir. Me encantaba su olor, el contacto con su piel, sentir el latido de su corazoncito. Pero no quería que sufriera por la separación como ya estaba sufriendo yo.

—Volveré muy pronto —dije—. Lo más pronto posible. No crezcas demasiado mientras yo no miro.

Y Alex murmuró:

—Por favor, papá, no te vayas. No te vayas, papá, por favor.

Lo repitió una y otra vez, hasta que subí al coche de alquiler y me alejé. Saludé con la mano a mi hijo, que se fue haciendo más y más pequeño hasta que desapareció cuando volví la esquina. Todavía podía sentir su pequeño cuerpo contra el mío. Aún lo siento ahora.

99

Esa noche, poco antes de las ocho, me senté solo junto a la oscura barra del Kingfish Café de Seattle, en la intersección de las calles Diecinueve y Mercer. Estaba absorto en mis pensamientos sobre mi hijo pequeño —bueno, sobre todos mis hijos—, cuando Jamilla entró en el restaurante.

Llevaba un chaquetón de cuero negro sobre una blusa oscura y una falda negra, y sonrió jovialmente cuando me vio sentado a la barra, quizá porque yo tenía tan buen aspecto para ella como ella para mí. Jamilla es guapa, pero no parece saberlo, o no se lo cree. Le había contado que viajaría a Seattle y ella se ofreció a volar hasta allí para cenar conmigo.

Al principio no me había parecido buena idea, pero estaba equivocado, muy equivocado. Me alegraba muchísimo de verla, sobre todo después de dejar a Alex.

—Estás estupendo, cariño —susurró junto a mi mejilla—. Aunque pareces un poco cansado. Trabajas demasiado. Te estás consumiendo.

—Ahora mismo me encuentro mucho mejor —respondí—. Tú resplandeces por los dos.

—¿Lo dices de veras? Gracias. Créeme, necesitaba oír algo así.

El Kingfish resultó ser un restaurante muy democrático: aunque no teníamos reserva, nos sentaron rápidamente en una bonita mesa junto a la pared. Pedimos la comida y la bebida, pero nos concentramos sobre todo en hacer manitas y hablar de nuestras cosas.

—Lo de Alex es una tortura para mí —dije a mitad de la cena—. Va en contra de todo lo que soy, de lo que aprendí con Nana. No puedo soportar dejarlo.

Jamilla frunció el entrecejo y puso cara de enfadada.

—¿Su madre no lo trata bien?

—No, no es eso. Christine es una buena madre. Lo que me mata es separarme de él. Lo adoro y lo echo muchísimo de menos. Echo en falta la forma en que habla, anda, piensa, me escucha o cuenta chistes malos. Somos compinches, Jam.

—Por lo tanto —dijo ella mirándome a los ojos—, te evades a través del trabajo.

—Pues sí —respondí—. Pero eso es otra historia. Eh, larguémonos de aquí.

—¿Cuál es el plan, agente Cross?

—Nada ilegal, inspectora Hughes.

—Mmm. ¿De veras? Vaya, es una pena.

100

¿Habéis oído la frase «búscate una habitación»? Bueno, yo ya tenía una en el Fairmont Olympic, en la calle University, enfrente de la plaza Ranier, y estaba impaciente por llegar allí. Los dos estábamos impacientes. Cuando entramos en el majestuoso vestíbulo, Jamilla silbó por lo bajini. Miró el techo artesonado, que debe de estar a más de trece metros de altura. En la amplia y barroca sala reinaba un silencio absoluto cuando llegamos nosotros, poco después de las diez.

—Estilo renacimiento italiano, arañas antiguas, cinco estrellas, cinco diamantes. Es una sorpresa maravillosa —dijo Jam sonriendo de oreja a oreja. Como de costumbre, su entusiasmo era contagioso.

—De vez en cuando uno tiene que permitirse algún lujo, ¿sabes?

—Pues esto sí que es un lujo —dijo Jamilla y me dio un beso—. Estoy encantada de que hayas venido. Y de haber venido yo también. Estoy encantada con los dos.

Las cosas mejoraron más aún a partir de ese momento. Nuestra habitación estaba en el décimo piso y era todo lo que debía ser: luminosa, amplia y lujosa, con una cama enorme. Hasta teníamos vista a la bahía de Eliott y a la isla Bainbridge, a lo lejos, y vimos salir un transbordador del muelle. El panorama no habría sido mejor si yo hubiese planeado cada pequeño detalle, cosa que quizá, sólo quizá, había hecho en realidad.

Como la gigantesca cama del Fairmont Olympic. Estaba cubierta con un edredón de rayas verdes y doradas, ¿un nórdico? Nunca sé en qué se diferencian uno del otro. Pero no nos molestamos en retirar el edredón/nórdico, simplemente nos dejamos caer sobre él, riendo y hablando, felices de estar juntos, conscientes de lo mucho que nos habíamos echado de menos.

—Deja que te ayude a ponerte cómodo —murmuró Jam mientras tiraba de mi camisa para sacarla de los pantalones—. ¿Qué tal así? ¿Mejor?

—Yo haré lo mismo por ti. Es justo —dije—. Toma y daca.

—Vale, me gusta tu toma y daca.

Empecé a desabrochar su blusa mientras ella hacía lo propio con mi camisa. Ninguno de los dos tenía prisa. No queríamos precipitarnos. La idea era demorarse, prestar atención a cada detalle, cada botón, la textura de la tela, la carne de gallina de Jamilla, y la mía, a causa de la excitación, la respiración trabajosa de ambos, el hormigueo en nuestros cuerpos, la electricidad, las chispas, y todas las delicias que nos regaló aquella noche.

—Veo que has estado practicando —murmuró ella, que, como de costumbre, apenas podía respirar. Eso me gustaba.

Reí.

—Bueno, de hecho, he estado practicando el arte de fantasear.

—¿Con que te desabrocho el siguiente botón, por ejemplo?

—Maravilloso, ¿no?

—¿Y el siguiente?

—No sé cuánto más aguantaré, Jamilla. No bromeo.

—Tendremos que descubrirlo. Ya veremos. Yo tampoco bromeo.

Cuando terminamos de desabrochar mi camisa y su blusa, nos las quitamos despacio. Entretanto continuamos besándonos, acariciándonos, tocándonos y restregándonos, todo muy lentamente. Reconocí su perfume; era Calèche Eau Delicate. Sabía cuánto me gustaba. A Jamilla le encantaba que le rascase con suavidad todo el cuerpo, y eso fue lo que hice, por supuesto. Primero los hombros y la espalda, luego los brazos y la espalda, los brazos, su hermosa cara, las largas piernas, los pies y otra vez las piernas.

—Te estás poniendo caliente... cada vez más caliente —dijo con un suspiro y una risita ronca.

A continuación nos pusimos de pie y continuamos tocándonos, balanceándonos. Finalmente le quité el sujetador y le cubrí los pechos con las manos.

—Como ya he dicho, no sé cuánto más podré aguantar.

No mentía. Tenía una erección tan firme que me dolía. Me deslicé y me arrodillé sobre la alfombra oriental. Besé a Jamilla ahí abajo. Era una mujer fuerte y segura, y quizá fuera por eso que me gustaba arrodillarme a sus pies. ¿Veneración? ¿Respeto? Algo por el estilo.

Finalmente me levanté.

—¿Vale ya? —murmuré.

—Sí. Lo que tú digas. Soy tu esclava. ¿O tu ama? ¿Un poco de cada cosa?

La penetré mientras estábamos de pie, bailando en un mismo punto, pero luego nos inclinamos y nos dejamos caer sobre la cama. Yo estaba entregado en cuerpo y alma al momento, entregado a Jamilla Hughes, que era exactamente lo que necesitaba. Ella emitía los pequeños suspiros y gemidos que tanto me gustaban.

—Te he echado mucho de menos —dije—. Echaba de menos tu sonrisa, el sonido de tu voz, todo.

—Yo también te he echado de menos. Y sobre todo ese toma y daca tuyo.

Al cabo de un rato, quizá cinco o diez minutos, el teléfono comenzó a sonar en la mesa de noche.

Por una vez hice lo más razonable: tiré el maldito aparato al suelo y lo cubrí con una almohada. Si era el Lobo, que volviera a llamar por la mañana.

101

A la mañana siguiente regresé a las Rockies de Idaho. Jamilla y yo compartimos un taxi hasta el aeropuerto, donde subimos a aviones diferentes rumbo a lugares diferentes.

—Craso error. Mala elección —me dijo antes de despedirnos—. Deberías venir conmigo a San Francisco. Necesitas unas vacaciones más largas.

Yo ya lo sabía. Pero no ocurriría. Corky Hancock era nuestra mejor pista, y el acecho se estaba extremando. Ya no podía ir a ningún punto del estado de Idaho sin que lo viésemos, o al menos lo escuchásemos. Había sistemas de vigilancia en su casa, el terreno circundante e incluso el granero. Teníamos cuatro equipos móviles en activo, y otros cuatro preparados, por si eran necesarios. Desde que yo me había marchado, habían añadido también la vigilancia aérea.

En Idaho, asistí a una reunión con los más de dos docenas de agentes asignados al caso. Se celebró en un pequeño cine de Sun Valley, donde por las noches estaban poniendo *21 Gramos*, con Sean Penn y Naomi Watts, pero que durante el día permanecía cerrado.

El agente William Koch se colocó delante de todos. Alto y delgado, elegante a su manera, vestía camisa de rayas finas, tejanos y gastadas botas de vaquero negras. Interpretaba a la perfección el papel de pueblerino, pero no tenía un pelo de tonto y quería que lo supiésemos. Lo mismo podía decirse de su homóloga de la CIA, Bridget Rooney, una morena segura de sí misma y más lista que el hambre.

—Seré claro y conciso —dijo Koch—: o bien Hancock sabe que estamos detrás de él, o es sumamente prudente por naturaleza. No ha hablado con nadie desde que llegamos aquí. Ha navegado por la red: por eBay, para mirar cañas de pescar, un par de páginas pornográficas y otra de ««béisbol de fantasía». Tiene una novia llamada Coral Lee, que vive cerca, en Ketchum. Una americana de origen asiático. Coral es verdaderamente guapa; Corky, no, así que supusimos que se gastaba mucho dinero en ella, y hemos acertado. Casi doscientos mil dólares en lo que va del año. Viajes, joyas, uno de esos descapotables Lexus pequeños que les gustan a las mujeres...

Koch hizo una pausa y miró alrededor.

—Eso es más o menos todo. Salvo que sabemos que Hancock está relacionado con el Lobo y que éste le paga mucho dinero por sus servicios. Por lo tanto, después de mil doscientas horas, vamos a entrar en la casa para echar un vistazo con nuestros propios ojos. —Entonces el agente Koch canturreó—: «Estoy tan cansado. Cansado de esperar.»

Casi todos los presentes sonrieron, incluso aquellos que no pillaron la alusión a la canción de los Kinks. Alguien me dio una palmada en el hombro, como si yo hubiese tenido que ver con la decisión que debía de haberse tomado en Washington.

—Yo no he tenido nada que ver —dije, encogiéndome de hombros y volviéndome hacia el agente que me había felicitado—. Sólo soy un soldado.

El equipo que iba a entrar en casa de Hancock estaba compuesto mayormente por miembros del FBI, pero también por un pequeño grupo de agentes de la CIA, dirigidos por Rooney. La CIA se encontraba allí casi por cortesía, en parte a causa de la nueva relación que habían establecido las dos agencias, pero sobre todo porque Hancock estaba directamente implicado en el asesinato de Thomas Weir, uno de los suyos. Sin embargo, dudaba que tuviesen más ganas de trincar a Hancock que yo. Quería cazar a Lobo e iba a conseguirlo como fuese y donde fuese. O eso quería pensar.

102

Koch y Rooney, los jefes, finalmente nos dieron luz verde. A la hora señalada rodeamos la casa de Hancock. Por todas partes se veían camisas y chaquetas con el escudo del FBI. Sin duda asustamos a más de un ciervo y un conejo, aunque no se disparó ni un solo tiro.

Hancock estaba en la cama con su novia. Él tenía sesenta y cuatro años y ella, Coral, unos veintiséis. Buena figura, larga melena negra, un montón de anillos, dormía de espaldas, desnuda. Hancock por lo menos había tenido la decencia de ponerse una camiseta, y estaba durmiendo en posición fetal.

Despertó y comenzó a gritarnos, lo que resultó irónico y gracioso:

—¿Qué coño pasa? ¡Fuera de mi casa!

Pero olvidó poner cara de sorpresa, o era muy mal actor. Sea como fuere, tuve la impresión de que nos esperaba. ¿Cómo? ¿Porque nos había visto en los últimos días? ¿Porque algún infiltrado de las agencias lo había puesto sobre aviso? ¿Sabía el Lobo que íbamos tras Hancock?

Durante las dos primeras horas de interrogatorio, probamos el suero de la verdad del doctor O'Connell. Hancock se puso contento, eufórico, pero no nos dijo nada nuevo. Ni siquiera confirmó lo que había confesado Cahill.

Entretanto, estaban registrando la casa, el granero y una extensión de veinticinco hectáreas a la redonda. Hancock tenía un descapotable Aston Martin, y al Lobo le encantaban los coches veloces, pero no encontramos nada más que fuese ni remotamente sospechoso. Nada durante los tres días en que casi un centenar de agentes peinaron cada palmo del rancho. Durante ese tiempo, media docena de informáticos expertos, entre ellos algunos técnicos de Intel e IBM, trataron de meterse en los dos ordenadores de Hancock, pero finalmente llegaron a la conclusión de que había contratado a especialistas para instalar sistemas extra de seguridad y proteger lo que fuese que guardara allí.

No podíamos hacer nada más que esperar. Yo leí todas las revistas y periódicos que Hancock tenía en su casa, incluidos un par de ejemplares viejos de *Idhao Mountain Express*. Di largos paseos, pensando en qué dirección debía darle a mi vida para que adquiriese algún sentido. No llegué a grandes conclusiones, pero el aire fresco de la montaña supuso un agradable cambio para mis pulmones.

Cuando por fin hicieron un descubrimiento informático, no sirvió de mucho. No hallaron nada que condujese directamente al Lobo ni a otros sospechosos, al menos en un principio.

Al día siguiente, sin embargo, un *hacker* de nuestras oficinas de Austin, Tejas, encontró un archivo dentro de otro archivo cifrado. Contenía correspondencia periódica con un banco de Zúrich. De hecho, con dos bancos suizos.

Entonces ya no sospechamos sino que supimos que

Hancock tenía mucho dinero. Más de seis millones de dólares. Por lo menos. La mejor noticia que recibíamos en mucho tiempo.

De manera que nos fuimos a pasar un par de días a Zúrich. Yo no esperaba encontrar al Lobo allí, pero nunca se sabe. Además, no conocía Suiza. Jannie me suplicó que le trajese una maleta llena de chocolate, y le prometí que lo haría.

«Una maleta llena de chocolate suizo, cariño. Es lo menos que puedo hacer después de haberme perdido la mayor parte de tu noveno año de vida.»

103

Si yo hubiera sido el Lobo, habría vivido allí. Zúrich es una ciudad preciosa, maravillosamente limpia, situada junto a un lago —el Zürichsee—, con preciosos y fragantes árboles, amplios caminos al borde del agua y un aire tan fresco que merece la pena respirar hondo. Las fachadas de la mayoría de los edificios estaban pintadas de tonos claros, como blanco o crudo, y en muchas ondeaba la bandera suiza, agitada por el tempestuoso viento del lago.

Mientras cruzaba la ciudad en coche, vi por todas partes los carriles de los tranvías y el tendido de gruesos cables. El poder de lo viejo. Varias vacas de fibra de vidrio, de tamaño natural y decoradas con paisajes alpinos, me recordaron a *Mu*, el juguete favorito de mi pequeño Alex. ¿Qué iba a hacer con él? ¿Qué podía hacer?

El Banco de Zúrich era un edificio de los años sesenta, con el frente de cristal y acero, situado muy cerca del lago. Sandy Greenberg me esperaba en la puerta. Vestida con traje gris y con un bolso negro colgando del hombro, tenía más aspecto de empleada de banco que de agente de la Interpol.

—¿Habías estado antes en Zúrich, Alex? —me preguntó mientras me abrazaba y me besaba en las dos mejillas.

—No. Pero tuve una navaja suiza a los diez u once años.

—Tenemos que comer aquí, Alex. Prométemelo. Ahora entremos. Nos esperan, y en Zúrich no les gusta esperar. Sobre todo a los banqueros.

El interior del banco era lujoso, con brillantes paneles de madera por todas partes, y limpio como un quirófano. La zona de las cajas era de piedra natural, con más paneles de madera. Las cajeras eran eficientes, de aspecto profesional, y hablaban entre sí en susurros. Los rótulos eran sobrios, pero de las paredes colgaban varias obras de arte moderno. Me pareció entender: el distintivo del banco era el arte.

—Zúrich siempre ha sido un paraíso para los intelectuales vanguardistas, para los culturetas —dijo Sandy, y no en susurros—. El dadaísmo nació aquí. Wagner, Strauss, Jung... todos vivieron aquí.

—James Joyce escribió el *Ulises* aquí —dije con un guiño.

Sandy rió.

—Había olvidado que eres un intelectual encubierto.

Nos acompañaron hasta el despacho del director, que tenía una expresión grave. Perfectamente atildado. Sólo un papel sobre el vade; todo lo demás, en su sitio.

Sandy entregó un sobre al señor Delmar Pomeroy.

—Una orden judicial —dijo—. Para investigar la cuenta 616479Q.

—Todo se ha dispuesto puntualmente —dijo Herr Pomeroy.

Nada más. Luego su ayudante nos llevó a ver todas las transacciones, ingresos y extracciones de la cuenta número 616479Q. Vaya con la confidencialidad y la seguridad de los bancos suizos. Todo se había dispuesto puntualmente.

104

Aquello empezaba a parecerse al fin a una investigación policial metódica y eficaz. Aunque yo sabía que no lo era. Sandy, otros dos agentes de la Interpol y yo repasamos todas las transacciones de la cuenta de Corky Hancock en una habitación pequeña y sin ventanas, situada en el sótano del Banco de Zúrich. El saldo del ex agente de la CIA había pasado de doscientos mil dólares a poco más de seis millones. Guau.

Los últimos depósitos, los más grandes, sumaban tres millones y medio y se habían ingresado en tres pagos en el último año.

Procedían de una cuenta a nombre de Y. Jikhomirov. Tardamos un par de horas en estudiar todos los movimientos. Había más de un centenar de páginas, comenzando en el año 1991. El mismo en que el Lobo había salido de Rusia. ¿Una coincidencia? Yo había dejado de creer en las coincidencias.

Examinamos con atención las extracciones de la cuenta de Jikhomirov. Incluían pagos a una compañía que alquilaba aviones privados; billetes de British Airways y Air France, y hoteles: el Claridge's y el Bel Air en Los Ángeles, el Sherry Netherland en Nueva York, y el Four Seasons en Chicago y Maui. Había transferencias a Estados Unidos, Suráfrica, Australia, París, Tel Aviv. ¿El rastro del Lobo?

Una entrada en particular me llamó la atención: la compra de cuatro coches caros en Francia, todos en un concesionario de Niza, el Riviera Motors. Un Lotus, un Jaguar edición especial y dos Aston Martin.

—Se supone que el Lobo es un forofo de los deportivos —le dije a Sandy—. Puede que estos coches signifiquen algo. Tal vez estemos más cerca de lo que sospechamos. ¿Tú qué opinas?

Sandy asintió con la cabeza.

—Sí. Creo que deberíamos hacer una visita a Riviera Motors, en Niza. Es un lugar precioso. Pero primero, Alex, comeremos en Zúrich. Te lo prometí.

—No, me parece que me obligaste a prometértelo a mí. Después de mi espantoso chiste sobre la navaja suiza.

Yo también tenía hambre, así que me pareció una buena idea. Sandy escogió el Veltliner Keller, uno de sus restaurantes favoritos. Estaba convencida de que yo sabría apreciarlo.

Mientras entrábamos, me explicó que el establecimiento había abierto en 1551, una supervivencia larga para cualquier negocio. Así que durante una hora y media nos olvidamos del trabajo policial. Comimos sopa de cebada, *zuppe engadinese*; un guiso, *veltliner topf*, y un vino excelente. Todo era perfecto: inmaculados manteles y servilletas blancos, rosas en floreros de plata, saleros y pimenteros de cristal.

—Ésta ha sido una de las mejores ideas que has tenido en tu vida —le dije a Sandy—. Una agradable pausa en la acción.

—Se llama comida, Alex. Deberías probarlo más a menudo. Y deberías venir a Europa con tu amiga Jamilla. Trabajas demasiado.

—Sí, supongo que se nota.

—No, la verdad es que tienes tan buen aspecto como siempre. Te conservas mejor que Denzel, al menos en sus últimas películas. No sé cómo lo haces, pero te mantienes joven. Sin embargo, he notado que estás jodido por dentro. Come y relájate; luego iremos a Niza a ver deportivos. Será como unas vacaciones. Hasta puede que trinquemos a un asesino. Termínate el vino, Alex.

—De acuerdo. Y luego tengo que ir a comprar chocolate para Jannie. Una maleta entera. Hice otra promesa.

—¿No prometiste que cogerías al Lobo? —preguntó Sandy.

—Sí, eso también.

105

Siguiente parada, un concesionario de coches de lujo en Niza. Me sentí como si estuviese en una película de Alfred Hitchcock.

Al propietario de Riviera Motors, el «*concessionaire exclusif* Jaguar, Aston Martin, Lotus», también parecía gustarle el drama, al menos en la decoración. Porque en la sala de exposición había una larga hilera de deslumbrantes coches negros. Éstos se veían claramente desde el exterior, a través de unos inmensos ventanales. Las brillantes máquinas negras contrastaban intensamente con el inmaculado suelo blanco.

—¿Qué te parece? —preguntó Sandy mientras bajábamos de nuestro Peugeot alquilado, que habíamos aparcado en la acera de enfrente del concesionario.

—Creo que necesito un coche nuevo —dije—. Y sé que al Lobo le gustan los deportivos de lujo.

Entramos en el establecimiento y yo me dirigí al mostrador. Detrás había una elegante recepcionista, bronceada y con el cabello decolorado recogido en una cola de caballo. Nos estaba estudiando: «Los dos de más de un metro ochenta; azabache y marfil. ¿Quiénes son éstos?»

—Queremos ver al señor Garnier —dijo Sandy en francés.

—¿Tienen una cita, *madame*?

—Desde luego. Interpol y FBI respectivamente... y respetuosamente, debo añadir. *Monsieur* Garnier no está esperando, según creo. Venimos por un asunto importante.

Mientras esperábamos, seguí mirando el lugar. Los carísimos coches estaban dispuestos en forma de espiga, con grandes plantas intercaladas. En un taller adyacente, unos mecánicos vestidos con idénticos monos verde Jaguar trabajaban con prístinas herramientas.

Al cabo de un par de minutos apareció el gerente del concesionario. Vestía un traje gris elegante pero no ostentoso, sólo apropiado y visiblemente caro.

—Vienen a preguntar por un par de Aston Martin, un Jaguar y un Lotus, ¿no? —preguntó.

—Algo así, *monsieur* —dijo Sandy—. Vayamos a su despacho. No queremos perjudicar su negocio hablando aquí.

El gerente sonrió.

—Oh, créame, señora, nuestro negocio es invulnerable.

—Ya lo veremos —dije en francés—. O, mejor dicho, tratemos de mantenerlo así. Porque ésta es una investigación por asesinato.

106

De repente, el gerente se volvió extremadamente amable y servicial. Los cuatro coches en cuestión habían sido adquiridos por un tal M. Aglionby, que al parecer tenía una casa cerca, en la preciosa península de Cap-Ferrat, al este de Niza. *Monsieur* Garnier nos dijo que estaba «al final de la Basse Corniche, la carretera que conduce a Mónaco por la costa. No tiene pérdida. Como tampoco la casa de Aglionby».

—*Atrapa a un ladrón* —dijo Sandy dos horas después, en el viaje en dirección a Cap-Ferrat. Habíamos perdido un poco de tiempo pidiendo refuerzos—. De hecho, las escenas más memorables de la peli de Hitchcock se rodaron allí —prosiguió Sandy, y señaló un sinuoso camino paralelo, junto a los acantilados, situado al menos cien metros por encima del nuestro. En otras palabras, un camino muy alto y peligroso.

—Pero nosotros estamos aquí para atrapar a un asesino en serie sin escrúpulos —dije—; no a un ingenioso y encantador ladronzuelo como Cary Grant.

—Es cierto. No me dejes perder la concentración, Alex. Es fácil distraerse en un sitio como éste.

Pero yo sabía que Sandy siempre estaba concentrada. Por eso nos llevábamos tan bien.

La casa de Aglionby estaba en la parte oeste de Cap-Ferrat, en Villefranche-sur-Mer. Vislumbramos mansiones y jardines tras las altas paredes estucadas mientras conducíamos por la D125, también conocida como Boulevard Circulaire. Nos seguían media docena de coches y furgonetas, cuyos ocupantes, sin duda, estarían disfrutando también de las vistas: un brillante Rolls-Royce descapotable azul saliendo de una finca, conducido por una rubia con gafas de sol y un pañuelo en la cabeza; turistas tomando el sol en la terraza del Grand Hôtel du Cap-Ferrat; una piscina excavada en la piedra, en la playa Piscine de Sun.

—¿Crees que será un viaje infructuoso, Alex?

—Nuestro trabajo es así. A veces aciertas y a veces fallas. Pero esta vez tengo un buen pálpito. Aquí hay algo. *Monsieur* Aglionby ha de tener alguna conexión con este asunto.

Estaba esperanzado. Habíamos encontrado muchísimo dinero en la cuenta de Hancock, y la mayor parte correspondía a ingresos recientes. Pero ¿Qué sabía él del Lobo? ¿Había alguien que supiera algo?

Entonces vimos la casa que buscábamos... y Sandy pasó de largo.

—Te tenemos, cabrón —dijo—. ¿Aglionby? ¿El Lobo? ¿Por qué no?

—Es evidente que quienquiera que viva allí está forrado. Joder, ¿cuánto tienen que tener para conformarse?

—Para alguien con miles de millones de dólares, Alex, esto es bastante modesto. No se trata de tener una casa, sino muchas. En la Riviera, Londres, París, Aspen...

—Si tú lo dices. Yo nunca he tenido mil millones. Ni una villa en la Riviera.

El lugar en cuestión era una luminosa mansión de estilo mediterráneo, de color crema con detalles en blanco; tenía brillantes balaustradas y pórticos y postigos que los criados debían de cerrar a mediodía, a la hora de más sol. ¿O acaso los propietarios no querían que los viesen? Cuatro plantas, treinta y tantas habitaciones... tan acogedor como Versalles.

Pero, de momento, lo único que queríamos era echar un vistazo. Tal como habíamos quedado, nos reunimos en un pequeño hotel de la costa. La policía local decidió ocupar una finca que lindaba al sur con la de Aglionby. En esos momentos estaba vacía, salvo por el personal de servicio. A partir del día siguiente, nos disfrazaríamos y nos haríamos pasar por jardineros y criados.

Sandy y yo escuchamos atentamente el plan mientras lo explicaban paso a paso. Luego nos miramos y asentimos. «Esta vez, no.»

—Iremos esta noche —dije—. Con vuestra ayuda o sin ella.

107

La decisión de actuar de inmediato fue recibida con entusiasmo por la Interpol, e incluso por la policía de París, que estaba en contacto directo con Washington y tenía tanto interés como nosotros en atrapar al despiadado Lobo, o quizá más. Para variar, esa tarde todo se hizo deprisa. Tanto Sandy como yo participaríamos en el asalto.

La operación se planeó como si el Lobo estuviese dentro de la mansión. Siete equipos de dos tiradores se apostaron alrededor de la villa, en los lados designados como blanco (norte), rojo (este), negro (sur) y verde (oeste). Todas las puertas y ventanas estaban cubiertas, y cada tirador tenía un número concreto de objetivos. Eran los que se encontraban más cerca de la casa. Nuestros ojos y oídos.

Por el momento, no había indicios de que nos hubiesen visto.

Mientras los tiradores ocupaban sus puestos, los demás —miembros de la Interpol, el FBI, la policía y el ejército francés— nos preparamos para el combate: trajes ignífugos Nomex, chalecos antibalas, pistolas y metralletas MP-5. A un kilómetro y medio del lugar había tres helicópteros que intervendrían en el asalto. Estábamos esperando la orden de atacar, aunque los más escépticos preveíamos demoras por razones políticas, por la pusila-nimidad de los altos mandos o por cualquier otro impre-visto.

Me tendí boca abajo junto a Sandy Greenberg. Está-bamos a menos de cien metros de la casa principal. Tenía-mos los nervios de punta. Yo, por lo menos. Era probable que el Lobo estuviese allí dentro. Podía ser Aglionby.

En el interior había luces, pero no vimos práctica-mente a nadie después de medianoche. Las medidas de seguridad en los jardines eran escasas: sólo dos guardias.

—Está inquietantemente tranquilo —dijo Sandy—. Esto no acaba de gustarme, Alex. Tienen muy poca pro-tección.

—Son las dos de la mañana.

—¿Te sorprende que vayamos a entrar? —preguntó Sandy.

Sonreí.

—¿Vamos a entrar? No, no me sorprende. Recuerda que los franceses quieren cazar al Lobo. Puede que más que nosotros.

¡Entonces recibimos la señal para atacar! Sandy y yo estábamos en el segundo grupo de asalto y corrimos ha-cia la casa unos cuarenta y cinco segundos después del primer aviso. Entramos por atrás, la zona negra. La coci-na, para ser exactos.

Alguien había encendido las luces. En el suelo había un guardia de seguridad con las manos esposadas detrás de la cabeza. Deslumbrante mármol por todas partes y cuatro cocinas en el centro de la estancia. Me fijé en un gran bol de cristal que había sobre una mesa y que pare-cía estar lleno de narices negras.

Entonces me di cuenta de que eran higos y sonreí.

Sandy y yo corrimos por un largo pasillo. Todavía

no se había disparado ni un solo tiro, pero se oían muchos otros ruidos.

Entramos en el salón principal, que era monumental: arañas de cristal colgando del techo, suelo de mármol pulido, media docena de oscuros y solemnes cuadros de maestros franceses y holandeses.

«De momento, ningún indicio del Lobo. Nada.»

—¿Estamos aquí por diversión?, ¿o para firmar un tratado? —preguntó Sandy—. ¿Por qué no se resisten, Alex? ¿Qué pasa? ¿Está aquí o no?

Subimos por una sinuosa escalera y vimos a un grupo de soldados franceses sacando a hombres y mujeres de los dormitorios. Casi todos estaban en paños menores, aunque había algunos desnudos. Nadie tenía un aspecto sensual, pero era evidente que todos estaban sorprendidos.

No vi a nadie que pudiera ser el Lobo, aunque ¿qué sabía yo cómo era el Lobo? ¿Lo sabía alguien?

Los interrogatorios comenzaron de inmediato, en los pasillos. «¿Dónde está el Lobo?... ¿Quién es Aglionby?...»

Registramos la casa entera de nuevo, y luego por tercera vez.

Marcel Aglionby no se encontraba allí, nos dijeron sus huéspedes. Se hallaba de viaje de negocios en Nueva York. Una de sus hijas estaba presente: aquélla era su fiesta, sus invitados, sus amigos, aunque algunos le doblaban la edad. Nos juró que su padre era un respetable banquero. No era un criminal, y mucho menos el Lobo.

«Entonces, ¿es el banquero del Lobo? ¿Y adónde nos conduce eso?»

Aunque me resistía a admitirlo, no pude evitar pensar: «El Lobo ha ganado otra vez.»

108

Registramos de nuevo la casa y, a pesar de las amenazas de la hija de Aglionby, empezamos a desmontarla pieza por pieza.

He de reconocer que era una mansión magnífica, llena de antigüedades y obras de arte. Sandy pensaba que Aglionby pretendía imitar La Fiorentina, que había sido calificada como la casa más hermosa del mundo. Era obvio que el banquero tenía gustos caros y dinero para pagárselos. Por todas partes había figuras pintadas a mano estilo Luis XVI, arañas Luis XV, antiguas alfombras turcas, biombos y paneles chinos, tapices y cuadros, clásicos y modernos, en casi todas las paredes. Obras de Fragonard, Goya, Pieter Brueghel. «¿Todo financiado por el Lobo? ¿Por qué no? Tienes más de dos mil millones de dólares para dilapidar.»

Reunimos a los «sospechosos» en la sala de billar, que tenía tres mesas de billar y tantos sofás de terciopelo como el salón. El mismo estilo, sobrio y formal. ¿Alguien sabía algo del Lobo? A mí no me dio esa impresión. Era más probable que conociesen a Paris y Nicky Hilton.

—¿Alguien quiere hablar en nombre del grupo? —preguntó el jefe de la policía francesa.

No hubo ningún voluntario, y nadie respondió a las preguntas. O bien no sabían nada, o les habían ordenado que permanecieran callados.

—Muy bien, separémoslos. Iniciaremos los interrogatorios ahora mismo. Alguien hablará —dijo el policía.

Puesto que a mí no me habían pedido que participase en los interrogatorios, salí al jardín y fui andando hacia el mar. ¿Nos habían pasado otra pista falsa? Los juegos del Lobo, sus estrategias y contraestrategias, habían sido incesantes desde el principio. ¿Por qué iba a parar ahora?

Junto a la orilla había un amplio cobertizo de madera para botes. De hecho, era muy largo. Estaba a unos cien metros del edificio principal. Pero ¿qué era aquello? Alguien había transformado el viejo cobertizo en un garaje para albergar una colección de más de treinta deportivos y sedanes de lujo. Tal vez fuera lo que buscábamos. Una prueba de que el Lobo usaba esa mansión. ¿O sería otra trampa, otra estratagema?

Me encontraba entre el cobertizo y el agua cuando se desató el caos.

109

Lo único que tenía él era su pieza del rompecabezas, su parte en esta terrible misión. Pero era más que suficiente. Bari Naffis sabía que habían entrado en la casa de Villefranche-sur-Mer y que, por ese motivo, durante la hora siguiente morirían algunas personas, incluidos algunos amigos suyos y una chica con la que se había acostado, una modelo de Hamburgo. Guapa, desde luego, pero también muy cara.

La policía y el ejército franceses ya habían ocupado la mansión. Y ahora le tocaba actuar a Bari. No sabía por qué, pero aquello tenía que ocurrir.

Cuando giró por la D125, tuvo la impresión de que ya era demasiado tarde. Pero tenía órdenes. Al parecer, alguien había previsto lo que iba a suceder.

El Lobo lo sabía, ¿no? Tenía ojos en la nuca. ¡Ojos por todas partes! El muy cabrón daba miedo.

Eso era lo único que sabía Bari Naffis, y lo único que le preocupaba por el momento. Le habían pagado bien y por adelantado, aunque no entendiese aquel asunto y le resultase desagradable. ¿Por qué matar y mutilar a tanta gente?

Media hora antes había recibido una señal de radio desde la casa principal. El ruido lo había despertado de un sueño profundo en la habitación de un hotel.

Saltó de la cama, se vistió y se dirigió rápidamente al sitio convenido, una villa situada al norte de la otra. Trató de no pensar en sus amigos ni en su amante. A lo mejor, la chica sobrevivía.

Daba igual. No iba a hacer enfadar al Lobo por una mujer. Bari corrió por entre los árboles y la espesa vegetación. Llevaba un sistema portátil de defensa antiaérea, un arma difícil de transportar. El lanzamisiles medía un metro con sesenta y cinco centímetros y pesaba unos doce kilos. Sin embargo, estaba perfectamente proporcionado y venía equipado con una empuñadura y un guardamano semejante a los de las pistolas. Disparaba misiles Stinger FIM-92A. En el bosque había otros dos tiradores. Cada uno tenía su trabajo, su parte del todo.

Tres asesinos profesionales actuando en el mismo momento, y tal vez con los mismos reparos que él.

Habían tendido una trampa a la policía.

Una terrible trampa mortal para todos los que estuviesen en la casa. También habría polis muertos. Qué desastre. Cuando iba a ocupar su sitio, a unos cuatrocientos metros de la casa principal, Bari se colocó el incómodo tubo sobre el hombro. Puso la mano derecha en la empuñadura y apuntó el arma con la izquierda. Sujetó el lanzamisiles como si fuese un rifle convencional, aunque esta arma no tenía nada de convencional.

Localizó fácilmente el objetivo, la casa, en el visor. No podría errar el tiro. Luego esperó a oír la orden definitiva por el pinganillo.

¡Joder, qué poco le gustaba aquello! Recordó a la guapísima modelo de Hamburgo. Se llamaba Jeri. Simpática y con un cuerpo perfecto. Esperó casi deseando que la orden no llegase. Por el bien de Jeri; por el bien de todos los demás.

Pero allí estaba la orden. Electrónica. Impersonal como el entierro de un desconocido. Un silbido en los oídos.

«Dos cortos, uno largo.»

Respiró hondo y exhaló despacio. Luego, de mala gana, apretó el gatillo.

Sintió un ligero retroceso, más leve aún que el de un rifle.

Dentro del arma se encendió el mecanismo de lanzamiento. El motor de primera etapa propulsaba el misil sólo seis o siete metros, distancia a la cual resultaba seguro que se activase el segundo sistema de propulsión.

Los ojos de Bari siguieron el rastro de humo del combustible del cohete. El Stinger estaba camino del objetivo. Oyó un suave rugido mientras el misil aceleraba hasta alcanzar los dos mil doscientos kilómetros por hora.

«Ponte a salvo, Jeri.»

El misil rozó un lateral de la casa: un tiro casi perfecto.

Bari recargó y se preparó para volver a disparar.

110

Se oyeron fuertes zumbidos y luego feroces, infernales explosiones por todas partes. Dondequiera que mirase, reinaba el caos. Y la muerte.

El personal de la policía y el ejército franceses corría frenéticamente, intentando ponerse a cubierto. Un misil había alcanzado los tejados del lado norte de la villa, produciendo una alta chimenea de tejas, madera y ladrillos. Entonces estalló un segundo misil. El tercero le siguió al cabo de unos segundos.

Yo había empezado a correr hacia la casa cuando recibí otra sorpresa.

Se abrió una puerta lateral del cobertizo y un sedán Mercedes azul oscuro salió con estruendo y se alejó por un camino de grava en dirección a la carretera. Corrí hacia un coche de policía aparcado en la hierba, lo puse en marcha y perseguí al Mercedes.

No había tiempo para informar a nadie, ni siquiera a Sandy. Me pregunté cómo se las arreglaría el coche de policía para competir con un Mercedes trucado. No muy bien, probablemente. No, nada bien, con toda seguridad.

Pero me mantuve detrás del potente CL55 durante todo el trayecto desde Cap-Ferrat a la Basse Corniche.

En esta carretera serpenteante estuve a punto de matarme, y quizá de matar a unas cuantas personas más, pero no perdí de vista a quien fuese que corría delante de mí.

¿Quién demonios iba en ese coche? ¿Por qué huía? ¿Sería el Lobo?

El tráfico hacia Mónaco estaba bastante congestionado, pero se movía. Más adelante, las luces de una grúa revelaron que algún pobre desgraciado se la había pegado en el sinuoso camino. Aquélla había sido mi única y endeble esperanza: que la circulación detuviese al Mercedes. Pero de repente, el deportivo dio una vuelta en redondo y giró hacia el oeste.

Avanzó a gran velocidad junto a una interminable sucesión de vallas publicitarias y carteles de restaurantes. Y yo también.

Tomé una curva, y la bahía de Villefranche-sur-Mer apareció en todo su esplendor, con su inimitable belleza, bajo una enorme luna llena. La ciudad se alzaba por encima de la bahía, que estaba llena de veleros y yates, como la bañera de un niño rico. El Mercedes descendió por una cuesta empinada y resbaladiza a una velocidad que por momentos rozaba los ciento cincuenta kilómetros por hora. Recordé que había leído en algún sitio que ese coche tenía una potencia de quinientos caballos. Se notaba, sin duda.

Cuando entramos en el viejo puerto de Niza comencé a reducir la distancia que me separaba del sedán. Las estrechas callejuelas estaban sorprendentemente concurridas, sobre todo alrededor de los bares y los cabarés, que ahora parecían brotar como setas, gracias a Dios.

El Mercedes esquivó por los pelos a un grupo de borrachos que salían del cabaré Etoile Filante.

Y yo lo seguí, tocando el claxon mientras el mismo

grupo de peatones me insultaba y me amenazaba sacudiendo el puño.

El Mercedes giró bruscamente a la derecha y se dirigió hacia la N7, una carretera más alta llamada Moyenne Corniche.

Lo seguí como pude, sabiendo que con toda probabilidad lo perdería. Pero ¿a quién perdería? ¿Quién iba en el Mercedes azul?

El camino hacia arriba era asombrosamente empinado y sinuoso. Estábamos regresando a Mónaco, pero allí el tránsito era fluido y el Mercedes no encontró obstáculos para aumentar de velocidad. El conductor había sido lo bastante listo para retroceder con el fin de avanzar a una velocidad mucho mayor... una velocidad inalcanzable para un coche de policía.

Dos kilómetros más adelante, yo ya estaba convencido de que me dejaría atrás. Habíamos regresado a Villefranche, pero por la parte más alta del pueblo. Desde allí, el paisaje de Cap-Ferrat y Beaulieu era tan prodigioso que no puede evitar fijarme en él; incluso a aquella velocidad, abarcó toda mi vista como un cuadro.

No podía permitir que el Mercedes se me escapase, así que volví a poner el coche a una velocidad de ciento cincuenta kilómetros por hora. ¿Cuánto tiempo podría mantenerla?

Apareció un túnel, penumbras, una oscuridad casi absoluta y por fin la portentosa estampa de una aldea medieval en lo alto de una colina.

EZE, decía un cartel.

Inmediatamente después del pueblo, la carretera se volvió más peligrosa aún. Era como si la Moyenne Corniche estuviera pegada con celo al borde del precipicio.

Abajo, el color del mar parecía ir pasando del azul celeste al ópalo y luego al plateado.

Olí a naranjas y limones en el aire, quizá porque tenía los sentidos aguzados. El miedo puede causar ese fenómeno.

Pero estaba perdiendo al Mercedes, así que hice lo único que podía hacer. Al llegar a la siguiente curva, en lugar de reducir la velocidad, aceleré.

111

Comencé a acercarme al Mercedes, sin levantar el pie del acelerador. «¿Acaso eres un suicida?», me dije.

De repente el Mercedes desbarró, cruzó al otro lado de la carretera y rozó la ladera de la montaña. No fue un impacto grave pero, dada la gran velocidad que llevaba, produjo daños considerables en el coche, que empezó a hacer eses en la carretera, pasando de un carril al otro. Volvió a dar contra las rocas y de repente pareció volar hacia el cielo.

Estaba en el aire, cayendo al mar.

Frené a un lado del camino y bajé corriendo. Vi cómo el coche chocaba dos veces contra la pared del acantilado y luego daba vueltas de campana en la carretera, mucho más abajo. Yo no podía bajar hasta allí, al menos escalando.

No vi movimiento alguno en el lugar del accidente. Quienquiera que condujese el Mercedes debía de estar muerto, pero ¿quién era?

Volví a subir al coche de policía que había confiscado en la villa. Tardé casi diez minutos en llegar al lugar del accidente. Se me habían adelantado la policía francesa, una ambulancia y un buen número de curiosos madrugadores.

Mientras me bajaba del coche, vi que no habían retirado el cadáver del vehículo siniestrado. Varios sanitarios estaban inclinados sobre él y parecían trabajar frenéticamente. Hablaban con el conductor. ¿Quién?

Uno de ellos gritó:

—¡Está vivo! ¡Es un varón!

Corrí hacia allí para ver quién era. ¿Podría hablar conmigo? Eché un vistazo a la Moyenne y me pregunté cómo era posible que alguien sobreviviese a semejante caída y al impacto posterior. Se suponía que el Lobo era un tipo duro, pero ¿hasta ese punto?

Enseñé mis credenciales y la policía permitió que me acercase.

Entonces pude verlo. Descubrí quién estaba atrapado en el amasijo de hierros. Pero no podía creerlo. No podía creer lo que veían mis ojos.

Mi corazón latía con fuerza, como si estuviera desbocado. Igual que mi mente, o lo que quedaba de ella. Me aproximé al coche volcado y humeante. Me arrodillé sobre el pedregoso suelo y me incliné hacia delante.

—Soy Alex —dije.

El conductor me miró y trató de fijar la vista. Su cuerpo estaba atrapado en el abollado Mercedes. Aplastado por los hierros de los hombros para abajo. Una imagen horrenda.

Pero Martin Lodge seguía vivo, aguantando. Parecía querer decir algo y yo me acerqué.

—Soy Alex —repetí y le puse el oído junto a la boca.

Necesitaba saber la identidad del Lobo. ¡Tenía tantas preguntas para hacerle!

—Todo ha sido en vano —susurró Martin—. Tu persecución es inútil. Yo no soy el Lobo. Ni siquiera lo he visto.

Entonces murió. Para mi pesar y el de todos los que esperaban respuestas.

112

En Inglaterra habían puesto bajo custodia a la familia Lodge. Sabíamos que si el Lobo sospechaba que Martin había contado algo comprometedor a su mujer o a sus hijos, éstos correrían un grave peligro. Tal vez los matase sólo por las dudas, o porque le apetecía cargarse a alguien ese día.

A la mañana siguiente viajé a Londres y me reuní con John Mortenson, el superior de Martin en Scotland Yard. Primero me informó de que ninguno de los supervivientes de Cap-Ferrat parecía saber nada sobre el Lobo, ni tampoco sobre Martin Lodge.

—Hay una novedad —dijo—. Un pequeño truco.

Me arrellané en el sillón de cuero con vistas al palacio de Buckingham.

—A estas alturas soy incapaz de sorprenderme por nada —repuse—. Cuénteme qué pasa. ¿Se trata de la familia Lodge?

Asintió con la cabeza, suspiró y luego comenzó:

—Todo empieza con Klára Lodge. Más bien Klára Cernohosska. Comenzaré por ella. Resulta que Martin estaba en el equipo que sacó de Rusia a un desertor, Edward Morozov, en 1993. Martin trabajó con la CIA: con Cahill, Hancock y Thomas Weir. El problema es que el tal Edward Morozov no existe. Se trata de un desertor del KGB cuyo nombre ignoramos. Creemos que es el Lobo.

—Ha mencionado algo relacionado con Klára, la mujer de Lodge. ¿Qué pasa con ella?

—Para empezar, no es checoslovaca. Salió de Rusia con el tal Morozov. Era ayudante de un jefe del KGB y también nuestra principal fuente de información en Moscú. Por lo visto, ella y Lodge se enamoraron durante el traslado y con el tiempo Klára vino a Inglaterra. Lodge le cambió la identidad e hizo desaparecer sus antecedentes. Luego se casó con ella. ¿Qué le parece?

—¿O sea que Klára sabe quién es el Lobo y qué aspecto tiene?

—No sabemos lo que sabe Klára, porque se niega a hablar con nosotros. Sin embargo, puede que hable con usted.

Sacudí la cabeza:

—¿Por qué conmigo? Sólo la vi una vez.

Mortenson se encogió de hombros y esbozó una media sonrisa.

—Dice que su marido confiaba en usted. ¿La cree? ¿Qué demonios significa eso? ¿Por qué iba a confiar en usted si lo vio sólo una vez?

Por desgracia, yo no tenía la menor idea.

113

Lo que quedaba de la familia Lodge se encontraba en la clandestinidad en un pequeño pueblo llamado Shepton Mallet y situado a unos ciento ochenta kilómetros de Londres. Ondulantes valles y abundante vegetación: un sitio perfecto donde ocultarlos, al menos por el momento.

Los Lodge se alojaban en una antigua casa de granja reformada, en una calle sin salida. El terreno era bastante llano y era posible avistar a cualquiera que se aproximase en varios kilómetros a la redonda. Además, el lugar estaba custodiado por hombres armados, fuertemente armados.

Llegué allí sobre las seis de la tarde. El interior de la casa era agradable, con muchos muebles antiguos, pero yo cené con la familia en un abarrotado búnker situado bajo tierra.

Klára no cocinó, como había hecho en Londres, y me pregunté si aprobaría el menú. Lo dudaba. La comida era horrorosa, peor que la que suelen servir en los aviones.

—Aquí no hay *míchaná vejce* —bromeé.

—Vaya, veo que recuerda nuestro desayuno en Battersea; incluso la pronunciación correcta de los alimentos. Estupendo, Alex —dijo Klára—. Es muy observador. Ya decía Martin que era un buen agente.

Cuando terminamos de cenar, Klára mandó a los niños

—Hana, Daniela y Jozef— a hacer los deberes en su cuarto. Ella se sentó a mi lado y encendió un cigarrillo. Daba grandes caladas, inhalando profundamente el humo.

—¿Deberes aquí? —pregunté—. ¿Esta noche?

—Es bueno tener disciplina, unos hábitos estables. Es lo que pienso yo. ¿Así que estuvo con Martin cuando murió? —preguntó—. ¿Qué le dijo? Cuéntemelo, por favor.

Medité mi respuesta. ¿Qué quería oír Klára? ¿Y qué debía decirle yo?

—Dijo que él no era el Lobo. ¿Es verdad, Klára?

—¿Algo más? ¿Qué más le dijo?

Consideré la posibilidad de decirle que había hablado de ella y de los niños, pero no lo hice. No quería mentir. O quizá no podía.

—Nada más, Klára. Eso fue todo. No hubo mucho tiempo. Sólo unos segundos. No sufrió durante mucho tiempo. No parecía dolorido. Supongo que se encontraba en estado de *shock*.

La mujer asintió.

—Martin pensaba que usted era de fiar. De hecho, decía que ése era su gran defecto. Él jamás habría dicho algo sentimental, ni siquiera con su último aliento.

Miré a los profundos ojos castaños de Klára, que parecían sorprendentemente astutos.

—¿Y a usted qué le parece eso? —pregunté.

Ella rió.

—Es la razón por la cual lo amaba.

Aquella noche en la campiña inglesa me contó cosas, y comenzamos las negociaciones. O, más bien, yo escuché sus exigencias.

—Quiero que los niños y yo salgamos de Inglaterra sanos y salvos. También quiero un cambio de identidad y parte de nuestros ahorros para poder vivir. Le diré dónde queremos instalarnos, pero no ahora. Será dentro de poco.

—¿Praga? —pregunté. Era una pequeña broma.

—No, Alex, desde luego que no. Y tampoco Rusia. Ni ningún lugar de Estados Unidos, por supuesto. Se lo diré cuando llegue el momento. Primero concentrémonos en lo que tendré que darles para que nos dejen salir de Inglaterra.

—Ah, es muy sencillo —respondí—. Tendrá que darnos mucho. Deberá entregarnos al Lobo. Pero ¿puede hacerlo, Klára? ¿Qué es lo que sabe? ¿Quién es él? ¿Dónde está? ¿Qué le contó Martin?

Finalmente sonrió.

—Ah, me lo contó absolutamente todo. Martin me adoraba.

114

Pilotando su propio avión, el Lobo aterrizó en el aeropuerto de Teterboro, al norte de Nueva Jersey. Allí le aguardaba un Range Rover negro que condujo hasta Nueva York, una ciudad que siempre había despreciado. El tránsito estaba imposible, como de costumbre, y tardó tanto en ir de Teterboro a Manhattan como había tardado en llegar allí desde New Hampshire.

La consulta médica estaba situada en un edificio de piedra rojiza, en la calle Sesenta y Tres, a escasos metros de la Quinta Avenida. El Lobo aparcó y se apresuró a entrar.

Eran poco más de las nueve de la mañana. No se molestó en mirar si lo seguían. No lo creía, pero aunque fuera así, ya no podía hacer nada al respecto. Además, tenía la impresión de que había previsto todas las contingencias posibles de esa mañana. Como de costumbre, había urdido un plan para cualquier eventualidad.

La enfermera que ayudaría en la intervención de cirugía plástica también hacía las veces de recepcionista. Ella y la prestigiosa cirujana serían las únicas personas presentes. El Lobo había insistido en ese punto, como también en que la consulta permaneciese cerrada para otros pacientes.

—Tiene que firmar algunos documentos legales —anunció la enfermera con una sonrisa tensa. Aunque no supiese quién era aquel hombre, sospechaba que debía de tener un buen motivo para andarse con tanto secreto, por no mencionar la generosa suma que le habían pagado por esa jornada de trabajo.

—No, no firmaré nada, gracias —dijo. La apartó del camino y fue a buscar a la doctora Levine.

La encontró en el quirófano, donde brillaban ya intensas luces y hacía mucho frío.

—Esto me recuerda a Siberia —dijo el Lobo—. Un gulag donde pasé una temporada.

La cirujana se volvió. Era una mujer de poco más de cuarenta años, bastante atractiva, delgada y bien conservada. Podría follársela, llegado el caso, pero ahora no le apetecía. Tal vez después.

—Doctora Levine —dijo y le estrechó la mano—. Estoy preparado, y sólo quiero estar aquí unas horas, así que empecemos. Ahora mismo.

—No es posible... —protestó la doctora.

Pero el Lobo alzó una mano para hacerla callar, y casi pareció que iba a pegarle. La mujer se encogió.

—No necesitaré anestesia. Como ya he dicho, estoy preparado. Y usted también.

—No sabe lo que dice, señor. La intervención que convinimos comprende un *lifting* de cara, cuello y cejas e implantes en la mandíbula y los pómulos. El dolor será insoportable. Créame.

—No, será soportable. He sufrido dolores peores —dijo el Lobo—. Sólo le permitiré monitorizar mis constantes. No habrá más discusiones estúpidas sobre la anestesia. Ahora prepáreme para la intervención o aténgase a las consecuencias.

—¿Qué consecuencias? —preguntó con brusquedad la doctora Levine, balanceándose sobre los talones.

—Dejémoslo en «las consecuencias» —respondió el Lobo—. Eso cubre mucho terreno, ¿no cree? Incluye un dolor más grande que el que usted cree que soy capaz de soportar. ¿Podría soportarlo usted, doctora Levine? ¿Y sus hijos, Martin y Amy? ¿O su marido, Jerrold? Empecemos. Tengo un horario que cumplir.

Siempre un horario.

Y un plan.

115

No gritó ni una sola vez, no dijo ni pío durante los dolorosos procedimientos, y ni la médica ni la enfermera podían entender lo que veían. El paciente parecía incapaz de sentir dolor. Como sucede a menudo con los hombres, sangró profusamente, y su cara comenzó a cubrirse rápidamente de hematomas azules. El dolor que soportó durante la hora y media que duró la rinoplastia, o cirugía estética de nariz, fue el peor, sobre todo cuando le quitaron grandes trozos de hueso y de cartílago sin siquiera un anestésico local.

Al final de la rinoplastia, la última intervención, la doctora Levine le recomendó que no se levantase, pero él lo hizo.

Tenía el cuello tenso y sensible, y el cuero cabelludo cubierto de Betadine.

—No ha estado mal —dijo—. He pasado por cosas peores.

—No se suene la nariz durante al menos una semana —insistió la doctora, que parecía querer mantener la dignidad y una semblanza de autoridad.

El Lobo se metió la mano en el bolsillo y sacó un pañuelo, pero lo guardó otra vez.

—Era una broma —dijo y frunció el entrecejo—. ¿No tiene sentido del humor, doctora?

—Tampoco puede conducir —continuó la cirujana—. No se lo permitiré. Por el bien de los demás.

—No, por supuesto, jamás se me ocurriría poner en peligro la vida de otras personas. Dejaré el coche aquí para que me lo roben. Deje que le pague. Empiezo a aburrirme de estar con usted.

Fue entonces, cuando iba a buscar su maletín, que el ruso se tambaleó ligeramente. Y se miró en el espejo por primera vez, observando la cara increíblemente amoratada e hinchada, al menos en las partes sin vendar.

—Bonito trabajo —dijo y rió.

Abrió el maletín y sacó una Beretta con silenciador. Disparó a la atónita enfermera en la cara, dos veces, y luego se volvió hacia la doctora Levine, que tanto daño le había hecho.

—¿Hay algo más que debería o no debería hacer? —preguntó—. ¿Un último consejo?

—Mis hijos. Por favor, no me mate —suplicó la cirujana—. Ya sabe que tengo hijos.

—Les irá mejor sin usted. Estoy convencido, y apuesto a que ellos pensarán lo mismo.

Le disparó al corazón. «Una muerte misericordiosa», pensó, sobre todo teniendo en cuenta la forma en que lo había torturado ella. Además, esa zorra sin sentido del humor no le caía nada bien.

Finalmente el Lobo salió de la consulta y se dirigió a su Range Rover. Iba pensando que ahora nadie conocía su cara. Ni una sola persona en todo el mundo.

Y le entró una risa casi incontrolable. Ésa era su pieza del rompecabezas.

116

—Ahí está... Tiene que ser él.

—¡Se ríe! ¿Qué le hace tanta gracia? Míralo. ¿Puedes creerlo?

—Parece que le hubieran arrancado la cabellera y luego la piel a tiras —dijo Ned Mahoney cuando el hombre de abrigo gris salió todo vendado del edificio—. Parece un puñetero diablo.

—No lo subestimes —le recordé a Ned—. Y no olvides que es un demonio, efectivamente.

Vigilábamos al Lobo, o al menos al hombre que considerábamos el Lobo, mientras salía de la consulta de una cirujana plástica en el este de Manhattan. Sólo hacía sesenta segundos que habíamos llegado. Casi se nos escapa.

—Descuida, Alex, no lo subestimo. Por eso tenemos media docena de equipos preparándose para echársele encima. Si hubiésemos llegado antes, habríamos podido cogerlo en la consulta.

Asentí.

—Por lo menos estamos aquí. Las negociaciones en Londres fueron complicadas. Klára Lodge y los niños ya deben de estar en algún punto del norte de África. Ella cumplió su parte.

—¿Así que el ruso llevaba un localizador debajo del hombro desde que salió de Rusia? ¿Es cierto?

—Aquí estamos, ¿no? Según Klára, Martin Lodge sabía dónde encontrarlo en todo momento. Es lo que lo mantenía con vida.

—Estamos listos para actuar, ¿no? ¿Lo cogemos?

—Estamos listos, yo estoy listo. Joder si estoy listo. ¡Tenía tantas ganas de coger a este hijo de puta! No podía esperar a verle la cara.

Mahoney habló por el micrófono acoplado a sus cascos.

—Estrechad el cerco. Y recordad que es extremadamente peligroso.

«Y que lo digas, Ned.»

117

El Range Rover negro se había detenido ante un se-
máforo en la intersección de la Cincuenta y Nueve y la
Quinta Avenida. A ambos lados pararon dos sedanes oscuros. Un tercer vehículo le bloqueó el paso. Los agentes
saltaron de los coches. ¡Lo teníamos!

De repente alguien disparó desde un Hummer blanco que estaba enfrente del Range Rover. Las portezuelas
del Hummer se abrieron y aparecieron tres hombres con
armas automáticas.

—¿De dónde coño han salido éstos? —gritó Mahoney al micrófono—. ¡Todo el mundo al suelo!

Ya habíamos bajado del coche y corríamos hacia el
lugar del tiroteo. Ned abrió fuego y derribó a un guardaespaldas del Lobo. Yo le di a otro, y un tercero nos
disparó a nosotros.

Entretanto, el Lobo se había bajado del Range Rover
y corría por la Quinta Avenida, siempre por la calle. Por
el estado de su cara, parecía que ya le habían disparado, o
que había sufrido graves quemaduras en un incendio.
Los transeúntes se arrojaban al suelo en las aceras, asustados por los disparos, y algunos gritaban como locos.
¿Adónde creía el Lobo que podría llegar con esa pinta?
¿En Nueva York? ¡Quizá muy lejos!

Aparecieron otros tiradores, aparentemente de la nada. Más guardaespaldas. Llevaba refuerzos, ciertamente. ¿Y nosotros?

Entonces el Lobo se metió en una tienda de la Quinta Avenida. Mahoney y yo lo seguimos. Yo ni siquiera me fijé en el nombre de la tienda. Era pija. Sofisticada. ¡Joder, estaba en la Quinta Avenida!

A continuación, el Lobo hizo lo inconcebible, aunque ya nada de lo que hiciera podía sorprenderme demasiado. Extendió la mano derecha y lanzó un objeto oscuro. Lo vi caer.

—¡Una granada! —grité. ¡Todo el mundo al suelo! ¡Al suelo! ¡Una granada!

Una potente explosión voló dos lunas del escaparate en la parte delantera de la tienda. Hubo heridos entre los clientes. El humo era negro y denso. Todo el mundo chillaba, incluidos los dependientes que se habían ocultado detrás de los mostradores.

Yo no perdí de vista al Lobo ni por un momento. No le quité los ojos de encima. Hiciera lo que hiciese, por peligroso que fuera, esa vez no podía dejarlo escapar. El precio era demasiado alto. Aquél era el hombre que había puesto en jaque al mundo entero. Había matado a miles de personas.

Mahoney corrió por un pasillo y yo por otro. Al parecer, el Lobo se dirigía a una salida situada en una calle lateral. Yo estaba desorientado. ¿Qué calle era? ¿La Cincuenta y Cinco? ¿La Cincuenta y Seis?

—¡Que no salga! —gritó Ned.

—Desde luego —respondí.

Nos acercábamos, y pude ver la cara del Lobo. Con las vendas, los hematomas y la hinchazón, parecía mucho más cruel de lo que había imaginado. Peor aún, parecía desesperado, capaz de hacer cualquier cosa. Aunque eso ya lo sabíamos.

—Mataré a todos los presentes —gritó.

Ni Mahoney ni yo respondimos, y seguimos avanzando. Pero no dudamos ni por un momento de su palabra.

El Lobo arrebató a una niña pequeña y rubia de los brazos de una mujer que parecía su niñera.

—¡La mataré! ¡Mataré a esta cría! ¡Está muerta! ¡La mataré!

Seguimos avanzando.

La apretó contra su pecho. La niña estaba cubierta de sangre del Lobo y lloraba y pataleaba histéricamente entre sus brazos.

—Mataré a...

Ned y yo disparamos casi a la vez... Dos disparos y el Lobo se tambaleó hacia atrás, dejando caer a la niña. Ésta se levantó llorando a voz en cuello y corrió a ponerse a salvo.

Y el Lobo también. Salió a la calle por la puerta más cercana.

—Debe de llevar un chaleco antibalas. Sin duda alguna.

—Le dispararemos a la cabeza —dije.

118

Lo perseguimos por la calle Cincuenta y Cinco, junto con un par de agentes nuestros y dos veloces corredores de la policía de Nueva York. Si alguno de los guardaespaldas del Lobo había sobrevivido al sangriento tiroteo de la Quinta Avenida, le habían perdido la pista a su jefe en el interior de la tienda. Porque ahora no se veían por ninguna parte.

Sin embargo, el Lobo parecía saber adónde iba. ¿Era posible? ¿Cómo podía tener planes para esta situación? Con toda probabilidad no los tenía, de manera que lo cogeríamos, ¿no? No podía permitirme pensar otra cosa, porque entonces todo habría sido en vano.

Lo teníamos en la mira. Estaba delante de nosotros.

De repente entró en un edificio de ladrillo rojo de seis o siete plantas. ¿Conocería a alguien allí? ¿Más refuerzos? ¿Una trampa? ¿Qué?

En el interior había personal de seguridad. Bueno, lo había habido; ahora sólo había un guardia muerto, asesinado de un tiro en la cabeza, tendido boca abajo y sangrando sobre el suelo de mármol.

Todos los ascensores estaban ocupados y las luces rojas parpadeaban en los números de los pisos: tres, cuatro, ocho; todos subiendo.

—No saldrá de aquí, créeme —dijo Mahoney.

—No podemos asegurarlo, Ned.

—El muy cabrón no sabe volar, ¿no?

—No, pero vaya a saber qué otra cosa es capaz de hacer. Ha venido a este sitio por algún motivo.

Mahoney mandó agentes a esperar los ascensores y luego a registrar todas las plantas, de la primera a la última. La policía de Nueva York ya había enviado refuerzos. Pronto allí habría docenas de polis. Y luego centenares. El Lobo estaba en el edificio.

Mahoney y yo lo seguimos por las escaleras.

—¿Adónde vamos? ¿Hasta dónde?

—Al terrado. Es la única forma de salir de aquí.

—¿De verdad crees que tiene un plan? ¿Cómo es posible, Alex?

Sacudí la cabeza; no había forma de saberlo. El Lobo sangraba, y en consecuencia debía de estar débil, quizás incluso delirando. O a lo mejor tenía un plan. Joder, siempre tenía un plan.

Así que subimos hasta el último piso, el noveno, pero no vimos al Lobo cuando asomamos la cabeza por encima del hueco de la escalera. Registramos rápidamente las oficinas. Nadie lo había visto, y de haberlo hecho se habrían acordado, sin duda alguna.

—En la parte de atrás hay una escalera que conduce al terrado —dijo alguien de un despacho de abogados.

Ned Mahoney y yo subimos otro tramo de escalera y salimos a la brillante luz del día. No vimos al Lobo. En el terrado había una caseta de una sola planta, como un sombrero encima del viejo edificio. ¿El depósito de agua? ¿El cuarto del encargado de mantenimiento?

Tratamos de abrir la puerta, pero estaba cerrada.

—Tiene que estar por aquí. A menos que haya saltado —dijo Ned.

Entonces lo observamos salir del otro lado de la caseta.

—No he saltado, señor Mahoney. Y creía haberle dicho que no trabajara en este caso. Pensé que había quedado claro. Ahora tiren las armas.

Di un paso al frente.

—Lo traje yo.

—Por supuesto. Usted es el infatigable, el implacable doctor Cross, el que nunca se rinde. Por eso resulta tan previsible y tan útil.

De repente, un agente de la policía de Nueva York salió por la misma trampilla por donde habíamos salido nosotros. Vio al Lobo y disparó.

Lo alcanzó en el pecho, pero no lo detuvo. Era evidente que llevaba chaleco antibalas. El ruso gruñó como un oso y se lanzó sobre el policía, sacudiendo los brazos por encima de la cabeza.

Agarró al sorprendido agente y lo levantó en el aire. Ned y yo no pudimos hacer nada. Un instante después había arrojado al policía por el terrado.

Luego corrió hacia el otro lado de la azotea, con todo el aspecto de un auténtico desequilibrado. ¿Qué hacía? De pronto creí saberlo. El edificio del lado sur estaba lo bastante cerca como para saltar. Y entonces vi venir un helicóptero desde el oeste. ¿Para él? ¿Era ése su plan para escapar? «Que no pase.»

Corrí tras él, igual que Mahoney.

—¡Alto! ¡Alto ahí!

Corría frenéticamente en zigzag y, aunque le disparamos, no conseguimos darle.

Un instante después estaba en el aire, sacudiendo los

brazos, saltando hacia el otro edificio, con espacio de so-bra para caer bien.

—¡No, cabrón! —gritó Ned—. ¡No!

Me detuve, apunté con cuidado y apreté el gatillo cuatro veces.

119

El Lobo siguió moviendo las piernas, casi como si corriese en el aire, pero luego empezó a caer. Tendió los brazos hacia el otro edificio. Trató de agarrarse a la pared del terrado.

Mahoney y yo corrimos hasta el borde de la azotea. ¿Era posible que el Lobo saliese de ésta? De una forma u otra, siempre lo lograba. Pero no esa vez. Yo sabía que le había dado en la garganta. Debía de estar ahogándose en su propia sangre.

—¡Cáete, hijo de puta! —gritó Ned.

—No se salvará —dije.

Y acerté. El ruso cayó sin resistirse, sin decir una palabra, sin gritar. De su boca no escapó sonido alguno.

Mahoney le gritó:

—¡Eh, Lobo! ¡Eh, Hombre Lobo! ¡Vete al infierno!

La caída parecía filmada en cámara lenta, pero finalmente se estrelló contra el suelo en la callejuela de detrás del edificio. El impacto fue brutal. Miré hacia abajo y vi el cuerpo destrozado, con la cara vendada, y me sentí satisfecho por primera vez en mucho tiempo. Lo habíamos cogido y merecía morir como murió, aplastado como un bicho sobre el asfalto.

Ned Mahoney se puso a aplaudir, vitorear y bailar

como un loco. No lo imité, pero comprendí lo que sentía. El Lobo había hecho méritos para terminar así. Muerto en una callejuela.

—No gritó —dije por fin—. Ni siquiera nos dio ese gusto.

Mahoney encogió sus anchos hombros.

—A mí me da igual. Nosotros estamos aquí arriba y él allí abajo, con la basura. Puede que haya justicia en el mundo, después de todo. Bueno, puede que no —añadió riendo, y me abrazó con fuerza.

—Hemos ganado —dije—. Joder, finalmente hemos ganado, Neddy.

120

¡Ganamos!

A la mañana siguiente regresé a Quantico en un helicóptero Bell, con Ned Mahoney y algunos miembros de su fabuloso equipo. En Quantico, los de Rescate de Rehenes estaban celebrando la muerte del Lobo, pero yo sólo quería volver a casa. Le había dicho a Nana que no enviase a los niños a la escuela, porque haríamos un festejo.

¡Ganamos!

Durante el viaje en coche a Washington traté de tranquilizarme. Cuando llegué por fin a casa, empezaba a sentirme normal, alguien cercano a mí mismo, o al menos alguien a quien podía reconocer. Nadie había salido al porche, lo que significaba que Nana y los niños no me habían visto llegar. Decidí sorprenderlos.

¡Ganamos!

La puerta principal no estaba cerrada con llave y entré. Había algunas luces encendidas, pero no vi a nadie. «¿Querrán sorprenderme ellos a mí?»

Me dirigí sigilosamente a la cocina. Las luces estaban encendidas y la mesa puesta para comer, pero allí tampoco había nadie.

Era extraño. Algo no marchaba bien. *Rosie*, la gata, apareció maullando de algún sitio y se restregó contra mí.

Finalmente grité:

—¡He llegado! ¡Papá está en casa! ¿Dónde estáis todos? He vuelto de la guerra.

Subí a la planta alta, pero no encontré a nadie. Rebusqué por todas partes, por si me habían dejado una nota. Nada.

Bajé corriendo. Miré en el jardín trasero y luego a un lado y al otro de la calle Cinco, en la parte delantera de la casa. ¿Dónde estaban Nana y los niños? Sabían que iba a venir.

Volví dentro e hice algunas llamadas a sitios donde podían haber ido. Sin embargo, Nana siempre dejaba una nota cuando salía con los niños, aunque sólo fuese por una hora. Además, sabían que yo estaba a punto de llegar.

De repente sentí náuseas. Esperé media hora antes de ponerme en contacto con mis colegas del edificio Hoover, empezando por Tony Woods, del despacho del director. Mientras esperaba, volví a registrar la casa, pero no encontré nada fuera de lo normal.

Llegó un equipo de técnicos y, poco después, uno de ellos se reunió conmigo en la cocina.

—Hay huellas en el jardín, probablemente de un hombre, y un rastro de barro en el interior de la casa. Podrían ser de algún operario que vino a hacer una reparación, o de un repartidor, pero está claro que son frescas.

Fue lo único que encontraron aquella tarde. Ninguna pista más. Ni una.

Más tarde llegaron Sampson y Billie, y nos sentamos a esperar, quizás una llamada, una pista, algo que me diese esperanzas. Pero no hubo llamadas, y Sampson se marchó poco después de las dos de la mañana. Billie se había ido a las diez.

Pasé la noche en vela, pero no sirvió de nada. Ni una palabra sobre Nana y mis hijos. Hablé con Jamilla por el móvil, y eso me ayudó un poco, pero no lo suficiente. Nadie podía ayudarme aquella noche.

Finalmente, a primera hora de la mañana, salí a la puerta y miré a un lado y al otro de la calle con ojos soñolientos. Entonces recordé que ése había sido siempre mi mayor temor, quizás el mayor temor de cualquiera: quedarte solo, sin ninguna persona cercana, mientras aquellos a quienes amas más que nada en el mundo corren un peligro terrible.

Habíamos perdido.

121

El mensaje de correo electrónico llegó al quinto día. Yo casi fui incapaz de leerlo. Mientras miraba fijamente las palabras, tuve la sensación de que iba a vomitar.

Alex:
Sorpresa, querido amigo.
No soy una persona tan cruel o desalmada como tú crees. Los seres verdaderamente crueles, los que de verdad son irracionales, aquéllos a quienes todos deberíamos temer están sobre todo en tus amados Estados Unidos y en Europa occidental. El dinero que tengo ahora ayudará a detenerlos, a detener su codicia. ¿Me crees? Deberías hacerlo. ¿Por qué no? ¿Por qué diablos no?
Te doy las gracias por lo que hiciste por mí y por Hana, Daniela y Jozef. Estamos en deuda contigo, y yo siempre pago mis deudas. Para mí «eres un mosquito, pero al menos eres algo». Tu familia regresará hoy, así que estamos en paz. No volverás a verme. Yo tampoco quiero verte a ti. Si te veo, morirás. Lo prometo.
Klára Cernohosska
El Lobo

122

No podía dejarla escapar, y no lo haría. El Lobo había invadido mi casa y secuestrado a mi familia, aunque me la hubiese devuelto sana y salva. Podía volver a ocurrir.

Durante las semanas siguientes, puse a prueba, y luego forcé hasta los límites, la nueva relación entre el FBI y la CIA. Conseguí que Ron Burns presionase incluso más. Viajé al cuartel general del FBI en Langley más de una docena de veces y hablé con todo el mundo, desde los analistas jóvenes, hasta el nuevo director, James Dowd. Quería información sobre Thomas Weir y el agente del KGB que había ayudado a traer de Rusia. Necesitaba saber todo lo que sabían ellos. ¿Era posible? Lo dudaba, pero eso no me impidió intentarlo.

Hasta que un día me llamaron del despacho de Burns. Cuando llegué, encontré a mi jefe con el director de la CIA, esperándome en la sala de reuniones. Pasaba algo. Podía ser algo bueno, o muy, muy malo.

—Entra, Alex —dijo Burns, con la cordialidad de costumbre—. Tenemos que hablar.

Me senté enfrente de los dos peces gordos, ambos en mangas de camisa y con pinta de haber mantenido una larga y complicada sesión de trabajo. ¿Sobre qué? ¿El Lobo? ¿Algún otro asunto que no me interesaba?

—El director Dowd quiere comentar unas cuantas cosas contigo —anunció Burns.

—Así es, Alex —dijo Dowd, un abogado neoyorquino cuyo nombramiento nos había sorprendido a todos. Había empezado en el Departamento de Policía de Nueva York y luego trabajado varios años en un lucrativo bufete privado. Según los rumores, había muchas cosas que no sabíamos, ni querríamos saber, del pasado de Dowd en la práctica privada—. Todavía estoy adaptándome a Langley, y de hecho este ejercicio me ha ayudado. Dedicamos mucho tiempo y esfuerzo a desenterrar datos sobre Weir, mi predecesor.

Dowd miró a Burns.

—Casi todo es bueno; una excelente hoja de servicio. Aunque a algunos de los veteranos de Virginia no les gusta que andemos escarbando en el pasado. A mí, francamente, me importa un bledo lo que piensen.

»Un ruso llamado Anton Christyakov fue reclutado y luego sacado de Rusia en 1990. Ese hombre era el Lobo. Estamos prácticamente seguros. Lo trasladaron a Inglaterra, donde conoció a varios agentes, incluido Martin Lodge. Luego lo llevaron a una casa en las afueras de Washington. Sólo un reducidísimo grupo de personas conocía su identidad. Ahora casi todos están muertos, incluido Weir.

»Por fin lo trasladaron a una ciudad de su elección, París, donde se encontró con su madre, su padre y sus dos hijos, de nueve y doce años.

»Vivían a dos manzanas del Louvre, Alex, en una de las calles que fue destruida hace unas semanas. En 1994, toda la familia, salvo Christyakov, murió asesinada. Creemos que fue el gobierno ruso quien orquestó el atentado. No lo sabemos con seguridad, pero alguien le pasó la dirección a una persona que no quería verlo vivo. El atentado podría haber tenido lugar en el mismo puente sobre el Sena que estalló hace poco.

Christyakov culpó a la CIA y a Tom Weir —dijo Burns—. Y también a los gobiernos involucrados. Puede que a raíz de aquello se volviera loco... quién sabe. Se unió a la mafia y ascendió rápidamente. Aquí, en Estados Unidos, probablemente en Nueva York.

Burns se detuvo. Dowd no añadió nada más. Los dos me miraban a mí.

—Así que no es Klára. ¿Qué más sabemos de Christyakov?

Dowd alzó las dos manos, con las palmas hacia arriba.

—En nuestros expedientes hay notas, pero no demasiadas. Al Lobo lo conocían algunos dirigentes de la mafia rusa, pero la mayoría ha muerto. Puede que el nuevo capitoste de la mafia rusa en Brooklyn sepa algo. Y hay otro contacto posible en París. Estamos trabajando con un par de pistas en Moscú.

Sacudí la cabeza.

—Me da igual cuánto tardemos. Quiero atraparlo. Avísenme de todo lo que pase.

—Estaba muy unido a sus hijos —dijo Burns—. Tal vez por eso no les hizo nada a los tuyos.

—No les hizo nada a mis hijos para demostrar su poder, su superioridad sobre todos nosotros.

—Acostumbra apretar una pelota de goma —añadió Dowd—. Una pelota negra.

Al principio, no entendí.

—Perdón, ¿cómo dice?

—Uno de sus hijos le regaló una pelota de goma negra poco antes de morir. Fue un regalo de cumpleaños. Una de nuestras notas dice que Christyakov aprieta la pelota cuando se enfada. También parece que le gustan las barbas. Según los rumores, ahora es célibe. Son datos inconexos, pero es lo único que tenemos. Lo lamento, Alex.

Yo también lo lamentaba, pero daba igual. Lo cogería.

«Aprieta una pelota de goma.»

«Le gustan las barbas.»

«Su familia fue asesinada.»

123

Seis semanas después fui a Nueva York, mi quinto viaje en poco tiempo. Tolya Bykov había estado en la cúpula, o cerca de la cúpula de la mafia rusa de Nueva York, concretamente en la zona de Brighton Beach, desde hacía unos años. Había sido jefe de la mafia en Moscú y era el cabecilla más importante de los que habían venido a Estados Unidos. Yo iba a reunirme con él.

Una mañana soleada, inusitadamente cálida para la época del año, Ned Mahoney y yo viajamos a Mill Neck, en la Costa Dorada de Long Island. Era una zona boscosa, atravesada por estrechas carreteras, sin aceras por ninguna parte.

Llegamos al complejo Bykov con una docena de agentes y sin anunciarnos. Teníamos una orden de allanamiento. Había guardaespaldas por todas partes, y me pregunté cómo era posible que Tolya Bykov aceptase vivir de esa manera. Quizá para seguir con vida.

La casa, un edificio de estilo colonial de tres plantas, era enorme. Las vistas al mar eran prodigiosas y se extendían hasta Connecticut, al otro lado del estuario. Había una piscina de cemento con una cascada, un cobertizo para embarcaciones y un muelle. ¿Las recompensas del pecado?

Bykov nos esperaba en su despacho. Me sorprendió lo viejo y cansado que parecía. Ojos pequeños y brillantes en una cara rolliza y picada de viruela. Era un hombre obeso, de unos ciento cincuenta kilos. Su respiración sonaba trabajosa, y tenía una tos perruna.

Me habían dicho que no hablaba inglés.

—Quiero información sobre un hombre a quien llaman el Lobo —dije mientras me sentaba enfrente de él, al otro lado de una sencilla mesa de madera. Un agente nuestro, un joven ruso americano, le tradujo la pregunta.

Tolya Bykov se rascó la nuca, sacudió la cabeza y por fin soltó unas palabras en ruso con la mandíbula tensa.

El traductor lo escuchó y luego dijo:

—Dice que está perdiendo su tiempo y el de él. ¿Por qué no se larga? Él único Lobo que conoce es el de «Pedro y el lobo». Ningún otro.

—No nos iremos. El FBI y la CIA estaremos tocándole las narices al señor Bykov, entrometiéndonos en sus negocios, hasta que descubramos algo del Lobo. Dígaselo.

El agente habló en ruso y Bykov se le rió en la cara. Dijo algo, y oí que mencionaba a Chris Rock.

—Dice que usted es más gracioso que Chris Rock. Le gusta Chris Rock, y los humoristas políticos en general.

Me levanté, saludé a Bykov con una inclinación de la cabeza y salí de la habitación. No esperaba mucho más de la primera entrevista con él; había sido sólo una presentación. Volvería todas las veces que fuera necesario. Éste era el único caso en que trabajaba ahora. Estaba aprendiendo a ser paciente, muy paciente.

124

Minutos después salía de la casona con Ned Mahoney, riéndonos de nuestra primera entrevista. ¡Qué puñetas, al menos nos reiríamos un poco!

De repente vi algo, y miré otra vez. Volví a verlo.

—Joder, Ned, mira.

—¿Qué? —giró la cabeza, pero no vio lo que vi yo.

Eché a correr, sintiendo que me temblaban las piernas.

—¿Qué pasa, Alex? —gritó Ned a mi espalda—. ¿Qué pasa?

—¡Es él! —dije.

Miraba fijamente a uno de los guardaespaldas del jardín. Un hombre con americana y camisa negras, sin abrigo. Estaba debajo de un árbol, mirando cómo lo mirábamos. Bajé la vista a su mano.

La mano que sujetaba... una vieja pelota negra. La estaba apretando, y entonces supe, simplemente comprendí, que se trataba de la pelota negra que le había regalado su hijo antes de morir. El hombre de la pelota llevaba barba. Me miró a los ojos.

Luego echó a correr.

—¡Es él! ¡Es el Lobo! —le grité a Ned.

Corrí por el jardín, mucho más rápido de lo que acostumbraba correr últimamente. Confiaba en que Ned me siguiese.

Vi que el ruso subía a un descapotable rojo y lo ponía en marcha.

«¡Ay, no!», pensé.

Pero me lancé sobre el asiento delantero antes de que pudiera arrancar. Le asesté un brutal puñetazo en la nariz. La sangre comenzó a manar profusamente y a caer sobre la camisa y la chaqueta negras. Supuse que le había roto la nariz. Lo golpeé de nuevo, esta vez en la mandíbula.

Abrí la portezuela del conductor. Me miró y vi que sus ojos eran fríos e inteligentes, distintos de todos los que había visto en mi vida; lúgubres. Inhumano. Así lo había llamado el presidente francés.

¿Era él el verdadero Tolya Bykov? Ya no me importaba. Era el Lobo, lo advertí en sus ojos, en su seguridad en sí mismo y en su arrogancia, pero, por encima de todo, en el odio que destilaba hacia mí y hacia el mundo entero.

—La pelota —dijo—. Sabía lo de la pelota. Me la regaló mi hijo. Lo felicito.

Esbozó una media sonrisa extraña y luego mordió con fuerza algo que tenía en la boca. Sospeché lo que había pasado. Traté desesperadamente de abrirle la boca, pero tenía las mandíbulas firmemente apretadas. Entonces sus ojos se dilataron y se llenaron de dolor. Veneno. Había tomado veneno.

Por fin abrió la boca y lanzó un feroz rugido. Los labios y la barbilla se cubrieron de saliva y espuma. Gimió otra vez y comenzó a sufrir convulsiones. Ya no podía sujetarlo más, así que me aparté del tembloroso cuerpo.

El Lobo comenzó a hacer arcadas y a cogerse el cuello. Los espasmos, la agonía, se prolongaron durante varios minutos, unos minutos espantosos en los que no hubo nada que yo pudiera o quisiera hacer, aparte de observarlo.

Y entonces sucedió: el Lobo murió en el asiento delantero de un descapotable, uno más de sus lujosos coches.

Cuando todo hubo terminado, me incliné, cogí la pelota negra y me la guardé en el bolsillo. Era un trofeo, como lo llamaban algunos asesinos que había atrapado.

Todo había terminado y yo me iría a casa, ¿no? Tenía mucho en que pensar y muchas cosas que cambiar en mi vida. Una idea inquietante se me cruzó por la cabeza: «Ahora yo también junto trofeos.»

Pero entonces pensé en algo mucho más importante: Damon, Jannie, el pequeño Alex, Nana.

Mi hogar.

«El Lobo ha muerto. Le he visto morir.»

Me lo repetí una y otra vez, hasta que empecé a creérmelo.

Índice

OTROS TÍTULOS
DE ESTA COLECCIÓN

LA SOMBRA DE LA CATEDRAL

Miloš Urban

Roman Rops se ve involucrado en un asesinato que ha tenido lugar en la catedral de San Vito, Praga. Inculpado primero, una vez demostrada su inocencia, decide colaborar en la investigación. Sus profundos conocimientos del mundo del arte y la literatura serán una pieza fundamental en la resolución del caso por parte de la policía local.

Considerado como una de las voces más interesantes de la novela checa actual, Miloš Urban nos ofrece una novela policíaca en la Praga contemporánea que nos trae a la memoria otra obra suya, *Las siete iglesias*. Como aquélla, *La sombra de la catedral* es una obra intensa, de riqueza literaria, que, a partir de su estructura de novela negra, invita a múltiples lecturas. Estamos ante una novela de tintes góticos, anclada en el pasado, en las leyendas, con importantes dosis de humor negro, en la que confluyen el horror y la belleza, el suspense y el misterio.

CAUCES DE MALDAD

Michael Connelly

«Antes de volver a incorporarse a la interestatal, Backus observó el vehículo del FBI que salía de la carretera pavimentada y se dirigía al yacimiento a través del desierto. Su yacimiento. Una nube de polvo se levantó detrás del coche. Distinguió las tiendas blancas en la distancia y sintió una sobrecogedora sensación de éxito. La escena del crimen era una ciudad que él había construido. Una ciudad de huesos. Los agentes eran como hormigas entre paneles de cristal. Vivían y trabajaban en el mundo que él había creado, cumpliendo sin saberlo con su antojo.

Deseó poder acercarse más a aquel cristal, absorberlo todo y contemplar el horror que él había esculpido en sus rostros, pero sabía que el riesgo era demasiado grande.

Y tenía otras ocupaciones. Pisó a fondo el acelerador y se dirigió de nuevo hacia la ciudad del pecado. Tenía que asegurarse de que todo estaba preparado como era debido.»

Bosch investiga la muerte del *ex profiler* del FBI, Terry McCaleb. Sus indagaciones le llevan a sospechar de Robert Backus, conocido como el Poeta, y a quien se daba por muerto. Bosch decidirá entonces pedir la ayuda de la agente del FBI, Rachel Walling, encargada en su día de la investigación de los crímenes cometidos por el Poeta.

EL CASO DEL SECRETARIO ITALIANO

Caleb Carr

«En ningún otro momento dependió tan peligrosamente el prestigio mismo de la monarquía (por no hablar de la paz mental de la propia reina emperatriz) del éxito de nuestros esfuerzos como dependió en este caso. Las razones ocultas tras una afirmación tan vehemente, las puedo explicar; que esos particulares resulten del todo creíbles al lector, no puedo más que desearlo. De hecho, es posible que no hubieran parecido —incluso a mis propios ojos— salvo figuraciones febriles, una serie de sueños torpemente separados de la vigilia, de no ser porque Sherlock Holmes tenía preparadas explicaciones para la gran mayoría de los numerosos giros y avances del caso. La gran mayoría...»

Una de las novelas más populares de Conan Doyle es *El perro de Baskerville* (1902), cuya resolución tiene tintes paranormales. Poco más de un siglo más tarde, Caleb Carr da vida a Sherlock Holmes como protagonista de una nueva investigación que también tiene una connotación sobrenatural. En esta ocasión, Sherlock Holmes, ayudado por el incondicional Watson, investigará el asesinato de dos arquitectos cuya muerte parece estar relacionada con el apuñalamiento, en el siglo XVI, de Davide Rizzio, un confidente de la reina María de Escocia.